读懂古典诗词

曹胜高 著

世界图书出版公司
北京·广州·上海·西安

图书在版编目（CIP）数据

读懂古典诗词 / 曹胜高著. -- 北京：世界图书出版有限公司北京分公司，2019.8
（读懂经典）
ISBN 978-7-5192-5793-4

Ⅰ.①读… Ⅱ.①曹… Ⅲ.①古典诗歌–诗歌欣赏–中国 Ⅳ.①I207.2

中国版本图书馆CIP数据核字（2019）第012147号

书　　名	读懂古典诗词
	DUDONG GUDIAN SHICI
著　　者	曹胜高
责任编辑	刘婧婷　陈俞蒨
封面设计	蔡　彬
出版发行	世界图书出版有限公司北京分公司
地　　址	北京市东城区朝内大街137号
邮　　编	100010
电　　话	010-64038355（发行）　64033507（总编室）
网　　址	http://www.wpcbj.com.cn
邮　　箱	wpcbjst@vip.163.com
销　　售	新华书店
印　　刷	河北鑫彩博图印刷有限公司
开　　本	880mm×1230mm　1/32
印　　张	10.25
字　　数	253千字
版　　次	2019年8月第1版
印　　次	2019年8月第1次印刷
国际书号	ISBN 978-7-5192-5793-4
定　　价	38.00元

版权所有　翻印必究
（如发现印装质量问题，请与本公司联系调换）

绪论

每当我们出游时，看到浅蓝的天空徘徊着似锦的烟云，看到清澈的溪流里浮荡着飘落的红叶，看到林立的荷花间突然鸣叫着飞出的翠鸟，我们常常会情不自禁地用"诗意盎然"来感叹这些景致的美丽。同样地，每当我们布置居室、挑选图案、欣赏照片时，也会不由自主地以"诗情画意"为一种艺术尺度，来衡量物品和环境所达到的审美效果。甚至，在一些浪漫的爱情想象里，我们还将"如诗如画"作为一种人文标准，用以体察周围的人与事，期待着一份不期而遇的心动，把自己从烦琐的世俗生活中拉出来，放到那画一样优美的境界里，放到那诗一样悠远的回味中。

我们遇到隽永的句子，时常会说"那是诗一样的语言"。在中国传统文化中，诗已经成为一个被高度概括了的名词，代表着赏心悦目，意味着完美无瑕，蕴含着浪漫体验，融入着无限情思。那么，什么是诗？什么是诗情？它们是如何被创造出来的？这是我们很难说清，却又必须要说清的问题。

诗是一种被高度艺术化的语言，是丰富的情感体验和优美的艺术境界相融合的产物，是将音乐、图画和建筑三种美感结合起来的艺术创造。

那协调的韵律与和谐的节奏，常常给我们以听觉的享受，如李商隐的《暮秋独游曲江》："荷叶生时春恨生，荷叶枯时秋恨成。深知身在情长在，怅望江头江水声。"二十八个字中，属齿音者共十七个，读来无限凄楚、辛酸，前人评论此诗第三句"深知身在情长在"最是凄婉，就是因为这一句全是齿音。诗中分明的色彩与巧妙的构图，也常带给我们以丰富的艺术想象，如杜甫《丽人行》中的"杨花雪落覆白蘋，青鸟飞去衔红巾"，采用绿、白、青、红等色调，在杨花静穆和飞鸟灵动的对比中，明丽轻快地表现出春天的勃勃生机。

诗歌既有五言、七言等整齐的诗体，也有长短不一的词句和曲调。这些外在的诗体，仿佛建筑一样，为我们塑造了一个个不同的艺术形式，我们在这些不同的外在形式里，可以感受到不同的艺术美感。同样写杏花，不同建筑规则下的风情便有所不同。如陆游的《临安春雨初霁》："小楼一夜听春雨，深巷明朝卖杏花。"写春雨中诗人对百花齐放的期待和欣喜。陈与义的《临江仙》："杏花疏影里，吹笛到天明。"尖新凄丽，带有一种不懈的追求和刻意的强调。睢玄明的套数《般涉调》："殢春景游人醉，粉墙映秋千庭院，杏花梢招飐青旗。"通俗直白地勾勒出春光明媚的勃勃生机。在不同的建筑格局里，同一景物带给我们的艺术美感是不同的，我们可以体会到诗境的开阔、词境的幽深及曲境的通俗。正因为在精细的艺术刻画中，诗人们将普通人平常可以感受到的审美体验浓缩为寥寥数行，概括出普通人对现实世界的普遍美感，这些诗句才有了穿透历史的不朽生命力，才成为了宝贵的人文财富。

诗歌中不仅有优美的景物描写，还蕴含着诗人丰富的情感体验。这些情感体验，常被融化到自然风景中，成为一种看不见、摸不着，但却能被体味出来的艺术感觉。它可以在诗人描写景物时不经意流露出来，或是在自然风光中，不知不觉地延伸出来，意味隽永，令人涵泳不尽。如欧阳修的《蝶恋花》中"泪眼问花花不语，乱红飞过秋千去"，将情思与景物巧妙融合在一起，在有情的留意和无情的飘落中，传达出一种透彻心骨的伤感。秦观的《踏莎行》中"郴江幸自绕郴山，为谁流下潇湘去"，也在对江水的观赏中，感受到了一种无可奈何的时空流逝感。这些浸染着生命体验的诗句，是诗人个人情感的艺术表达，更是人类普遍情绪的精炼概括。还有一类诗句，在浓郁的情感体验和优美的艺术境界中，透露出洞察历史和社会的哲思，它们表达的不仅是一个时代的经验，更是被后人无数次验证的情感过程。《古诗十九首》的《迢迢牵牛星》中"盈盈一水间，脉脉不得语"，就把恋人间相见无期的苦恼与无奈和盘托出，在含蓄自然中，有穿透纸背的感染力。王安石《登飞来峰》中"不畏浮云遮望眼，自缘身在最高层"，也是将物对我关系的思考与对人生社会的体验，浓缩在简短的语句中，给读者留下了无穷的想象余地和思索空间。

正因为诗歌具有形式的精妙绝伦、描绘景物的多彩多姿、蕴含情感的深沉丰富、表达哲理的犀利透辟，才使人们对诗歌充满了无限的期待，使诗歌成为优美、细腻、丰富、浪漫的代名词，成为一种具备无限延展性的艺术形式。所以，我们才用"诗情"来概括优雅的情绪表现，才用"诗一样的语言"来形容细腻、巧妙的话语表述。

本书选取了诗歌的一个个横切面，对诗歌中的一个个关键问题进行讨论，试图让读者理解中国诗歌的基本概念和基本原理，以期读者能够真正读懂诗词，理解中国传统文化中最为精致的文学表达和最为深沉的情感书写。

目录

001　第一章　诗的发生
001　　一、诗言志
009　　二、诗缘事
013　　三、诗缘情

027　第二章　诗的赋成
028　　一、以赋结章
033　　二、以赋入诗
039　　三、赋法为词

056　第三章　诗的比兴
056　　一、比兴
064　　二、感兴
068　　三、物感

076	**第四章　诗的意象**
076	一、取象
085	二、成境
092	三、意境
099	**第五章　诗的境界**
099	一、词境
103	二、语境
105	三、心境
108	四、画境
113	**第六章　诗的声情**
113	一、声与辞
120	二、声调
127	三、韵律
132	**第七章　诗的思致**
132	一、虚实
136	二、形神
142	三、言意
145	**第八章　诗的构思**
145	一、虚静
151	二、神思
156	三、兴会

163	**第九章　诗的妙悟**
163	一、禅悟
168	二、神通
174	三、妙悟
181	**第十章　诗的滋味**
181	一、滋味
188	二、韵味
193	三、远味
201	**第十一章　诗的气韵**
202	一、文气
207	二、韵致
211	三、韵外
219	**第十二章　诗的叙述**
219	一、叙述基础
223	二、叙述动机
227	三、叙述策略
231	**第十三章　诗的流变**
231	一、合乐而歌
237	二、不歌而诵
242	三、文人为诗
246	四、词为诗余

255		第十四章　诗分唐宋
255		一、唐宋分体
261		二、唐宋分法
269		三、唐宋分宗
278		第十五章　词的俗化
278		一、题材适俗
281		二、情致平俗
286		三、技法通俗
288		四、语言浅俗
293		第十六章　诗的机理
294		一、雅与俗
299		二、文与质
307		三、通与变
315		参考书目
317		后记

第一章
诗的发生

　　诗是怎么产生的？或者说，诗歌与人的内在、自然的外在之间有着怎样的互动关系，从而使诗歌富于想象和情感，成为最适宜表情达意的文学体裁？从中国传统的诗歌发生理论来看，有三种基本的说法：诗言志、诗缘事和诗缘情。这三种说法分别成型于先秦、两汉和魏晋，这三个时期也分别是中国诗歌的形成、发展和成型时期。因此，这三种说法可以看作在不同文化背景下，对诗歌产生机制的理解；也可以视为在不同发展过程中，对诗歌创作经验的总结。

一、诗言志

　　"诗言志"是最早对中国诗歌发生进行总结的学说，最先提出"诗言志"的是《尚书·舜典》：

　　　　帝曰："夔，命汝典乐，教胄子，直而温，宽而栗，刚而无虐，简而无傲。诗言志，歌永言，声依永，律和声。八音克谐，无相夺伦,神人以和。"夔曰:"於!予击石拊石,百兽率舞。"

尽管《尚书》一书何时编成,尚存在诸多争议,但从《周易》《左传》等文献来看,主张诗歌言志,却是周秦时期对诗歌的内在要求。在这段话中,舜命令夔来掌管音乐,用以教育弟子,其中提到,用乐教所培养出来的人才有着与众不同的特点:正直而温和,宽容而庄重,性情刚正而不盛气凌人,态度平淡而不傲慢,实际体现出的是一种中和而优雅的修养。这种修养在《礼记·经解》中被概括为"广博易良",认为这是音乐教育出来的人格修为。在这其中,诗歌作为音乐的歌辞,要表达的是人的心声。所以说,"诗言志"最为基础的含义,就是指诗歌要能说心里话。

朱自清在《诗言志辨》中认为,"诗言志"是中国诗学的开山纲领,是最早对诗歌进行总结的观点,又指出"志"就是"怀抱"。[1]闻一多也认为,"志"有"记忆、记录、怀抱"等含义。其所谓的"记忆",指的是人物志、风俗志、县志也都带有记忆、记录的特征;其所具有的"怀抱"含义,指的则是"志向"。[2]

《诗大序》中写道:

> 诗者,志之所之也,在心为志,发言为诗。情动于中而形于言,言之不足,故嗟叹之,嗟叹之不足,故永歌之。

心里面的想法为"志",说出来就成了诗。诗是一个人内在"心志"的语言表达,如果语言表达不能尽兴,那就采用歌唱的方式。《礼

---

[1] 朱自清:《诗言志辨》,上海:华东师范大学出版社,1996年,第2-4页。
[2] 闻一多:《闻一多全集·文学史编》,武汉:湖北人民出版社,1993年,第8页。

记·乐记》中明确分析了诗、歌、舞的关系：

> 诗，言其志也。歌，咏其声也。舞，动其容也。三者本于心，然后乐器从之。

诗、歌、舞都是内心情志的产物，诗用语言来表达，歌用吟唱来表达，舞用身体动作来表达。显然，歌、舞要比诗表达得更充分。

言志，是观察士人格局、境界最常见的做法。《论语·先进》中记载，子路、冉有、公西华、曾皙陪着孔子闲坐，孔子就问他们几个人的志向，让他们"各言其志"。子路说自己能够出将入相，冉有说自己能做个大夫，公西华说自己能做个傧相，曾皙则说：

> 莫春者，春服既成，冠者五六人，童子六七人，浴乎沂，风乎舞雩，咏而归。

他说自己的理想是，在暮春时节换上春末夏初的衣服，与五六个成年人、六七个小孩一起，在沂水中沐浴，在舞雩台上讽诵，再咏着歌归来。孔子很赞赏曾皙的想法。孔门弟子解读《周易》，认为周文王作《周易》的目的，就是"通天下之志"，即致力于探求天下人的所思所想，知道民心所向，便可以引导、统领天下之事。

在这样的语境中，"诗言志"成为周秦时期对诗歌的内在要求。这里说的"诗"，既包括作诗，也包括完成的《诗》。《左传·襄公二十七年》载文子告叔向曰："诗以言志。"《庄子·天下》说："诗以道志。"《荀子·儒效》也说："诗言是其志也。"这些"志"，指的都是融合了每个人"心志"要求的群体志向。

虽然"志"存在于每个人的心中，但并不是每个人表达出来的，都是"诗"。这是因为,"诗"还有着两个外在的要求:一是这种心志要合乎群体的要求,合乎公共价值的要求,这样的心里话才能称为"志";二是诗歌需要用优美的语言来表达,才能为大家所传唱。有了这两重外在约束,"诗言志"的基本要义才具备。

所以说,诗所言之"志",并非一己之心志,而是群体要求、群体愿望的集体达成,或者说是集体表述。这样一来,诗歌所写的内容,便不是个人的事情,而是担负着疏导民情的现实责任。

《礼记·王制》记载了西周时的制度设计:"命大师陈诗,以观民风。"《礼记》这本书中有对周代礼仪制度的总结,有些内容带有展望与预设色彩,提出的"陈诗以观民风",实际是说,要通过收集整理诗歌来观察社会风气。这当然是对诗歌政治功能的思考,其逻辑起点就在于诗是言志的,通过诗,可以看出老百姓的所思所想。

"观民风"的"观",来自孔子对诗歌功能的总结。孔子认为,诗歌有四大作用:兴、观、群、怨。[①]兴,是诗歌能够感发,就像我们现在唱歌一样,一人唱,数人和,不知不觉便进入到情境之中。观,是通过诗歌观察民风、观察老百姓的志向。群,是诗歌能够担负交流的使命,周秦时期的外交官常常引诗来委婉表达志向,后世也相互唱和、赠答,表达"心志",促进彼此的交流。怨,是诗歌的疏泄功能,指被压抑的情感,可以通过诗歌来疏导。

汉儒们也认为诗歌可以言志,朝廷中设有专门的采诗官员。《汉书·食货志》说:

[①] 《论语·阳货》:"子曰:'小子何莫学夫《诗》?《诗》,可以兴,可以观,可以群,可以怨。'"

> 孟春之月，群居者将散，行人振木铎徇于路以采诗，献之大师，比其音律，以闻于天子。

老百姓冬天休耕而聚居，春天散开去劳作，这时候，朝廷就派一些小官员敲着木铎，在路上巡视，向老百姓采集民歌，然后交给乐师，再对音律进行整理，最后献给天子听。何休在《春秋公羊传·宣公十五年》的解注中，也有详细的描述：

> 男年六十、女年五十无子者，官衣食之，使之民间求诗，乡移于邑，邑移于国，国以闻于天子。

"采诗"具有"采风俗、观民风"的作用，因为所采的诗歌，常常经众人传唱出来的，更趋向于表现群体性的要求，这也是周秦汉时期诗歌的一大特点。《诗经》中的许多作品，更多的不是表现个人情感，而是表达集体情感，是老百姓口耳相传的传唱，就像现在的许多民谣一样，千锤百炼后，才趋于完美。《汉书·艺文志》又说：

> 自孝武立乐府而采歌谣，于是有代赵之讴，秦楚之风。皆感于哀乐，缘事而发，亦可以观风俗，知薄厚云。

据记载，西汉确实仿照周代建立过采诗制度，也曾收集整理了不少诗歌，意在使王公大臣通过欣赏诗歌，来观风俗、体察民意、看政绩得失、调整政治制度。诗歌在此确实起到了反映民意的作用。

受"诗言志"的影响，诗歌也重视寄托。如曹操《步出夏门行·龟虽寿》：

> 神龟虽寿，犹有竟时。腾蛇乘雾，终为土灰。

老骥伏枥，志在千里。烈士暮年，壮心不已。

盈缩之期，不但在天。养怡之福，可得永年。

幸甚至哉，歌以咏志。

最后一句"歌以咏志"说明，在曹操的认知中，"诗言志"是诗歌的内在要求。最初的诗是诗、乐、舞一体，是以诗歌、歌唱、舞蹈相结合的方式流传下来的。汉代的诗歌，也基本以这种形态呈现，《汉书·艺文志》所列的大多是"歌诗"。汉魏之际，由于音乐人才的匮乏，文人作诗不再追求歌唱，诗歌才从音乐中脱离了出来。因为诗歌不再采用歌唱的方式来传播，而是采用朗诵的方式来传播，从而形成了文人诗。曹操是精通音律的，他所言的"歌以咏志"，正是继承了诗以歌唱的传统认知。

从孔子的论述到曹操的诗歌认知，我们可以看出，"诗言志"主张诗歌要表达一种正面的、阳刚的，可以拿出来与大家共享的理想，这是中国诗歌形成之初的内在要求，也是对诗歌发生渊源的最古老的解释。

"诗言志"的传统，在后来的诗歌中得到了很好的继承。杜甫在《自京赴奉先县咏怀五百字》中说："穷年忧黎元，叹息肠内热。"这两句话既是杜甫诗歌的情感基调，也是杜甫人格形象的写照。穷年，是整年；黎元，指的是老百姓。杜甫是说，自己无时无刻不在忧国忧民，这种心境与其说是情感的体验，莫不如说是志向的表达。由此我们想到，范仲淹在《岳阳楼记》中说的"先天下之忧而忧，后天下之乐而乐"，也是一种伟大的群体志向。杜甫在这首诗中还说："葵藿倾太阳，物性固莫夺。"表明自己忠君爱国的志向，就像葵花与藿草一样整天向着太阳,本性使然,始终不变。

白居易早年充满了理想和抱负,也曾炙热地表达自己的"心志"。他在《寄唐生》中说自己作诗的目的:

非求宫律高,不务文字奇。
惟歌生民病,愿得天子知。

诗中表达了自己对下层百姓的忧虑,对民生疾苦的关心。诗中所言的,是自己深思熟虑的理性思考,是多年来一以贯之的理想追求。在"诗言志"的语境中,很多诗歌都是在抒发诗人的心志。

如黄巢抒发己志的诗作《题菊花》:

飒飒西风满院栽,蕊寒香冷蝶难来。
他年我若为青帝,报与桃花一处开。

在寒冷的秋风里,菊花满院开放,没有人欣赏,却独有一种香冷傲然的坚持。黄巢借菊明志:如果将来我做了青帝,就让菊花和桃花一块儿开,让被冷落、被遗忘、被抛弃者,都能够享受到春风浩荡。

宋代的诗人,不再像汉儒那样注重天人关系,也不像唐人那样关注人与人的关系,而更多地体察身与心的关系。他们用诗来展示志向,用词来表达内心的感受。像欧阳修、苏轼、辛弃疾那样的大丈夫,在词中也流露了不少与歌伎之间的暗通情愫。我们理解这个时期的诗词,要把诗与词分开来看,那就是诗之言志、词之言情。

唐宋之后还有不少诗人,在诗中所言的"志",不再是忧国忧民的担当感,而是表达自己的隐遁山林之志。这种隐遁山林,不是自甘堕落,而是坚持人格的完整,不被现实扭曲,不被尘俗污染,在这些清高、孤傲之中，隐含的是同样高洁的志向。林逋的《山园小梅》，便是这类言志之作的代表：

> 众芳摇落独暄妍，占尽风情向小园。
> 疏影横斜水清浅，暗香浮动月黄昏。
> 霜禽欲下先偷眼，粉蝶如知合断魂。
> 幸有微吟可相狎，不须檀板共金尊。

诗写梅花的超凡脱俗，实言个人不同流俗的情志。首联写出了梅花的孤独，尾联寄托的是安于贫贱、安于孤独的志向。这类作品中的"诗言志"，走出了群体志向的要求，是对某一类人理想操守的书写。

我们读《红楼梦》时可以看出，曹雪芹在刻画人物时，常常通过人物作诗咏物，不自觉就表露出了人物的心志。如第七十回"林黛玉重建桃花社 史湘云偶填柳絮词"中，不同个性的人物，在诗中表达了不同的志向。如薛宝钗的《临江仙》：

> 白玉堂前春解舞，东风卷得均匀。蜂团蝶阵乱纷纷。几曾随逝水，岂必委芳尘。
> 万缕千丝终不改，任他随聚随分。韶华休笑本无根，好风频借力，送我上青云！

薛宝钗给人的外部印象是温、良、恭、俭、让，但实际上，她的心中暗藏着很高的志向，她的"送我上青云"，表达的便是不甘平庸、知其不可为而为之的主动追求。

林黛玉却用《唐多令》吟道：

粉堕百花洲，香残燕子楼。一团团逐对成毬。飘泊亦如人命薄，空缱绻，说风流。

草木也知愁，韶华竟白头！叹今生谁拾谁收？嫁与东风春不管，凭尔去，忍淹留。

同样面对柳絮飘落，薛宝钗看到的，是轻风把柳絮送上了青天；而林黛玉看到的，是柳絮落到了地上无人收拾。柳絮并不是花，只能随风飘散，委身尘污，甚至连"花自飘零水自流"的美感都无法获得，春风不管它，柳絮只能兀自飘落。林黛玉的词中，暗含了身世漂泊之感、人生寥落之情，可以与她的《葬花词》对读。

在中国诗歌理论中，诗言志并不排斥诗言情，而是强调诗歌更多担负起"发乎情，止乎礼义"的内在要求，即情感或出于一己的体验，但这种体验要合乎群体价值的外部要求，能够担负起必要的社会责任，而不是任由情感泛滥。随着时间的推移，"诗言志"渐与"诗缘情"结合起来，"志"所具有的"怀抱"之义，便包括了"情"与"志"两个方面。

二、诗缘事

最早提出"诗缘事"的是东汉的何休，其《春秋公羊传解诂·宣公十五年》中有：

男女有所怨恨，相从而歌，饥者歌其食，劳者歌其事。

何休认为，《诗经》中的许多诗，都蕴含着一定的故事、本事、职事。如《鄘风·载驰》，写的是许穆夫人得知自己的祖国卫国灭亡了，心急如焚，期望回国救助，却为许国大夫所劝阻；《郑风·溱洧》写的是三月三上巳节时，一对男女恋人在水边嬉笑玩乐；《郑风·女曰鸡鸣》写的是妻子督促丈夫起床干活。

这里所说的"事"，不单纯是一个故事，还包括引发诗人创作的本事。在《周南·关雎》中，写一个男子见到一个女子动了心，先是失眠，"求之不得，寤寐思服"，然后聘请媒人，最后把女子娶回了家。诗作表面上是写男子的心理活动，背后则有一个故事的流程、时间的流程。如果说，"诗言志"强调的是触发诗歌创作的动机，在于心中有话要说；那么，"诗缘事"所表达的，则是现实生活中有很多事，触发了诗人的诗歌创作。

汉乐府中的不少诗歌是以叙事见长的，如《陌上桑》《妇病行》《雁门太守行》《东门行》《孤儿行》《十五从军征》《相逢行》《孔雀东南飞》等。受这种风气的影响，其后文人创作的诗，也有不少是叙事的，如辛延年《羽林郎》、蔡琰《悲愤诗》等。可以说，汉乐府以叙事见长，主要就是对早期诗歌叙事功能的继承。世界上不少国家都有长篇叙事诗，中国的少数民族，如藏族、蒙古族等，也都有自己民族的叙事诗。[①]在早期形成的过程中，诗歌的叙事功能是被推崇的。

汉儒注意到了诗歌的叙事功能，认为《诗经》中的每一首诗，都有特定的故事、本事，《毛诗序》就热衷于探讨每首诗中蕴含的诗人用意，《韩诗外传》也试图发现诗歌背后的故事，并围绕诗歌来编故事，

[①] 世界各国的史诗有古巴比伦的《吉尔伽美什》，印度的《摩诃婆罗多》《罗摩衍那》和古希腊的《伊里亚特》《奥德赛》等；中国少数民族的史诗有藏族的《格萨尔王传》和蒙古族的《江格尔》等。

最后作出相应的评论。当然其中有些故事很明显是编出来的，只是为了给诗歌套一个框架。可以说，"诗缘事"的提出，既是对《诗经》传统的继承，也是对汉乐府叙事风气的总结。

建安时期，诗歌的叙事功能还在继续。曹操的《蒿里行》，记述了汉末战乱的社会现实，再现了当时人们的苦难生活，他的诗，也被称为"汉末诗史"。曹氏父子还写了许多游仙诗，从早上起来，到一整天与仙人饮酒、下棋、作乐等，都是在叙述一个个故事的流程。既然叙事传统在汉代如此被重视，出现了《陌上桑》《孔雀东南飞》这样的长篇叙事诗，那么，为什么在后来，"诗缘事"的传统被消解掉了呢？

这主要有以下几个原因：

第一，魏晋时期的士人，由崇尚"事功"转向追求"立言"。曹丕代汉之后，便组织文人编书。建安年间有很多诗人，到了黄初年间，就转而做学问了。这个时期，除了曹植，几乎没有大的诗人。文人们不关注现实，不追求功业，一心编书，虽然有了才学，却消磨了才华。在编书的过程中，他们过多地接触了儒家、道家及刑名之术，便失去了作诗需要的才气与灵性。叙事诗必须有现实意义，强调了解现实，描写事情的起因、经过、发展和结局，需要关注外部世界，关心百姓冷暖。当文人开始注重学术，他们对文学反映现实的功能，就有所忽视了。

第二，受政治高压、社会风气的影响。黄初之后，司马懿、司马昭觊觎皇权，利用曹氏兄弟不和，肆意迫害杀戮曹氏宗亲。阮籍、嵇康本来同情曹魏政权，但由于司马家族的压制，他们不敢面对现实，像曹植《白马篇》《赠白马王彪》之类的言志、叙事作品，便不能直白地写了。阮籍在日常生活中,"发言玄远,口不臧否人物"[1],只能把自己的苦闷在诗中暗示,以致写出的是"厥旨渊放,归趣难求"[2],后人只知道阮籍很苦闷,但阮籍就是不肯说他为什么苦闷。这样一来,诗歌反映现实的作用、叙事的功能就被完全削弱了。

所以,魏晋之际诗歌的总体趋势是诗作由记述事功转向书写怀抱。与政治高压相对应的是魏晋玄学的兴起,人们开始转向关注内心的思考。儒家强调的是外在,玄学强调的是内在,后者对群体的关注远不如对个人的关注。这一时期,人们考虑问题的顺序,倾向于先个人再家族、先家族再国家。言志要关心国家大事、叙事要着眼现实民生,在这种情况下,诗歌这两种功能都有所削弱。

第三,魏晋之际诗歌叙事风气的削弱是与抒情特征的强化同步的。西晋立国之后,出现了一个短暂的提倡儒学的高潮,叙事要求有所加强,但没有形成主流,主要原因在于这时期的文人缺少对他人的关照、关怀与体恤,而流行展示个人的风度、才华与个性。他们比较讲究自然,这个自然不是洒脱,而是不受任何压抑的、以个人为中心的自由自在,有时候是完全地自我放纵。这样的创作主体便少了言志、叙事的要求。只有少数寒士或有识之士关注现实,如左思、鲍照、刘琨,他们的眼中有看不惯的现实,诗歌中还保留着乐府的叙事传统。

魏晋南北朝是中国诗歌的形成期,唐诗是在南北朝诗歌的基础上发展而来的。这样就造成了唐代诗歌的某种分野,即从乐府发展而来的歌行体还保留着叙事的传统,文人诗则更多侧重抒情。中唐时期的一些

---

[1] 《晋书·阮籍传》,北京:中华书局,1974年,第1361页。
[2] [南朝·梁]钟嵘著,曹旭集注:《诗品集注》,上海:上海古籍出版社,1994年,第123页。

诗人，厌倦了文人诗的一味抒情，开始转向叙事，又重新捡起了乐府旧体。如元稹在《乐府古题序》里提到"即事名篇，无复倚傍"，白居易《与元九书》中的"文章合为时而著，歌诗合为事而作"，主张诗歌要恢复叙事传统，一度形成了有影响的叙事诗的创作高潮，如《琵琶行》《长恨歌》《连昌宫词》等，都是在这样的背景下被创作出来的。

叙事诗要求诗人有直面现实、敢为百姓鼓与呼的勇气，但在很多时候，大多数文人缺少这样的坚持，反倒是点到即止、举言又止的抒情诗，可深可浅的叙述、可长可短的篇幅、可有可无的情绪，更为文人们所喜爱。

三、诗缘情

最早明确提出"诗缘情"的是屈原。他在《惜诵》中说："惜诵以致愍兮，发愤以抒情。"主张诗人把自己的愤懑、牢骚写出来。在《抽思》中，他又说："结微情以陈词兮，矫以遗夫美人。"期望把感情凝结于文辞中，赠送给楚怀王。《惜往日》言："愿陈情以白行兮，得罪过之不意。""陈情"就是表达情感。《思美人》中还说："申旦以舒中情兮，志沈菀而莫达。""中情"就是内心的情感。屈原要表达的，大都是自己的牢骚，是他的愁怨，也是他个人的情感体验。屈原作品体现的情感，现在看来，是一类人的操守与追求，传达的是诗人内心的孤独与高洁的理想。

汉人也讲"诗缘情"，只不过因经书中不断对"诗言志"进行强化，就忽略了《淮南子·本经训》中对"诗缘情"的阐释：

> 凡人之性，心和欲得则乐，乐斯动，动斯蹈，蹈斯荡，荡斯歌，歌斯舞，歌舞节则禽兽跳矣。

这一说法要比《毛诗序》还早。在《淮南子·俶真训》中，更明确地说，歌舞要表达的是情感：

> 且人之情，耳目应感动，心志知忧乐，手足之攒疾蠡辟寒暑，所以与物接也。……今万物之来，擢拔吾性，攓取吾情，有若泉源，虽欲勿禀，其可得邪！

这里提到人的内在情感，或借助歌舞表达出来，或借助外物表达出来，实际已经触摸到了情感与外物之间的某种联系。

汉代诗歌的发展，有两条基本线索：一是官方以儒家学说为主导的"诗言志"，二是民间的"诗缘情"。前一条在文学史中有比较清晰的描述，后一条则潜藏在民歌、镜铭、谣谚等非官方文学的叙述之中。在西晋挚虞《文章流别论》中，开始调和言志、缘情之说，挚虞的说法是："诗以情志为本。"①"情"是个人情感的表现，"志"是群体要求的综合，在汉代受儒学影响，人之情是被压抑的，魏晋时期的学者，倒是很明白地补上了情感在诗歌表达中的作用。

陆机在《文赋》中进行了更为经典的概括："诗缘情而绮靡。"这

---

① [西晋] 挚虞《文章流别论》："言一国之事，系一人之本，谓之风；言天下之事，形四方之风，谓之雅。"仍认为《诗经》具有鲜明的"言事"特征，对"情"与"礼义"也进行了表述。"须事以明之"，认为诗赋在表现情义时，必须"以事类为佐"。但挚虞也注意到了诗歌是情志的产物，所谓诗"以情志为本"，作诗"发乎情"等论述，则与魏晋之际兴起的"缘情"观念相呼应。从挚虞的文论来看，其正处在"缘事"向"缘情"的过渡期。

是说诗就是要写情感体验,要写得文辞华美、构思精巧。魏晋时期,人的自我意识充分张扬,自己的情绪体验就是个性的流露、才华的体现,不仅可以写,而且可以大写特写,从而使得中国诗歌摆脱了外部的干预,直接面对自己的内心。

言志的诗,大家都知道该怎么说;缘事的诗,需要有故事的流程或情节在里面;而写自己的情感、情绪、情思、情怀等,则可以随时写、随便写,这也是诗歌在魏晋时期得以被热捧的原因之一。与之相关的是,很多文人也想叙事,可找不到好的题材,就只能把汉乐府中的故事拿来重说一遍,创作了大量的拟乐府诗。这也从侧面证实了叙事诗的难写。

情、志结合来写,是南朝学者对诗歌内容的基本共识。范晔在《狱中与诸甥侄书》中说:

> 常谓情志所托,故当以意为主,以文传意。

文章要抒情言志,因而要注重立意、注重构思。刘勰在《文心雕龙·情采》中的理解是:

> 故情者,文之经;辞者,理之纬。经正而后纬成,理定而后辞畅,此立文之本源也。

文章要以情为主导,以辞采为辅助。放在写诗的语境中,就是好的诗歌,使用最优美的语言来表达最深挚的情感。在这样的要求中,诗缘情中的"情"被强化了。钟嵘《诗品序》中言情思万千:

> 至于楚臣去境,汉妾辞宫,或骨横朔野,魂逐飞蓬;或负戈

外戍,杀气雄边;塞客衣单,孀闺泪尽;或士有解佩出朝,一去忘返;女有扬蛾入宠,再盼倾国:凡斯种种,感荡心灵,非陈诗何以展其义?非长歌何以骋其情?

钟嵘认为,诗歌既不是实践,也不是理想,而完全是情感的体验。屈原流放、昭君出塞、士兵战殁、游子怀乡,其中有多少情感需要倾诉呢?而倾诉出来的,便是诗。

唐代出现诗歌创作的高潮,就在于诗歌能够将个人的情感体验与家国志向结合起来,实现情志合一。因而,唐人所谓的情,并非一己之私情,而是融合着群体要求的个人情感体验。孟浩然在《韩大使东斋会岳上人诸学士》中说:"翰墨缘情制,高深以意裁。"诗篇靠情感体验写出来,高深的格调靠立意获得,情感是基础,构思是条件。诗歌有两个翅膀,一个是情感,另一个是想象。情感人人都有,而想象,却只有诗人能够用构思获得,在这里,孟浩然说出了作诗的秘诀。

皎然在《秋日遥和卢使君游何山寺宿敡上人房论涅槃经义》中提出了诗歌意境的问题:"诗情缘境发,法性寄筌空。"前半句讲的是,诗歌的情感要在可以体悟、可以体察、可以想象的意境中表达出来。后半句说的是,佛教讲空寂,佛理只可意会、不必言传。皎然是诗僧,他认为,好的诗歌要达到知其妙而不知其所以妙的境地,这是要通过体悟来获得的。

晚唐的孟棨在《本事诗·序》中,对"诗缘情"做了总结:

诗者,情动于中而形于言。故怨思悲愁,常多感慨。抒怀佳作,讽刺雅言,著于群书,虽盈厨溢阁,其间触事兴咏,尤所钟情。

相对于"言志"的异口同声、"缘事"的可遇不可求,"缘情"则有着无穷无尽的素材可以表达。人生在世,无时无刻不处在情绪变化之中,千变万化的情感,为诗歌的创作提供了无数的契机。

总结看来,诗歌言情有四种表达类型。

一是直抒胸臆,情气充盈。如陈子昂《登幽州台歌》:

> 前不见古人,后不见来者。
> 念天地之悠悠,独怆然而涕下。

诗中没有景物的描写,没有叙事,没有思致的安排,完全按照情感的逻辑来构诗成篇,始终有一种情感流淌其中。

岳飞的《满江红》,也是完全由自己的情感而发,是内心的直接写照:

> 怒发冲冠,凭栏处、潇潇雨歇。抬望眼、仰天长啸,壮怀激烈。三十功名尘与土,八千里路云和月。莫等闲、白了少年头,空悲切。
> 靖康耻,犹未雪。臣子恨,何时灭。驾长车踏破、贺兰山缺。壮志饥餐胡虏肉,笑谈渴饮匈奴血。待从头、收拾旧山河,朝天阙。

岳飞开篇直写自己的愤怒,他想到自己三十年来在风尘中为国杀敌,南北征战,不知不觉,少年时代已经过去了,留下的,却是满腔的惆怅和悲愤。靖康年间,宋徽宗和宋钦宗被金军掳到了黄龙府,到现在还没有雪耻,臣子之恨,要什么时候才能灭掉呢?词中没有景物描写,也没有逻辑的安排,完全由着情感一气呵成,像长江之水奔流而出,毫无刻意的思致。

所谓"思致",指的是有意识的构思安排,也就是孟浩然所说的"意",通过构思立意来写诗。但真正的好诗是不能构思的,它完全喷薄而出,一气呵成。诗人毫不掩饰自己的情感,或者说,是他们任由生命的感悟在深情诉说。我们读这些诗的时候,感觉到了情感的流畅,气势的贯通。

还如李白《将进酒》:

> 君不见黄河之水天上来,奔流到海不复回。
> 君不见高堂明镜悲白发,朝如青丝暮成雪。
> 人生得意须尽欢,莫使金樽空对月。
> 天生我材必有用,千金散尽还复来。
> 烹羊宰牛且为乐,会须一饮三百杯。
> 岑夫子,丹丘生,将进酒,君莫停。
> 与君歌一曲,请君为我侧耳听。
> 钟鼓馔玉不足贵,但愿长醉不愿醒。
> 古来圣贤皆寂寞,惟有饮者留其名。
> 陈王昔时宴平乐,斗酒十千恣欢谑。
> 主人何为言少钱,径须沽取对君酌。
> 五花马,千金裘,呼儿将出换美酒,
> 与尔同销万古愁。

这首诗之所以成为唐诗的代表,就在于它把李白浪漫的气度、不羁的性格、飘逸的神采都展现出来了。开篇,一则言空间之感,黄河之水浩浩荡荡奔流到东海里去,波澜壮阔;一则言时间之感,感慨人生苦短。在这样开阔的时空中观察人生,完全没必要计较一时一地的得失,相较于黄河之长、人生之短,相逢相聚相知相乐就显得格外重要。人生难得一聚,良辰美景,不要总是惆惆怅怅,而要洒脱一些,豁达从容地活着。这样的诗,是学不来的,它没有多少构思,也没有多少典故,完全由着自己的性子在写,流露出的都是李白的真性情,是靠着文采、文气贯通而成的。李白的叙述,完全按照他自己的逻辑,读者读来感觉是醉话。黄河流水、高堂明镜这样的意象,岑夫子、丹丘生这样的典故,完全被感情的洪流所融化。诵读此诗,我们明显能够感觉到李白的情感在流淌、气息在跳跃。

二是情景交融,物我双观。情景交融,是内心的情感与外在的景物融会在一起。物我双观,是在描写景物的同时描写自我。物与我是一体的,也是相互映衬的,写物就是在写我。如孟浩然《早寒江上有怀》:

> 木落雁南度,北风江上寒。
> 我家襄水曲,遥隔楚云端。
> 乡泪客中尽,归帆天际看。
> 迷津欲有问,平海夕漫漫。

一句写景,一句写情。木落雁南飞,是客观的景;风寒既是身体的感觉,也是心里的冷落。家在远方,相隔千里,是客观描写;乡泪、客中则是主观情绪。物我相间,一实一虚,情感自然流露了出来。

再如,李白《黄鹤楼送孟浩然之广陵》:

> 故人西辞黄鹤楼,烟花三月下扬州。

> 孤帆远影碧空尽,唯见长江天际流。

后两句是在写景,干净明澈,帆船消失在天尽头,其实是李白望着好友孟浩然乘坐的船消失在天尽头,他对孟浩然的惜别之情,跃然纸上。

有些诗写景抒情时,景是明显的,情是隐蔽的。李白在《早发白帝城》中写"两岸猿声啼不住,轻舟已过万重山",能感觉到他那种穿越千山万水的畅快。

杜甫《绝句》:

> 两个黄鹂鸣翠柳,一行白鹭上青天。
> 窗含西岭千秋雪,门泊东吴万里船。

黄鹂、翠柳、白鹭、青天,颜色鲜明,诗境明媚、开朗,鸟鸣是听觉,是近景;白鹭是视觉,是远景;这些都是暂时的美景,千秋雪则是恒久的存在。诗在看似随意的描写中,蕴含着诗人对自然景物的细微体察,体现着诗人喜悦而自在的情感。由此我们想到,杜甫在《春望》中的"感时花溅泪,恨别鸟惊心",鸟和花作为景物,年年遇到,岁岁如此,但诗人的心情变了,景色所带来的体验也就不同了。

"年年岁岁花相似,岁岁年年人不同"(刘希夷《代悲白头翁》),由于诗人的情感体验不同,看似相近的意象,就有了不同的情感蕴含。柳树是唐诗常见的意象,在王维的《渭城曲》中,是"客舍青青柳色新"的,给人以充满生机的新鲜感;在贺知章的《咏柳》里,是"碧玉妆成一树高,万条垂下绿丝绦",是玉树临风的优雅;而在王昌龄的《闺怨》中,却成为情感变动的触发:

闺中少妇不知愁，春日凝妆上翠楼。

忽见陌头杨柳色，悔教夫婿觅封侯。

诗作开篇之句娓娓道来，写一个本来无忧无虑的闺中少妇，无事时登楼远眺。最初没有多少"愁"，却因为突然看见杨柳依依袅袅，顿时产生了心理触动，后悔敦促夫婿外出工作了。这首诗表面写景，实际上写的是情。春天来到，杨柳青青，这时本该夫妇一同踏青，共赏春色，但丈夫却在远方，结果只剩自己一个人独自待在家中。通过景物的转换，写出了女子情感变化的流程，表现出了女主人公内心的孤寂和对丈夫的思念。

这种写法是物我双观，表面上是写物写景，实际上是在写我写情。"闺中少妇不知愁"是心理描写，"春日凝妆上翠楼"是动作描写，"忽见陌头杨柳色"是景色描写，"悔教夫婿觅封侯"是心理描写，每一句的视角都不同，内容也不同。每一句一层意思，仿佛电影的长镜头和短镜头要有配合一样，不知不觉刻画出了人物情感的细腻变化。

我们再来看李白的《菩萨蛮》，在描写景物的过程中，是怎样描写情感的：

平林漠漠烟如织，寒山一带伤心碧。暝色入高楼，有人楼上愁。

玉阶空伫立，宿鸟归飞急。何处是归程？长亭更短亭。

这首词表面写景，却句句含情。"平林漠漠烟如织"，远处的树林苍茫，有一种凄清迷茫的感觉，形成一个迷蒙苍远的意境。那种碧绿的颜色，仿佛浸透着一种令人伤心的情感。为何会如此？是因为"暝色入高楼，有人楼上愁"。夕阳西下，高楼被暝色所笼罩，只能隐隐约约地看到，这是从自然景物渐渐转移到人的情绪的描写。"暝色入高楼"是远望，是实写；"有人楼上愁"，是想象，是虚写。楼上有没有人愁？不知道，是诗人的想象。接下来，写楼上愁的那个人，玉阶空伫立，暗示楼上的人是一个女子，在这么晚的时候，孤零零地守望，等待心上人的归来。"宿鸟归飞急"，既是实写，写诗人看到归鸟入巢；又是虚写，写"急"是诗人自己的感受。写的是景，实际上也是人；是物，也是我。鸟尚且如此，又何况自己？尤其是夕阳西下的时候，游子自然想到家的温暖，想到家人的体贴。末句的"长亭更短亭"，是远望，也是诗人急切赶路回家的心情刻画。

在这些诗中，当事人看到景物产生了情感，想到了自己的生命状态，借助景物来表达自己的人生体验，这一点，与我们前面说的直抒胸臆不同。直抒胸臆是由着自己的性子，把内心的情感完全表达出来；而在物我双观时，虽然也以情感为主导，但一定要借助景物来说。如李煜《浪淘沙》：

　　帘外雨潺潺，春意阑珊，罗衾不耐五更寒。梦里不知身是客，一晌贪欢。
　　独自莫凭栏！无限江山，别时容易见时难。流水落花春去也，天上人间。

"帘外雨潺潺，春意阑珊"，李煜作此诗时，已经成为阶下囚，他写自己在春夜无法入眠，原因是外面下着雨，况且春寒尚在。这几句表面上是在叙事，实际上，写的是自己在风雨如晦时的心情。接下来，写"梦里不知身是客，一晌贪欢"，说自己虽身居汴梁，但梦里依旧是在南唐当皇帝时的繁华生活，此处的"梦里"有两层含义：一是现实生活中的梦，梦中十分热闹，醒来却如此冷清；二是说自己曾是国君，以前过着荣华富贵的生活，现在却成了阶下囚，整天以泪洗面，回想往事，也是人生如梦。下阕写景，在景物中抒发了自己的情感。"独自莫凭栏"，一个人不要上高楼，容易引发伤感：当年多么美丽的江山，现在再也见不到了，再也回不去了。"流水落花春去也，天上人间"，想想当年过着神仙般的生活，如今却以泪洗面，反差如此之大，仿佛落花流水一样，令人感慨不已。

李煜词的一个特点就是常将自己的情感化成非常具体的形象，体现着想象力与情感的高度融合。如"问君能有几多愁，恰似一江春水向东流"（《虞美人·春花秋月何时了》），便是把"愁"比作"一江春水"，绵绵不绝，波澜壮阔，"愁"是无限之长，望不到尽头。而李清照的"只恐双溪舴艋舟，载不动许多愁"（《武陵春·春晚》），则写出了"愁"的重量，"愁"把小船都压得承担不起了。这些都是用形象之物，把无形的情感体验表达了出来。

三是因事立题，情事统一。诗作通过写一件事情，或者描绘一个生活的片段，或者写一个时间的流程，来表达情感的细微变化。如张籍的《秋思》，并没有写景，而仅于叙事中抒发自己的情感体验：

洛阳城里见秋风，欲作家书意万重。
忽恐匆匆说不尽，行人临发又开封。

又到了秋天，诗人想给家里写信，有很多话要说：对父母要叮嘱，对孩子要交代，对妻子要劝慰。但是，当他把信交给行人时，却担心自己匆匆忙忙地落下了什么话没说，于是，赶在捎信人临行前，又拆开查看。这个写信、寄信、拆信的过程,散发出浓浓的乡情和对家人的关切。这首诗写的虽是一件小事,却蕴含着很深的情感体验。

王维《杂诗三首》(其二)也是如此:

> 君自故乡来,应知故乡事。
> 来日绮窗前,寒梅著花未?

朋友从故乡来看他,两个人聊天,一人问:你从我们的故乡来,应该知道故乡的事,请问我家绮窗前的寒梅开花了没有?面对一个从老家来的人,常人总有千言万语要说,有无数牵挂的人要问,诗人却只写了一个最普通的事情:问家乡是否花开。这好似是无话找话,几乎不合常理。但在其中,我们可以读出两点:一是诗人也有近乡情更怯、不敢问来人的犹豫。因为离家太久,询问家乡故老,又怕听到噩耗之类的消息,只问花是否开,恰恰表现了诗人对故乡之人的深沉牵挂,因为没有消息就是好消息,不必问,也不敢问。二是"寒梅著花"是一个物象,是前三句诗的收束。诗人与故乡来人之间的全部情感交流,最后落实到一个看似普通的物象上,情感有了归附,情绪也具象化了,收住了诗境,让整首诗情致盎然。无言之言,胜过千言万语。

四是错综史实,吟咏情怀。具体说来,就是借故事、典故来抒情,虽然也是写事,但常常借助历史想象来表达情思。如杜牧《赤壁》:

> 折戟沉沙铁未销,自将磨洗认前朝。
> 东风不与周郎便,铜雀春深锁二乔。

诗中引用了魏、蜀、吴三方赤壁大战的故事作为诗作的整体背景,来抒写诗人的历史认知。诗人写自己捡到了一枚锈迹斑斑的戟,磨洗之后发现是前朝的，由此生发出了历史的感慨：假如没有东风的话，曹操早就渡过了长江，他的铜雀台中，也早就关着被掳来的二乔了。其中的历史沧桑感，是借助历史典故体现出来的。

刘禹锡《西塞山怀古》也抒写了对历史的感慨：

> 王濬楼船下益州，金陵王气黯然收。
> 千寻铁锁沉江底，一片降幡出石头。
> 人世几回伤往事？山形依旧枕寒流。
> 从今四海为家日，故垒萧萧芦荻秋。

公元279年，益州刺史王濬造大船伐吴。吴国在江面险要处打木桩，连上大铁链，又把一丈多高的铁锥立在水下，试图阻挡晋军东下。王濬率楼船下来的时候，先用木筏架上火炬前行，遇到铁链，便燃起大火，时间一长，铁链都被烧坏，沉入江底。吴国的江防转眼之间灰飞烟灭，无险可守，东吴只能投降。

这首诗前面写历史事件，后面抒发人生感慨，不管是"西晋楼船"也好，"千寻铁锁"也好，人生得失、历史成败都是烟云，城市不会因为繁华，就固若金汤，人物不会因功高盖世，就万古长存。千载以下，山水依旧，声名显赫的人物、惊天动地的事件，都随风逝去了，留下的只是苍茫无边的怀想而已。人生与山川自然相比，是多么的短暂和渺小，只有精神的力量才是永恒的。这首诗体现了一种看透历史、味遍人世的通透感。现在天下太平，当年一个个英雄豪杰叱咤风云、侠肝义胆，都不过是历史的过客。原先他们作战的地方，如今长满了芦苇，在无边的秋色中，寂寞而立。

中晚唐诗人的借古咏怀，有非常深刻的历史体验在里头，那就是：

历史是不以人的意志为转移的。盛唐的繁华是无论如何努力都不可再得的，中唐中兴、复兴的说法，在朝廷中可以大张旗鼓地宣传，但所有人都清楚，历史不能假设，时光不能倒流，无数抱着复兴唐朝志向的诗人们，最终都无可奈何地意识到了无能为力。他们在诗歌中重述历史，正是借助这些兴亡之感，来抒发满腔政治抱负落空后的沮丧。

第二章
诗的赋成

古人常说"赋诗一首",那么什么是赋?又为什么称写诗是赋诗呢?按照朱熹的解释,赋是"敷陈其事而直言之者也"①,"敷陈"类似我们现在所说的"铺陈",是诗歌描写、记叙的基本手法。《诗经》里用铺陈的手法最多,根据谢榛的统计,《诗经》用"赋"720次,"兴"370次,"比"110次。②"赋"的手法,比"比""兴"两种手法加起来还多一倍,足以说明"赋"是《诗经》时代结章的基本手法。我们可以通过赋法来观察诗歌的演进,不仅能够理出诗歌演进的一条基本线索,也有助于我们理解如何搭建诗歌的基本框架。

---

① [南宋]朱熹注,赵长征点校:《诗集传》,北京:中华书局,2011年,第4页。
② [明]谢榛《四溟诗话》:"洪兴祖曰:《三百篇》比赋少而兴多,《离骚》兴少而比赋多。予尝考之《三百篇》,赋七百二十,兴三百七十,比一百一十。洪氏之说误矣。"

一、以赋结章

以赋结章，就是把赋法作为一种句法来使用。《文心雕龙·诠赋》言赋的特征："写物图貌，蔚似雕画。"虽然刘勰说的是辞赋之"赋"，却不妨将其视为赋法的基本特征：用铺陈的手法描绘事物的图貌，仿佛画画一样逼真。

首先，赋法善于铺陈过程。如《诗经·邶风·静女》：

静女其姝，俟我于城隅。爱而不见，搔首踟蹰。
静女其娈，贻我彤管。彤管有炜，说怿女美。
自牧归荑，洵美且异。匪女之为美，美人之贻。

"姝"是"美好"的意思，美丽的女子与男子相约在城门角。"爱而不见"，男子去了，女子却没出现，藏了起来逗他，女子的调皮就显示出来了。男子"搔首踟蹰"，就在那儿徘徊，男子的质朴也显示出来了。文学刻画人物形象，常在不经意处落笔，在细微处见精神，一个"不见"，一个"踟蹰"，便是传神之笔。由于女子是"爱而不见"，是有意逗自己的心上人，看看他的反应。然后，女子出现了，送给男子一个定情物：彤管。有人说彤管是一种乐器，也有人说是一种野草。总之，这个定情物很有光泽，非常漂亮。最关键的是"匪女之为美，美人之贻"，男子爱屋及乌。诗作开始，写两个人相见，最后是男子回来，他把整个事件铺陈出来，表面上是在叙事，实际上是在抒情。

中国诗歌跟西方诗歌不一样的是：西方的长篇叙事诗要把故事说得非常清楚，如《荷马史诗》、印度史诗《摩诃婆罗多》和《罗摩衍那》，都有故事情节在里面。中国诗歌是把生活中的一些细节表现出来，采用"跳跃"的手法来叙事，点到即止。《静女》开篇先说"静女其姝"，既是客观判断，也是男子的心声。然后说"俟我于城隅"，她在那个地方等我呢。两句话形成跳跃关系，第一句想到女子的容貌，第二句跳跃到女子的行动。接着，"爱而不见"，这个女子约会却故意藏起来不见，有了波折，又跳跃了一层。"搔首踟蹰"又是写男子的窘境。像是镜头切换一样，步步跳跃，以之推动了故事的发展。

从《狡童》《溱洧》《鸡鸣》《氓》这些篇章来看，也都有跳跃式的结构。当一个点、一个点连成线以后，我们就能看出诗篇的叙事线索。像《静女》里的"静女其姝"，"姝"是静态美；"静女其娈"的"娈"，是说女子笑容满面地出现了，是动态美。"贻我彤管"四个字，就把约会过程说完了，中间却没有写他们说话。他们肯定有交谈，但诗作把说话的情节完全省去，只描写了动作。开头是心理描写，中间是动作描绘，最后又是心理描写，很符合恋爱中人的情感体验，无论说什么、做什么，留下的只是一句话：我知道他（她）对我好。

中国诗歌叙述男女恋爱，常用铺陈，是在一个故事流程中，铺陈情感的变动。有时为了让这种铺陈维持下去，或者看起来更自然，不妨借用一个叙事结构，让虚设的人物来拼接铺陈。

宋玉《登徒子好色赋》的描写便是如此，登徒子找楚王告状，说宋玉这个人特别好色，然后宋玉就说："曾经有一个楚国最美丽的女子站在我面前，对我表示爱意，我都没有答应。登徒子这个人家里有一个媳妇，长得奇丑，但他每天还是跟妻子恩恩爱爱，生了五个孩子，你想，到底谁好色？"在这里，"赋"便是用铺陈的手法来讲故事。蔡邕《静情赋》、曹植《洛神赋》、陶渊明《闲情赋》也是如此，写自己遇见一个美丽女子，或者是女神，或者是如女神一样的女子，与自己情愫暗通,但自己最后却把持住了,或是毅然离去,或是惆怅分开,叙述就到此结束了。

其次,是用赋法铺陈场景,就是把一个场面用不同的手法描写出来。典型的是《诗经·周南·芣苢》:

> 采采芣苢,薄言采之。采采芣苢,薄言有之。
> 采采芣苢,薄言掇之。采采芣苢,薄言捋之。
> 采采芣苢,薄言袺之。采采芣苢,薄言襭之。

"采采芣苢"有两种解释,一种解释说"采采"是开得很茂盛的意思;还有一种解释说"采采"是动词,采集的意思。"芣苢"是车前草,是一种野生植物,可以作为野菜充饥,也可以捣碎入药。"薄""言"是两个语气词。全诗描写的就是一群妇女在乡野里采摘车前草的过程,用的完全是铺陈手法。这是首民歌,铺陈得比较简单。

《诗经》里还有一篇《周颂·载芟》,铺陈得繁复一些:

> 载芟载柞,其耕泽泽。千耦其耘,徂隰徂畛。
> 侯主侯伯,侯亚侯旅,侯彊侯以。
> 有嗿其馌,思媚其妇,有依其士。
> 有略其耜,俶载南亩。播厥百谷,实函斯活。
> 驿驿其达,有厌其杰。厌厌其苗,绵绵其麃。
> 载获济济,有实其积,万亿及秭。
> 为酒为醴,烝畀祖妣,以洽百礼。
> 有飶其香,邦家之光。有椒其馨,胡考之宁。
> 匪且有且,匪今斯今,振古如兹。

"载芟"是春天籍田之礼,也就是天子要召集大臣一起去耕地,以显示重农。《载芟》先写开垦土地,然后列举都是谁来一起耕地,接着写禾苗生长、田间管理,最后写收获、祭祀。初言垦,继言人,言种,言苗,言收,赋法贯穿始终。

这种赋法有时类似于排比,如《诗经·小雅·北山》:

或燕燕居息,或尽瘁事国。或息偃在床,或不已于行。
或不知叫号,或惨惨劬劳。或栖迟偃仰,或王事鞅掌。
或湛乐饮酒,或惨惨畏咎。或出入风议,或靡事不为。

铺陈官员的情态:有的在干,有的在看;有的累死,有的闲死。这十二句铺陈了十二类人,每两类人形成一个对比。

屈原的《招魂》,更是铺陈结章的名篇。一般认为,《招魂》是屈原招楚怀王的魂魄,其中铺陈了天地四方的景物,最后铺陈楚国之美,以求魂魄归来:

天地四方,多贼奸些。像设君室,静闲安些。
高堂邃宇,槛层轩些。层台累榭,临高山些。
网户朱缀,刻方连些。冬有突厦,夏室寒些。

描写殿堂高耸,屋宇深邃,栏杆围绕着层层高轩,重重叠叠的楼台水榭,对应着巍峨的群山。殿堂的门上还雕刻着精美的网格花纹。冬天有深屋保暖,夏天有殿室生寒,最后,还言辞优美地描写了居所的精致:

川谷径复,流潺湲些。光风转蕙,氾崇兰些。

> 经堂入奥，朱尘筵些。砥室翠翘，挂曲琼些。
> 翡翠珠被，烂齐光些。蒻阿拂壁，罗帱张些。
> 纂组绮缟，结琦璜些。

这里的山川溪谷曲折萦回，水声潺湲。微风吹拂着蕙草，幽兰散发着花香。经过厅堂进入内室，可看到红色的承尘，铺地的竹席，还有光滑的石板墙上装饰着的翠羽。这些都采用了铺陈手法，不厌其烦地进行描述。

而《荀子·赋篇》里的五篇赋，《礼》《智》《云》《蚕》《箴》，都是谜语。荀子先不提是什么东西，只是翻来覆去地描述，直到最后才点出来。到了西汉，枚乘的《柳赋》、路乔如的《鹤赋》、公孙诡的《文鹿赋》、邹阳的《酒赋》等，也都是用铺陈手法成篇。

赋法结章是赋法成熟的标志。《文心雕龙·诠赋》：

> 至于草区禽族，庶品杂类，则触兴致情，因变取会，拟诸形容，则言务纤密；象其物宜，则理贵侧附，斯又小制之区畛，奇巧之机要也。

从《关雎》开始，是一句一句的铺陈；到《静女》中，是一点一点的铺陈；再到《苤苢》《载芟》的以赋结章，赋的使用广度不断增加，最终形成了通篇用赋法来写的诗作。到了西汉，汉赋发展成了散体大赋。最典型的是枚乘的《七发》，把七件事情连起来写。用铺陈的手法描写，文章写得越来越长，如司马相如的《子虚赋》《上林赋》、班固的《两都赋》、张衡的《二京赋》、傅毅的《舞赋》等，都是极尽铺陈夸张之能事，有的甚至把一个过程铺陈了数千字。

物极必反，铺陈状物的功能很强大，但铺陈技法采用的是罗列，有时不可避免地给人啰唆的感觉，还有堆砌的嫌疑。到了东汉，为了便于阅读、便于抒情，作者有意识地把传统赋法里不重要的东西去除，再抓住主要特征来着笔，便形成了抒情小赋，读起来文采清丽，情致悠长，避免了大赋显摆才学式的炫耀、为铺陈而铺陈的啰唆。

二、以赋入诗

中国诗歌的发展，有两条基本线索：一是作为合乐的歌词，如《诗经》、楚辞中的《九歌》、汉乐府、南北朝民歌、唐五代及宋词、元曲等，也包括一些文人创作的入乐歌辞；二是文人创作的不入乐诗歌，主要指文人诗的繁荣发展。汉魏晋时期，文学的主流是赋，文人用赋法来写诗，也是魏晋诗歌发展的一个特点。

赋法入诗包括两个方面。

一是内容入诗。由于赋的题材非常多，有京都赋、述行赋、游仙赋等。京都赋主要铺陈京都的建制、规模、宫室、物象，内容最广，代表作有班固的《两都赋》、张衡的《二京赋》、左思的《三都赋》等。述行赋是一边走、一边看、一边想、一边写。屈原的《九章》是为滥觞，其中不少写的是屈原被放逐后，一路的所见所闻。班彪的《北征赋》，叙述自己北行从长安到安定的历程，反映了当时的社会状况。汉武帝好游仙，司马相如就写了一篇《大人之颂》，目的是劝汉武帝不要游仙，但汉武帝看完以后，"飘飘有凌云之气"[1]，从那以后，反倒更好游

---

[1] 《史记·司马相如列传》，北京：中华书局，1959年，第3063页。

仙了。

魏晋文人写诗，有时把赋的内容改用诗歌来写。如曹植是辞赋大家，他写有《名都篇》，铺陈京洛少年斗鸡走马、射猎游戏、饮宴玩乐的场景。他的《游仙诗》，则是游仙赋的浓缩版。曹植的《赠白马王彪》、陆机的《赴洛道中作》等，也都是按照述行的方式来写的。陶渊明的《归园田居》《饮酒》，是以诗的形式来铺陈田园风光、乡居生活。与之类似的，还有谢灵运山水诗的铺陈、宫体诗对宫廷女性举止言谈的铺陈等，都是用赋法来结构篇章的。可以说，魏晋诗歌一个总体的走势，就是赋法入诗，将赋的内容引用到诗歌之内，完成了歌诗向文人诗的转化。

二是技法入诗，是把赋的技法拿来入诗。曹植的诗，被钟嵘在《诗品》中评价为"骨气奇高，词采华茂"。"骨气奇高"，是说文章写得有气势，有建功立业的志气在里面；"词采华茂"，是说其诗讲究词采。曹植的《白马篇》中，有这样几句：

> 控弦破左的，右发摧月支。
> 仰手接飞猱，俯身散马蹄。

写左面怎么样，右面怎么样，仰身如何，俯身如何，叙述得极其全面。与写赋一样，前后左右铺陈，让人目不暇接。陆机写诗，也非常善于铺陈，太康诗风的繁缛，便是翻来覆去地写，浓墨重彩地写，如《赴洛道中作》：

> 远游越山川，山川修且广。
> 振策陟崇丘，安辔遵平莽。
> 夕息抱影寐，朝徂衔思往。

> 顿辔倚高岩，侧听悲风响。
> 清露坠素辉，明月一何朗。
> 抚枕不能寐，振衣独长想。

这里采用的也是述行的方法，写自己一路上的所见所感，沿着山川越走越孤独，越想越觉得伤感，在孤独与伤感的情感基调中，写了走、停、歇、思和失眠等行动，这不是单纯地叙事，而是在叙述自己一路上的所见、所想、所感。

陶渊明的诗歌总体上比较简练，但只要读一读他的《归园田居》，就可以看出，陶渊明也是擅长用铺陈手法来写诗的。

> 少无适俗韵，性本爱丘山。误落尘网中，一去三十年。
> 羁鸟恋旧林，池鱼思故渊。开荒南野际，守拙归园田。
> 方宅十余亩，草屋八九间。榆柳荫后檐，桃李罗堂前。
> 暧暧远人村，依依墟里烟。狗吠深巷中，鸡鸣桑树颠。
> 户庭无尘杂，虚室有余闲。久在樊笼里，复得返自然。

中间七句采用的是铺陈手法，鸟、鱼、南野、园田、方宅、草屋、榆柳、桃李、远村、炊烟、狗吠、鸡鸣、户庭、虚室，一组一组铺陈，一个一个展现。

谢灵运更是喜欢用赋法入诗。其代表作《石壁精舍还湖中作》：

> 昏旦变气候，山水含清晖。清晖能娱人，游子憺忘归。
> 出谷日尚早，入舟阳已微。林壑敛暝色，云霞收夕霏。
> 芰荷迭映蔚，蒲稗相因依。披拂趋南径，愉悦偃东扉。
> 虑澹物自轻，意惬理无违。寄言摄生客，试用此道推。

谢灵运写诗，赋法是基本的结构方式。他要写山底，就必然要写山顶；要写山的阴面，就肯定要写阳面；上一句写水，下一句便要写山；前一句写早间，后一句常常写晚上，这就形成了含有对偶的铺陈手法。

由此来看，赋法是诗歌形成的基础要素。《诗经》里的赋法就像一个小种子，种在了诗歌的母体里。随着文学经验的积累，赋法成长为诗歌中一种成熟的技法，进而促进了诗歌不断走向完善。南北朝时期，赋法开始凝聚沉淀，形成了对偶句式。特别是到永明时期，《四声谱》的出现，使诗人们觉得诗歌应该押韵、应该注重结构，赋法便开始浓缩，进入到对偶句式中，形成了有节制、重内敛的铺陈。

永明体的诗歌中，出现了很多这样的对偶句，如谢朓的"余霞散成绮，澄江静如练""喧鸟覆春洲，杂英满芳甸""天际识归舟，云中辨江树""叶低知露密，崖断识云重"等，都是非常精致的对偶句。宫体诗的诗人们，更加讲究对偶，有很多诗作在固定位置要求对偶，为律诗中间两联采用对仗写法，做了有益的尝试。

唐诗的对偶要求更高，魏庆之《诗人玉屑》引《诗苑类格》说：

> 诗有六对：一曰正名对，天地日月是也；二曰同类对，花叶草芽是也；三曰连珠对，萧萧赫赫是也；四曰双声对，黄槐绿柳是也；五曰叠韵对，彷徨放旷是也；六曰双拟对，春树秋池是也。

所谓的"六对"，是六种基本的对仗手法。以"双拟对"为例，指的是两个词组对两个词组，如"春树"对"秋池"，既铺陈物象，又不显得啰唆。若是汉赋里描写春天的树，就要尽量写全，如杨树、柳树、松树等，写得无以复加，秋天的池子，也要铺陈得淋漓尽致。在诗歌形成的过程中，对偶开始将赋法漫无目的的铺陈进行约束，使其状物显得简练精美。赋法有了节制,对诗歌艺术产生了极大的推动作用。

六对之后,还出现了"八对"的说法,都是对对偶句式的深化。如地名对、异类对、双声对、叠韵对、联绵对、双拟对、回文对、隔句对等。[①]可以说,如果唐诗中没有中间两联的对偶,唐诗的表现力就会弱化很多,很多我们耳熟能详的名句就不可能再出现。

孟浩然《临洞庭湖赠张丞相》:

> 八月湖水平,涵虚混太清。
> 气蒸云梦泽,波撼岳阳城。
> 欲济无舟楫,端居耻圣明。
> 坐观垂钓者,徒有羡鱼情。

这里面的"气蒸云梦泽,波撼岳阳城",用精炼的对偶,写出了夏天的洞庭湖面雾气腾腾,波浪拍打着岸边,震动着岳阳城。仅仅两句话,就将洞庭湖的景色全部展现了出来。

王维的《终南山》,写到山之高、山之长、山之奇、山之变、山之深:

> 太乙近天都,连山接海隅。
> 白云回望合,青霭入看无。
> 分野中峰变,阴晴众壑殊。
> 欲投人处宿,隔水问樵夫。

[①] 初唐宫廷诗人上官仪,将六朝以来的对仗加以程式化,提出"六对""八对"等名目,这些法式对于律诗的成熟具有重要作用,进而成为后人写作律诗的规范。

"太乙近天都",写山之高,高得与天相接;"连山接海隅",写山之长,绵绵不绝到海边。"白云回望合",回看身后,白云开合;"青霭入看无",远处山间,雾霭青青,近处一看却不甚清楚了,这两句写山之奇。"分野中峰变,阴晴众壑殊",写登山远眺,山的阳面和背面已经不一样了,阴天、晴天的景致完全不同,沟壑千差万别。"欲投人处宿,隔水问樵夫",诗人找不到可以投宿的地方,远远看见河对岸有一樵夫,于是,诗人就去问那个樵夫,侧面写出了山之深。全诗用赋法结章,用对偶结句:"白云"对"青霭"、"回望"对"入看"、"分野"对"阴晴"、"中峰"对"众壑",精工而优雅。

铺陈手法用得最好的,还是杜甫,如《秋兴八首》(其一):

> 玉露凋伤枫树林,巫山巫峡气萧森。
> 江间波浪兼天涌,塞上风云接地阴。
> 丛菊两开他日泪,孤舟一系故园心。
> 寒衣处处催刀尺,白帝城高急暮砧。

这首诗写得非常有气势。"晚节渐于诗律细"[①],是说杜甫作诗,到老成时,对格律的要求愈加细致,也非常有气势。"丛菊两开他日泪",看似简单的景物描写,其中却蕴含着诗人的人生写照,自己与家人两隔,国家两分。正因如此,诗人才心事重重:"江间波浪兼天涌",是眼前的景色;"塞上风云接地阴",写的却是想象出来的景色,因为诗人看不到真正的边塞,所以只能想象着描写,实际暗示的是

---

① [唐]杜甫《遣闷戏呈路十九曹长》:"晚节渐于诗律细,谁家数去酒杯宽。"本是遣闷的戏言,后人常引用"诗律细"一句,说杜甫晚年的作品,趋向于重形式了。

北方战事连绵。"寒衣处处催刀尺,白帝城高急暮砧",晚上天气非常冷,人们都在赶制寒衣,催、急两个字,给全诗笼罩了一个急切而又压抑的氛围。

无论是状物、抒情还是叙事,诗歌都需要有一个基本的框架,把个人的感兴、眼前的景物装进去,赋法长于叙事、长于体物、长于抒情,于是,其便成为中国诗歌叙述的基本技法。赋法不仅推动了诗歌的演进,也在诗歌演进的过程中不断被精致化。

三、赋法为词

赋法入诗,促进了诗的繁荣;赋法入词,也促进了词的繁荣。就词的长度而言,毛先舒在《填词名解》中说:

五十八字以内为小令;自五十九字至九十字止,为中调;九十一字以外者俱为长调。

尽管这种说法有些机械,但也不失为一种分类方法。词在唐五代形成初期,篇幅非常短,如白居易的《忆江南》:

江南好,风景旧曾谙。日出江花红胜火,春来江水绿如蓝。能不忆江南?

开头说"江南好",记忆里的风景,先用铺陈的手法表现出来;"日出江花红胜火,春来江水绿如蓝",是用了赋的笔法,描绘出了一幅旭日初升的繁花春江图。

张志和的《渔歌子》：

> 西塞山前白鹭飞，桃花流水鳜鱼肥。
> 青箬笠，绿蓑衣，斜风细雨不须归。

这是一句一句地铺陈。这首词先写远景西塞山，然后由山写水，由水写眼前的人，戴着箬笠披着蓑衣，最后两句把氛围变成了斜风细雨。斜风细雨，既表示着自然的变化，也蕴含了诗人的情怀。风雨寄托了人生中的坎坎坷坷，是伤感、惆怅、迷茫的象征。在这首词中，抒情的句子，只有最后的"斜风细雨不须归"，前面完全是典型的赋法铺陈。

中国诗歌有很多意象，在描写风景时，对景物的选择，表面上是客观的，其实是主观的。也就是说，不是看到什么写什么，而是有选择地看，有选择地写。白鹭、桃花，都具有各自的符号意义。在汉语中，一个词有本义、引申义、假借义，从诗学角度讨论某个词，不光要讨论它的本义、引申义，还要讨论这个词所具有的感情色彩。如"桃花"，我们一听到桃花，就能产生很多的联想，桃花象征着蒸蒸日上、春光明媚，还能联想到女子的"人面桃花相映红"（崔护《题都城南庄》），还代表着田园风光。而"白鹭"则是高洁的象征，"漠漠水田飞白鹭"（王维《积雨辋川庄作》），"一行白鹭上青天"（杜甫《绝句》），都给人超凡脱俗之感。"蓑衣"和"斗笠"，带有渔家的隐逸情怀，这种情怀源于历史传说中的范蠡，他在辅佐越王勾践灭吴之后，就披蓑隐居去了，代表着士人功成身退的智慧和高雅。因此，词中写渔家生活，并不仅是在赞美渔翁，还表达了诗人的隐逸情怀。

再看韦庄的《菩萨蛮》：

人人尽说江南好，游人只合江南老。春水碧于天，画船听雨眠。

垆边人似月，皓腕凝霜雪。未老莫还乡，还乡须断肠。

韦庄词的特征是"疏可走马"。"疏可走马"，就是意象非常稀疏，仿佛意象与意象之间都可以跑马。"人人尽说江南好"，江南的花已经开了，草长莺飞。"游人只合江南老"，游子还是要到江南去，为什么呢？"春水碧于天，画船听雨眠"，春天的水非常明净，就像天一样，境界很博大。这首词的意象非常疏朗，有动有静。"春水碧于天"是静景，是远景，给人豁然开朗的感觉；"画船听雨眠"是动景，是近景。韦庄坐在华美的小船上，听着雨打着船篷的声音。"垆边人似月"，有一个美丽女子陪伴着他，让他暂时忘记了所有的烦心事，这是虚写。"皓腕凝霜雪"则是实写。这四句诗，有静有动，有虚有实，体现了韦庄思致的高妙。韦庄是长安杜陵人，他写这首诗时，人在蜀地，家乡此时却是战火纷飞。韦庄年轻时在长安也很不得志，后来在天复元年（901）入蜀，为王建掌书记，后劝王建称帝，为前蜀订立开国制度，做到吏部侍郎兼平章事。最后两句是抒情，"未老莫还乡，还乡须断肠"，有无数的人生况味蕴含其中，是说不要轻易回到家乡，回去之后，会对江南水乡产生彻骨的思念。

此后，李煜的词也善用铺陈，包括晏殊、晏几道的词作，也经常出现赋法入句的现象，如晏殊的"一曲新词酒一杯，去年天气旧亭台"和"无可奈何花落去，似曾相识燕归来"（《浣溪沙》），都是运用了铺陈手法。这是第一阶段，赋法为句。

北宋时，词开始用赋法结章。范仲淹的词，有两首写得非常好。

一首是《渔家傲·秋思》,是豪放词的新声。还有一首《苏幕遮·怀旧》,写得非常婉约:

> 碧云天,黄叶地。秋色连波,波上寒烟翠。山映斜阳天接水。芳草无情,更在斜阳外。
> 黯乡魂,追旅思。夜夜除非,好梦留人睡。明月楼高休独倚。酒入愁肠,化作相思泪。

上阕用铺陈的手法写景,下阕用铺陈的手法抒情,感情越写越深。范仲淹做过参知政事,一度在北方边境主事。当时有"军中有一范,西贼闻之惊破胆"[①]的说法,褒赞范仲淹突出的军事才能。能写出这样的词,可见其侠骨柔情。

"碧云天,黄叶地",一写天,一写地。"秋色连波",春水明荡,夏水灵动,秋水凝重,冬水黯淡。范仲淹写"波上寒烟翠",是说波浪上隐隐约约有一些雾气,也可以理解为波浪的尽头,是笼罩于烟雾中、若隐若现的一些秋木。这都是铺陈,是一个意象、一个意象在铺陈,意象之间还有一些关联,组成了非常和谐的意境。上阕写天、地、波、山,意象协调统一。"山映斜阳天接水",夕阳西下,暮色沉沉,水波上形成了团团烟雾,烟雾迷茫。秋天容易让人伤感,夕阳西下的景色更甚。"秋叶纷飞""秋波荡漾""夕阳西下",这些都是诗词里引人愁思的景象。在本来引人愁思的情境中,看到了不动情思、不解风情的芳草,在那无所谓地摇摆,"芳草无情,更在斜阳外",有情人看到无情物,情更为深挚。这是情感的递进写法,一层意象比一层意象更加

---

① [明]陈邦瞻:《宋史纪事本末》,北京:中华书局,1977年,第267页。

伤感。

下阕铺陈情感，"黯乡魂"是思念家乡，以致黯然销魂。"追旅思"是说词人越走离家越远，离家越远，就思家越切。"夜夜除非，好梦留人睡。"唯一能化解思乡之情的是酣睡，可范仲淹真能睡着吗？不能。他夜夜都在想家，好梦当然无缘了。那么，睡不着又该如何？索性就起来吧。起来以后，却又只能"明月楼高休独倚"，登上高楼远眺家乡，觉得更加孤独了。

登楼，是中国诗词中特有的意象。唐诗里有"欲穷千里目，更上一层楼"（王之涣《登鹳雀楼》），宋词的表述是"独上高楼，望尽天涯路"（晏殊《蝶恋花·槛菊愁烟兰泣露》）。王粲有《登楼赋》："登兹楼以四望兮，聊暇日以销忧。"登到楼上，就想家乡，感叹自己的身世。陈子昂倒霉的时候，登幽州台，登到楼上以后，就开始发思古之幽情："念天地之悠悠，独怆然而涕下。"李煜的"无言独上西楼，月如钩，寂寞梧桐深院锁清秋"（《相见欢·无言独上西楼》），也是独上高楼而发愁。

登楼本来是望远以消忧，没想到天尽头也看不到自己的家乡，反倒更加忧愁。"酒入愁肠，化作相思泪"，明月当空，登楼不能消忧，夜深还睡不着，怎么办？只能喝酒。但由于愁肠百转，喝下去的酒，也变成了相思的泪水。下阕句句铺陈，把情感一步一步加深，先写思念家乡，再写睡不着，好不容易睡着了，却做不了梦。在梦里，有时候还可以解脱一下，而一个连梦都不会做的人，说明已经伤感到了极点。百无聊赖中，只好看月亮了。一个人靠在楼台上，望月无法入眠，该有多么的感伤啊。

张先是北宋词人，写影子写得特别好，被人称为"张三影"。①他的词喜欢写小序，如《天仙子》的"时为嘉禾小倅、以病眠不赴府会"，是说自己在作这首《天仙子》词之前，本是想去喝酒的，但身体微恙，睡过去了，最后没有去赴宴。词作云：

> 水调数声持酒听，午醉醒来愁未醒。送春春去几时回，临晚镜。伤流景。往事后期空记省。
>
> 沙上并禽池上暝。云破月来花弄影。重重帘幕密遮灯，风不定。人初静。明日落红应满径。

这首词上阕叙事，"水调数声持酒听"，一边喝酒一边听着《水调歌头》这支曲子，醉了，睡了，然后又醒了。一下午的时间，只用了两句话就写过去了。接着追忆往事，什么都想，什么都没想，其实，词人是在迷迷糊糊地发呆。下阕写晚上，"沙上并禽池上暝"，暮色降临，水禽并眠在沙滩上。"云破月来花弄影"，风吹破云层，花在月光下摇曳，都是看到的景色。然后，又将镜头切换到帘幕内。"重重帘幕密遮灯，风不定。人初静。"写灯、写风、写人，也是在铺陈景物。最后又想到"明日落红应满径"，从中午到晚上，词人交代了心理活动：感伤时光流逝，自己饮酒消愁；饮了酒，更感慨时光流逝得快。词写的是闲愁，其实也是在写生命的体验。

柳永是北宋词史上一个转折性的人物。其贡献有三：一是用大量的

---

① 《古今诗话》："有客谓张子野曰：'人皆谓公为张三中，即心中事、眼中泪、意中人也。'公曰：'何不目我三影？'客不晓。公曰：'云破月来花弄影'，'娇柔懒起，帘压卷花影'，'柳径无人，坠风絮无影'。此予平生所得意也。"

通俗语言来写词,二是用通俗的语言来写通俗的事,三是大量采用铺陈手法作词。

词在唐五代时,短小精悍,意蕴悠长。到柳永的时候,词的长度一下子就增加了。可以说,语言的通俗、内容的通俗,加上赋法为词,构成了柳词的重要特征。其典型的代表作是《望海潮·东南形胜》:

> 东南形胜,三吴都会,钱塘自古繁华。烟柳画桥,风帘翠幕,参差十万人家。云树绕堤沙。怒涛卷霜雪,天堑无涯。市列珠玑,户盈罗绮竞豪奢。
>
> 重湖叠巘清嘉。有三秋桂子,十里荷花。羌管弄晴,菱歌泛夜,嬉嬉钓叟莲娃。千骑拥高牙。乘醉听箫鼓,吟赏烟霞。异日图将好景,归去凤池夸。

起首的"东南形胜,三吴都会,钱塘自古繁华"三句,用的是典型的铺陈。"东南形胜"说的是东南,"三吴都会""钱塘自古繁华"用典故铺陈杭州的形胜。描写的角度不同,但说的都是同一个地方。这就像王勃《滕王阁序》里的"豫章故郡,洪都新府。星分翼轸,地接衡庐"等句子一样,都是用不同的语句来叙述相同的内容。

接下来,柳永写的是具体可见的形胜和繁华,"烟柳画桥,风帘翠幕,参差十万人家"。"烟柳"在春夏之际,一是有柳絮飘扬,二是远远地看着,雾蒙蒙的。诗词之美,是每一个字、每一个词的修饰,都经过了严格的精雕细琢。写水上有桥,"小桥流水"是通俗之言,"烟柳画桥"则是优雅之美。"风帘翠幕",写的是百姓之家。"参差十万人家",是说杭州人非常多,尤其是"参差"两个字,把民居参差错落的情况都表现出来了。

然后再写钱塘江潮，"云树绕堤沙。怒涛卷霜雪，天堑无涯"。这里写开阔之景，怒涛、天堑、云树，皆壮大之美。读诗词时，要体会其结构章法，方能理解其中波澜。诗歌意象有开阔的，也有幽深的；有优美的，也有崇高的。美也分两种：一是优美，优美是阴柔之美；一是崇高，崇高是阳刚之美。前面写"烟柳画桥"，是娴静的，像吹着笛子唱出来的优雅的小曲子；到了"云树绕堤沙"时，景色一下子变成了波澜壮阔的动景。铺陈之中，又富有变化，这样的词才耐品耐读。

这首词先写远景，后写城市，又写海水，再写城市，层次井然，画面感很强。还写到了江南特有的美景："重湖叠巘清嘉。有三秋桂子，十里荷花。"罗大经《鹤林玉露》中记载，据说金主完颜亮听说这么两句话后，欣羡不已，"遂起投鞭渡江之志"，有了杀到南方去看美景的打算。

羌管是北方少数民族的乐器，"羌管弄晴"是说笛声嘹亮，代指异域音乐；"菱歌泛夜"则指南方当地的民风，灯火不夜天，一个灯笼连着一个灯笼，小船上是灯笼，楼上也是灯笼，到处都是大家出来游玩发出的歌声、欢笑声，白天热闹，晚上也喧嚣。"嬉嬉钓叟莲娃"，有钓鱼的老头、有采莲的女娃，形成一幅非常优雅、非常和谐的画面。此外，还有"千骑拥高牙。乘醉听箫鼓，吟赏烟霞"，达官贵人正在听乐赏景。这些都是铺陈景色，并没有多少情感的描写。最后两句，"异日图将好景，归去凤池夸"，感叹这样的景色，真不知道还能观察多久啊！

《八声甘州·对潇潇暮雨洒江天》用铺陈的手法来写情感，把写景抒情的铺陈手法做到了极致：

对潇潇、暮雨洒江天，一番洗清秋。渐霜风凄惨，关河冷落，残照当楼。是处红衰翠减，苒苒物华休。惟有长江水，无语东流。

不忍登高临远，望故乡渺邈，归思难收。叹年来踪迹，何事苦淹留。想佳人、妆楼颙望，误几回、天际识归舟。争知我、倚栏杆处，正恁凝愁。

上阕写的是"秋风萧瑟"的景致。古人春天"伤春"，感慨青春之短；秋天"悲秋"，感伤时光飞逝。古人的生命意识与我们不一样，一是古人寿命很短，在四十岁到五十岁之间去世的人特别多，每到落叶纷飞的秋天，就会想到生命的凋残，会特别伤感；二是古人交流不便，鸿雁传书，注重语短情长。不像我们现在随时都能视频，情感不能沉淀，语言表达便显得肤浅。上阕每一句都在写景，也都在写情。

下阕的"不忍登高临远，望故乡渺邈，归思难收"，点明上阕的那些情绪波动，原来都是出于思乡之情。柳永说自己不敢贸然登高，因为一登高就会更加想念家乡。"叹年来踪迹，何事苦淹留"，整天忙着到处走，到处看，到处流浪，却没有在外面干出一番轰轰烈烈的事业，至今仍在他乡滞留，因而伤感不已。接下来，柳永又想到牵挂自己的人，想她一定也在登楼颙望。"误几回、天际识归舟"，想象那个她，有多少次登楼远望，看到天边来的一叶扁舟，就想那是不是他呀，可惜每次都失望了。最后两句用词相对简单："争知我"相当于"怎知我"，"倚栏杆处"是倚在栏杆上。"正恁凝愁"中"恁"，是"那么"的意思，这句话是说，你哪里知道我登高盼望你回来时，那心中的忧愁有多少啊！

北宋词以中调为主，基本都由上阕、下阕组成。再后来，文人填词越来越长,有的还分为了三阕、四阕。词的篇幅增加,恰恰是靠赋法来完成的。赋法既然能把汉赋增加到几千字,稍加放开,就能把词填充到几百字以上。

王安石的《桂枝香·金陵怀古》,也是完全用铺陈的手法来写的:

> 登临送目。正故国晚秋,天气初肃。千里澄江似练,翠峰如簇。归帆去棹残阳里,背西风、酒旗斜矗。彩舟云淡,星河鹭起,画图难足。
>
> 念往昔、繁华竞逐。叹门外楼头,悲恨相续。千古凭高,对此谩嗟荣辱。六朝旧事随流水,但寒烟、芳草凝绿。至今商女,时时犹唱,后庭遗曲。

上阕写登山以后,看到周边的山山水水,用白描的手法铺陈金陵故地的秋景;下阕则用铺陈的手法来抒情,先写"门外楼头,悲恨相续",悲的是事业不能永恒,恨的是早知如此,何必当初。其中的"六朝旧事"是咏古,往事如流水逝去;"寒烟、芳草凝绿"是写今,徒留下惨淡的伤感。词人将自己的感情铺陈开去,先"念"后"叹",接着"悲恨",最后"谩嗟",感情越来越深。

词在发展过程中,一方面在雅化,也就是情调越来越符合文人的趣味;另一方面也在俗化,语言有意吸收市井的口语。如在苏轼的《贺新郎·夏景》中,没有"明月几时有"那么优雅(《水调歌头·明月几时有》),也没有"千古风流人物"(《念奴娇·赤壁怀古》)那么明亮,而是充满了生活化的诉说,一个意象、一个意象铺陈出来,说透了男女之间的相思和依恋:

乳燕飞华屋。悄无人、桐阴转午，晚凉新浴。手弄生绡白团扇，扇手一时似玉。渐困倚、孤眠清熟。帘外谁来推绣户，枉教人、梦断瑶台曲。又却是，风敲竹。

石榴半吐红巾蹙。待浮花、浪蕊都尽，伴君幽独。秾艳一枝细看取，芳心千重似束。又恐被、秋风惊绿。若待得君来向此，花前对酒不忍触。共粉泪，两簌簌。

这首词上阕铺陈，写了如此多的细节，说晚上孤枕难眠。第一句"乳燕飞华屋"，写自己在屋里百无聊赖，就看着房梁上的小燕子，穿梭于梧桐深处的华屋里面。"悄无人、桐阴转午"，一上午无聊，呆呆地到了中午。午休的时候能睡着了吗？睡不着。不知不觉到了晚上，"晚凉新浴"，一个人在屋里待到晚上，起来洗澡，洗完澡一个人纳凉，"手弄生绡白团扇"，自己拿着白团扇在乘凉。"渐困倚"，逐渐有了睡意。"孤眠清熟"，一个人孤枕而眠，渐渐清熟，却感觉"帘外谁来推绣户"，仿佛窗户外边有人在敲门，既写出了自己心中的期盼，期盼有人归来；又写出了自己的伤感，因为原来是"风敲竹"的动静把与瑶台女神们幽会的美梦吵醒了。

这首词，上阕仿佛什么都没写，只把百无聊赖的情绪铺陈出来了。从早晨铺陈到晚上，又从晚上铺陈到夜半难眠，看见什么写什么。从生活的角度来说，写的这些，好像都是废话。可文学有时就是生活中的废话。能把废话写得这么精彩，就在于其中蕴含着复杂的情绪。这首词，寄托的恰恰是苏轼的孤独感。苏轼是一个非常超脱的人，又是一个非常有文化修养的人，他在写自己的百无聊赖，写的是自己怀才不遇，满篇"废话"，是因为正经话没有人听。把这些絮絮叨叨的生活场景写出来,用很美的语言展现出来,就形成了中国诗歌中特有的"闲愁",记录了精微细腻的生命体验。

下阕写自己的伤感,非常精细。"石榴半吐红巾蹙",石榴花欲开半开的时候,像红巾似的。"待浮花、浪蕊都尽,伴君幽独",待浮花凋谢之后,就只剩下了石榴花伴于左右。石榴有两个寓意:一是石榴花是瓶形的,有吉祥驱邪的意味;二是石榴果籽粒饱满,是多子多福的象征。苏轼说,陪伴我的,只有这株奇崛的石榴树,石榴树长得很嶙峋,看到石榴花就想到了自己。对着石榴花喝酒,"共粉泪,两簌簌",眼泪汪汪,泪水止不住往下流。顿时让人无限伤感。

贺铸的代表作是《六州歌头·少年侠气》,反复描写自己的形象:

少年侠气,交结五都雄。肝胆洞,毛发耸。立谈中,死生同。一诺千金重。推翘勇,矜豪纵。轻盖拥,联飞鞚,斗城东。轰饮酒垆,春色浮寒瓮,吸海垂虹。间呼鹰嗾犬,白羽摘雕弓,狡穴俄空。乐匆匆。

似黄粱梦,辞丹凤,明月共,漾孤篷。官冗从,怀倥偬,落尘笼,簿书丛,鹖弁如云众,供粗用,忽奇功。笳鼓动,渔阳弄,思悲翁。不请长缨,系取天骄种,剑吼西风。恨登山临水,手寄七弦桐,目送归鸿。

这首词介于婉约和豪放之间,很值得一读。开篇几句是铺陈形象,先说自己年少时有侠气,爱结交当世的英雄好汉,与朋友肝胆相照,生死与共。遇到不平事,怒发冲冠,接着又铺陈自己武艺高强。下阕则写自己离开长安,到外地供职的官场生活。最后却是"不请长缨,系取天骄种,剑吼西风。恨登山临水,手寄七弦桐,目送归鸿",写自己的壮志难酬，无路请缨。仔细看，就会发现这里的每一句，都是在反复地铺陈自己。

周邦彦也擅长铺陈意境。周邦彦在词史上的贡献有三：

第一，词中用大量的意象，形成一个一个意境的片段。所谓意象，是带有作者情感的物象；所谓意境，是由无数意象构成的景致。在周邦彦的词中，是一个一个意境片段的铺陈，在意境中，寄托了很多的情感。他的词形成了意境的单元，而不是意象的单元。

第二，周邦彦精通音律，既会作词又会作曲。最初，曲子是有人专门谱写的，曲子谱好以后再填词，然后用一个曲调唱。我们看《菩萨蛮》有很多首，《满江红》有很多首，都是同曲异词。在词史上，温庭筠、柳永、周邦彦、姜夔这四个人常自创词调，自写新词。周邦彦的词，音律和谐整齐，读起来优美自然。

第三，篇幅加长了。周邦彦把词的铺陈手法发展得更加完善，两段不行就写三段，这样反复着写，词的篇幅就逐渐被加长了。我们看周邦彦的《兰陵王·柳》：

> 柳阴直。烟里丝丝弄碧。隋堤上、曾见几番，拂水飘绵送行色。登临望故国。谁识。京华倦客。长亭路，年去岁来，应折柔条过千尺。
>
> 闲寻旧踪迹。又酒趁哀弦，灯照离席。梨花榆火催寒食。愁一箭风快，半篙波暖，回头迢递便数驿。望人在天北。
>
> 凄恻。恨堆积。渐别浦萦回，津堠岑寂。斜阳冉冉春无极。念月榭携手，露桥闻笛。沈思前事，似梦里，泪暗滴。

上阕写"柳阴直。烟里丝丝弄碧。隋堤上、曾见几番，拂水飘绵送行色",都是写柳的,分别有一个小的意境在里面,"柳树"暗含伤别,"隋堤"蕴含历史沧桑的伤感,为抒发离愁别绪,创造了一个意境。接下来,"登临望故国。谁识。京华倦客。"又回到汴梁了,谁能认识我呢?"长亭路"是说来来去去送行与回归,人走了很久很久。古代送行时,有长亭、有短亭,五里一短亭,十里一长亭。"年去岁来,应折柔条过千尺",今年过去了,明年又来了,离别多次,那被折的柳条,也应有千尺长了。在这样一个意境一个意境的转换之中,便形成了一个又一个情感的漩涡,词人难以自拔的情绪,跃然纸上。

北宋作词,铺陈句子、铺陈意象、铺陈意境,到南宋辛弃疾的时候就铺陈情感了。如其《摸鱼儿·更能消几番风雨》:

更能消、几番风雨。匆匆春又归去。惜春长恨花开早,何况落红无数。春且住,见说道天涯芳草无归路。怨春不语,算只有殷勤,画檐蛛网,尽日惹飞絮。

长门事,准拟佳期又误。蛾眉曾有人妒。千金纵买相如赋,脉脉此情谁诉?君莫舞。君不见玉环飞燕皆尘土。闲愁最苦。休去倚危楼,斜阳正在,烟柳断肠处。

这首词中,辛弃疾反复铺陈自己的情感。先写自己的"更能消几番风雨",风雨如晦。再写惜春,"惜春长恨花开早,何况落红无数",因为珍惜春天,所以希望春天慢一些来,别来得那么早,尤其到暮春的时候,看到落红无数的时候,就更伤感了。接着说,"春且住,见说道天涯芳草无归路"。春天啊,你不要走。但是,春天你能挡住吗?"怨春不语",春天不做回答,仍然无情地离去。只留下"画檐蛛网,尽日惹飞絮",檐下的蜘蛛网把春天的柳絮给挡住了,算是留住了一点春色。

最后，才说了自己的伤感，"长门事，准拟佳期又误"。希望朝廷能重用自己，但却遭受着"咫尺长门闭阿娇，人生失意无南北"的命运，一如娇美的陈阿娇，最终被汉武帝抛到了冷宫。"蛾眉曾有人妒"，多少人妒忌她。"千金纵买相如赋"，陈阿娇失宠后，花了千金，买到司马相如描述她冷宫生活的《长门赋》。据说，汉武帝读完以后，心有所动，愿意与陈阿娇和好。辛弃疾在这里感叹，即使花费千金买到这样的赋，又能向谁倾诉自己的满腔忠君爱国之情呢？说到这地方，他就开始感叹，杨玉环、赵飞燕曾经都是多么叱咤风云的人物，可现在呢？也不过"皆尘土"，都化为历史的尘烟了。"闲愁最苦"，辛弃疾想来想去，都是闲愁啊。"休去倚危楼，斜阳正在，烟柳断肠处"，又回到前面暮春时的意象了。他反复来铺陈自己的情感，从第一句"更能消几番风雨"写到惜春，到最后写到自己的无可奈何，这里面充满了美人迟暮的感觉。

姜夔的诗作，则是铺陈典故。如他的《暗香·旧时月色》：

旧时月色。算几番照我，梅边吹笛。唤起玉人，不管清寒与攀摘。何逊而今渐老，都忘却、春风词笔。但怪得、竹外疏花，香冷入瑶席。

江国。正寂寂。叹寄与路遥，夜雪初积。翠尊易泣。红萼无言耿相忆。长记曾携手处，千树压、西湖寒碧。又片片、吹尽也，几时见得？

这首词几乎句句是典故，姜夔反复用典故来铺陈。典故具有很深的意蕴，如果没有一定的文化底蕴，读起来就会感觉不知所云，仿佛在读朦胧诗。题目《暗香》，典出于北宋初年的林逋。林逋隐居孤山，以梅为妻，以鹤为子，作《山园小梅》，其中有句"疏影横斜水清浅，暗香浮动月黄昏"，姜夔最喜欢这两句，便引用了其中的两字作为题目。"唤起玉人，不管清寒与攀摘"，活用了贺铸词"玉人和月摘梅花"的典故。"何逊而今渐老，都忘却、春风词笔。"这句话用了南朝梁何逊喜爱梅花，却不得好诗的典故。"但怪得、竹外疏花，香冷入瑶席"，化用了苏轼《和秦太虚梅花》中的语句"竹外一枝斜更好"。这几句是一句一个典故，完成了对梅的形象塑造。

简而言之，宋词分三个流派，一是豪放词派，二是婉约词派，三是格律词派。豪放词派、婉约词派我们较为熟悉，那格律词派是什么意思呢？就是从周邦彦开始，严格按照格律来填词。这些词讲究格律，大量用典，写得非常"雅正"。这个词派的代表人物，有周邦彦、姜夔、吴文英、王沂孙等。像吴文英《莺啼序》、王沂孙《眉妩·新月》、张炎《解连环·孤雁》、蒋捷《贺新郎·兵后寓吴》等，都含有大量的典故。

最后，我们再来说说赋法入曲。曲用赋法最明显的特征，是把诗词常用的对偶句发展成了排比句。诗词中的对偶，在铺陈的时候，都是两句之间的对仗，如"风含翠篠娟娟净，雨裹红蕖冉冉香"（杜甫《狂夫》），"落木千山天远大，澄江一道月分明"（黄庭坚《登快阁》）等。但是到了曲里边，就新出现了三句、多句的铺陈。

大家都熟悉的马致远《天净沙·秋思》：

　　枯藤老树昏鸦，小桥流水人家，古道西风瘦马。夕阳西下，断肠人在天涯。

前面三句采用排比的写法，把行程中枯燥的情景描绘了出来，使得曲子比诗词读起来更加灵活、通俗，关键在于曲打破了诗和词中的句法结构。诗词前呼后应，非常凝练，曲的铺陈就显得有点通脱了，但这种通脱，却又把感情表现得更加淋漓尽致。实际上，曲是把词的格式打破了，形成了三个铺陈的句子。张可久《满庭芳·野梅》中的"风姿澹然，琼酥点点，翠羽翩翩"，乔吉《折桂令·秋思》中的"正万里西风，一天暮雨，两地相思"，都是三个句子排比，可以视为赋法入曲的进一步发展。

第三章
诗的比兴

所谓"比",按照挚虞的说法是,"比者,喻类之言也"[1],是一类一类地进行比喻;按照朱熹的说法是,"以彼物比此物也"[2],是用那个东西来比这个东西。兴,是感兴,就是触景而发、有感而发、生情而言,是激发诗歌表达的冲动。比兴是诗歌表达的基本手法。

一、比兴

诗歌中的"比"有如下几种:

第一,比物象物,用一种事物来比喻另一种事物。如《诗经·卫风·硕人》里描写美人庄姜:

> 手如柔荑,肤如凝脂,领如蝤蛴,齿如瓠犀,螓首蛾眉。巧笑

---

[1] [西晋]挚虞《文章流别论》,引自[清]严可均《全晋文》卷77,北京:商务印书馆,1999年,第819页。
[2] [南宋]朱熹注,赵长征点校:《诗集传》,北京:中华书局,2011年,第6页。

倩兮，美目盼兮。

"柔荑"是初生的茅草，娇嫩洁白，用于比喻女子之手的洁白整齐。"肤如凝脂"，是说皮肤像凝结的脂肪一样白皙。蝤蛴，是天牛刚刚从卵里孵出的小虫，细嫩白净，形容脖颈之嫩。瓠犀，是葫芦的籽，用来形容佳人牙齿的洁白整齐。"螓首蛾眉"，是说头发梳得很整齐，眉毛像飞蛾的触角一样卷曲修长。这些都是将具体的事物拿来用于比喻庄姜的外在容貌之美。接着，又描写女子的内在气质之美，"巧笑倩兮，美目盼兮"，说女子笑起来那么甜，目光流转，把女子的灵动之美完全表现了出来。

这种比喻在诗词中经常使用。杜甫《曲江二首》（其一）中有一句："一片花飞减却春，风飘万点正愁人。"在秦观的《千秋岁·水边沙外》中进一步演化为："春去也，飞红万点愁如海。"以海喻愁，形成了一个愁满江山的意境。境界扩大了许多，愁也更加具象化。蒋捷的《梅花引·荆溪阻雪》，则把愁比喻成梅花："都道无人愁似我，今夜雪，有梅花，似我愁。"梅花的迎风开放，夜雪的漫空飞舞，一如此刻自己的愁思一般，充盈于整个天地之间。

第二，比物象人，就是把物比成人，用人比拟物。孔子曾说："岁寒，然后知松柏之后凋也。"[①]天气寒冷，才知道松柏的与众不同，松柏也因此成为人格的写照。屈原在《离骚》中写："鸷鸟之不群兮，自前世而固然。"高高飞翔的鸟与众不同，不与一般的鸟同群。屈原用鸟来比喻自己的品行高洁，表现出遗世独立的情怀。曹操在《步出夏门

[①] 《论语·子罕》，《十三经注疏》（标点本），北京：北京大学出版社，1999年，第122页。

行·龟虽寿》中所说的"老骥伏枥,志在千里",也是先把自己比喻成老马,再点出"烈士暮年,壮心不已"的豪迈心曲。

典型的以物象人,是苏轼的《卜算子·黄州定慧院寓居作》:

> 缺月挂疏桐,漏断人初静。时见幽人独往来,缥缈孤鸿影。
> 惊起却回头,有恨无人省。拣尽寒枝不肯栖,寂寞沙洲冷。

在这首词中,苏轼把自己比喻成孤鸿。古人常用孤鸿来比喻孤独。陈胜少时曾说"燕雀安知鸿鹄之志哉"[1],把自己比作高飞的鸿雁,而把目光短浅的人比喻成燕雀。阮籍在诗里说:"孤鸿号外野,翔鸟鸣北林。"[2]是说一个非常孤单的人,没有知己,没有朋友,就如同失群的大雁,深夜在林野之中不肯栖息。飞鸟不愿归巢,既显示出自己的孤独,也宣示着自己的坚持。

苏轼是用孤鸿形容自己的孤独与坚持。"缺月挂疏桐",缺月就是一轮半月,疏桐是稀稀落落的梧桐,一弯缺月正挂在疏落的梧桐梢头。"漏断人初静",时间已经非常晚了。在这种幽深凄冷的意境下,苏轼抒发起自己的情感:"时见幽人独往来,缥缈孤鸿影。"谁能看到一个孤独的人独自来往,就像形影相吊的孤雁,在渺渺长空里飞翔。

这首词描写得非常凄冷,语气正好与《水调歌头·明月几时有》形成鲜明对比。"转朱阁,低绮户,照无眠",月亮是非常明亮的,明月当空照,追求的是开阔的感觉。"孤鸿影",再加上前面的"幽人",明显是在写自己的孤独。"惊起却回头,有恨无人省",大雁本来是落

---

[1] 《史记·陈涉世家》,北京:中华书局,1982年,第1949页。
[2] [三国·魏]阮籍著,陈伯君校注:《阮籍集校注》,北京:中华书局,1987年,第210页。

下来的，突然被惊起，然后往天上飞。飞起来以后，"有恨无人省"，却没有人理解它。每一句都是在写大雁，每一句都是在写自己。"拣尽寒枝不肯栖"，看看这个树枝不愿意落，看看那个树枝不愿意落，最后落到哪儿了呢？"寂寞沙洲冷"，最后落到了一片寂寞凄冷的沙洲荒地上。

这首词的每一句都透着伤感，是苏轼的人生写照。苏轼坚持己见，不愿随波逐流。王安石变法的时候，他反对王安石。王安石变法失败后，司马光上台。司马光认为，苏轼反对王安石变法，那就应该和自己同属一个派别。结果苏轼却说，王安石变法也不全错。因此，王安石被贬走了，苏轼也依然没能回朝。他的"拣尽寒枝不肯栖"，是慨叹自己的独立思想和人格难以被世俗接纳。苏轼先到黄州待了一段时间，又到惠州待了一段时间，还到儋州待了一段时间，黄州、惠州、儋州就成了他的人生驿站。这里写的"拣尽寒枝不肯栖"，是说坚持自己理想的人，不会轻易随波逐流；"寂寞沙洲冷"，是说宁可落在沙洲上，也要保全人格。"鸿雁"常被比作有理想、有志向的人，但它们的结局，经常让人感到伤感。

陆游的《卜算子·咏梅》，是诗人描写自己的人生遭遇和高尚品格之作：

> 驿外断桥边，寂寞开无主。已是黄昏独自愁，更著风和雨。
> 无意苦争春，一任群芳妒。零落成泥辗作尘，只有香如故。

这首词表达了陆游对理想人格的赞美。他把梅花比喻成自己。"驿外断桥边"，在断桥边一枝梅花孤零零地开；"寂寞开无主"，这个梅花没有主人，暗喻无人关照，无人赏识。"已是黄昏独自愁，更著风和雨",黄昏的时候,连路人都不来欣赏,已经非常伤感,更何况还要遭受自然界的风吹雨打。"无意苦争春",梅花静悄悄地开,无意同百花争艳,但百花还来妒忌它。"零落成泥辗作尘,只有香如故",梅花却凋零了,和在春泥里面,变成了尘土,但是它的芳香,却依然如故。诗句展现了梅花的坚贞与高洁,也暗示着诗人对高洁理想的执着,即便化为尘土也依然馨香如故。这与于谦《石灰吟》中的"粉身碎骨浑不怕,要留清白在人间",有异曲同工之妙。这是士人的一种坚持,不能低头,要堂堂正正地做人,有宁为玉碎、不为瓦全的气概。

第三,比物象事。是用事物来暗示、象征一件事情,也是寄托的写法。如《周南·关雎》本来写的是男子对女子的思慕之情,最后的结果是两人结婚了。《毛传》却说:"《关雎》,后妃之德也。风之始也,所以风天下而正夫妇也。"说里面寄托了很深的情感,体现了"发乎情、止乎礼义"的要求,男女相识、成亲,要完全按照礼仪来。即使心里有想法,辗转反侧,也不得违背钟鼓礼乐的规定。《关雎》被列为国风之首,就是因为这首诗能让天下所有夫妇们都品行端正,按照礼义行事。

陈廷焯在《白雨斋词话·自叙》中说:

> 夫人心不能无所感,有感不能无所寄,寄托不厚,感人不深,厚而不郁,感其所感,不能感其所不感。

诗歌之所以能感人,就在于诗歌的形象鲜明、情感深沉,在于诗歌所蕴含的普遍的人生感慨。能用别人所不能说的话把事情概括清楚,能用简练、优美的语言把事情叙述明了,能用很朴素的话把深刻的道理挖掘出来,这就是艺术表达。

如王安石的《梅花》：

> 墙角数枝梅，凌寒独自开。
> 遥知不是雪，为有暗香来。

墙角孤开的梅花，远看像雪一样，为什么又不是雪呢？因为它散发暗香，香气扑鼻。这有一种人生的体验在里面，梅花象征着诗人高洁的品质，诗人借物以寓情，表达的正是自己的心性。

沈祥龙在《论词随笔》中说：

> 咏物之作，在借物以寓性情。凡身世之感，君国之忧，隐然蕴于其内，斯寄托遥深，非沾沾焉咏一物矣。

有时候，身世之感也成为诗歌的表达主题，如杜甫的《闻官军收河南河北》：

> 剑外忽传收蓟北，初闻涕泪满衣裳。
> 却看妻子愁何在，漫卷诗书喜欲狂。
> 白日放歌须纵酒，青春作伴好还乡。
> 即从巴峡穿巫峡，便下襄阳向洛阳。

这首诗被称为杜甫生平第一首"快诗"，为什么呢？因为杜甫的诗歌多是在沉郁顿挫中流动着深刻的人生感慨，但这首诗却语言明快。写杜甫听到河南河北被官军收复的消息，心里非常高兴，马上就对妻子说，"青春作伴好还乡"，咱们一块儿回家吧！立刻就设计了一条回家的路线，"即从巴峡穿巫峡"，坐着船顺着三峡一线，然后到襄阳，往北一走就到家乡了。这种心情并不仅在于他对归乡之事的急切期待，更重要的是，这种归乡情感中所寄托的对叛乱平息、国家中兴的殷殷厚望。正因为情深若斯，这首诗才能够感动千千万万的读者。遗憾的是，杜甫终其一生都没能再回到家乡，他在回家路上途经岳阳时就去世了。

虞世南曾写过《咏蝉》：

> 垂緌饮清露，流响出疏桐。
> 居高声自远，非是藉秋风。

虞世南历仕于南朝和北朝，一直都身居清要之职，衣食无忧。他所写的《咏蝉》，便有自己得意的样子：蝉叫得这么响，绝对不是风吹得响，而是蝉本身的叫声就那么响。"居高声自远，非是藉秋风"这两句，一看就有飞黄腾达的感觉。

骆宾王，少年便是才子，后因为叛臣徐敬业作《讨武曌檄》，被关在了狱中，在监狱里，他听到了蝉的叫声，也借蝉来写自己的身世之感。他的《在狱咏蝉》：

> 西陆蝉声唱，南冠客思侵。
> 那堪玄鬓影，来对白头吟。
> 露重飞难进，风多响易沉。
> 无人信高洁，谁为表予心。

"西陆"指秋天，《隋书·天文志》有"行西陆谓之秋"[1]；"南

---

[1] "西陆"指代秋天。"西陆"一词，最早出现于《左传·昭公四年》："古者，日在北陆而藏冰，西陆朝觌而出之。其藏冰也，深山穷谷，固阴沍寒。"《隋书·天文志》："日循黄道东行，一日一夜行一度，三百六十五日有奇而周天。行东陆谓之春，行南陆谓之夏，行西陆谓之秋，行北陆谓之冬。"

冠"是《左传》里的典故，楚人钟仪被囚于晋，"南冠而絷"[①]，后世就用"南冠"来指代囚犯。骆宾王说自己的头发已白，与蝉的玄黑之影形成了鲜明的对比。"露重"，是露水打湿了蝉的双翼，蝉飞不动了，"风多响易沉"，是风太大，蝉的鸣叫声被风声掩盖，沉了下去。蝉的声音很高，却被风声掩盖；蝉的志向高远，却被雨露打湿翅膀。蝉的高洁因失声、困顿而被人忽略、无视。全诗句句写蝉，也是句句在写自己。

李商隐的《蝉》，也很值得品味：

> 本以高难饱，徒劳恨费声。
> 五更疏欲断，一树碧无情。
> 薄宦梗犹泛，故园芜已平。
> 烦君最相警，我亦举家清。

蝉是不吃固体食物的，仅吸风饮露，蝉在叫的时候，没有人理睬，蝉声再高远、再清澈，有什么用？无人倾听，无人理解。那么多蝉叫来叫去，却没有引起任何回响。李商隐也怀才不遇，蹉跎一生。他以此形容自己满腹牢骚却无法向人诉说，无法对人表达，写的也是自己的人生境况。

[①] 《春秋左传正义》，《十三经注疏》（标点本），北京：北京大学出版社，1999年，第738页。

二、感兴

"兴"是先言他物以引起所咏之词。在《诗经·周南·关雎》中,先写听到雎鸠鸟的鸣叫,然后引发了对男女之间爱情的描写。

"兴"可以看作是有感之词。《诗经·周南·桃夭》中说"桃之夭夭,灼灼其华",女子像桃花一样,灿烂芬芳,正值芳华。古代女子出嫁叫"归",是因为找到了自己最终的归宿。《诗经·卫风·淇奥》里有这样一句话,看到淇奥水边有绿洲,长得非常茂盛,然后就说:

瞻彼淇奥,绿竹猗猗。有匪君子,如切如磋,如琢如磨。

由绿竹的修长挺直起兴,写男子的气宇轩昂,英俊潇洒,进而写君子们在一块儿相互切磋、相互琢磨,表达的意思是层层加深的。

杜甫的《新婚别》,也是如此起兴:

兔丝附蓬麻,引蔓故不长。
嫁女与征夫,不如弃路旁。

兔丝攀附蓬麻生长,枝蔓不会延长。借植物的生长习性起兴,写女子嫁给征夫后,夫妻共处的美满生活不会长久。

陈子昂《感遇》的第二首,采用感兴的方式、比物的传统,使意境同诗歌的韵味、情感充分结合起来:

兰若生春夏,芊蔚何青青。
幽独空林色,朱蕤冒紫茎。

迟迟白日晚,嫋嫋秋风生。

岁华尽摇落,芳意竟何成?

诗中用兰草来比喻自己。屈原曾把兰草作为人格的象征,后代诗人也常用兰草来作比,写幽兰便成为中国诗歌的一个主题。如张九龄《感遇》:"兰叶春葳蕤,桂华秋皎洁。"李白《古风》:"孤兰生幽园,众草共芜没。"刘禹锡《重送鸿举师赴江陵谒马逢侍御》:"西北秋风凋蕙兰,洞庭波上碧云寒。"兰草、兰花成为诗歌的常见意象。陈子昂说兰草"生春夏",这时"芊蔚何青青",暗指兰草郁郁青青。"幽独",表明兰草长在幽深山林之中。"朱蕤冒紫茎",是说这个兰草的茎是紫色的,上面开着红色的花。兰草孤单地在山林中盛开,隐喻了一种孤寂感。被喻为兰草的人,本应该得到他人的欣赏,但却无伯乐出现,其命运就更像这幽山深谷里的兰草了。没有人赏识也就罢了,当"迟迟白日晚,嫋嫋秋风生"时,再好的兰花也会凋谢。这样一来更加令人伤感。

秋天不仅是"百花杀"的季节,也是百草凋零的时候。人到秋天,不仅想到了自然的衰飒,也会想到自己生命的凋零。"嫋嫋秋风生",表面是在写兰草,实际是在写自己。陈子昂一生很不得意,一生屡遭排挤压抑,报国无门,四十一岁就被人所害。年岁不知不觉地飞逝,就像这花一样都凋残满席。"岁华",一年一岁的好时光,就像兰草一样美。他一心想被别人欣赏着,最后却"芳意竟何成"?如此芬芳的意向和情怀,由谁来欣赏?自己高远豪迈的理想,又怎么来实现?这首诗赞美了兰草压倒群芳的风姿,实际上是以"幽独空林色"来比喻自己出众的才华。后半句"白日晚""秋风生",写繁华逝去,寒气逼人,用花草的零落来悲叹自己年华的流逝，理想的破灭。这首诗寓意凄婉，表面写的是兰草，实际上写的是自己内心的感受和生命的体验。通过这首诗可以看出，陈子昂所提倡的"兴寄风骨"，即诗歌中要有寄托，在他的诗歌中得到了很好的体现。

李泽厚曾对盛唐文人的情怀有一个概括：

> 一切都是浪漫的，创造的，天才的，一切再现都化为表现，一切模拟都变为抒情，一切自然、世事的物质存在都变而为动荡情感的发展行程……①

所谓的"再现"，是把某个东西按照原样画下来。所谓的"表现"，是按照自己的理解，把这个东西画下来。魏晋南北朝诗歌，很多是模拟出来的，包括曹植、陆机、谢灵运、江淹等的许多作品，是对赋的改写、诗的加工。唐诗中却少有模拟，诗人完全将自己的情感抒发出来，他们所看到的自然事物都有情感。这是感兴的第一阶段，触景生情。

"起兴言情"的特点，是看到周围的景物后，自然地来抒发情感，这种情感与我们现在所说的借景抒情有所不同。借景抒情，是完全借助景物抒发情感；起兴言情，则缺乏一种思致的安排，它是直接以所见咏物，有感而发，所见景物与所抒情感之间是跳跃式的。可以说，起兴言情是一种无意识的选择，民歌中起兴言情非常多，在传统意义上的诗歌中，起兴言情的作品就要少一些。宋以后的诗歌，其中有些景物描写，

---

① 李泽厚：《美的历程》，北京：生活·读书·新知三联书店，2009年，第140页。

并不是诗人看到的，而是诗人有意识塑造的，在这种环境中表达自己的情感，是一种有意识的选择，是因情而成景。

感兴发展到第二个阶段，是"象征言情"。"象征言情"也是"兴"的发展，赋予特定的景物以特殊的意味，形成了象征手法，更注意物和人、景和人之间的内在联系。《离骚》便是"依《诗》取兴，引类譬谕"①，里面描写的一些动物和植物，都带有人格的象征意味：

> 余既滋兰之九畹兮，又树蕙之百亩。
> ……朝饮木兰之坠露兮，夕餐秋菊之落英。

表面上是写自己种植香草，实际上是屈原用种植香草来比喻培养人才，用佩带香草来比喻自己对自身的修养和行为的一种锤炼。

从形象感上来说，象征与《诗经》中的起兴是相同的，但《诗经》的起兴，是一种没有逻辑的、偶然的粘连。看到桃花想到女子，看到山中的绿竹想到男子；有时候看到杨树，也想到女子；有时候看到雎鸠，也想到女子。它们之间的关系非常零散，没有必然的联系。到了象征言情时，就把这种偶然的粘连，进化成了一种必然的粘连，使得景物和情感之间有了一种必然的对应关系。在《离骚》中，屈原用香草比喻君子，用恶草比喻小人，就已经形成了必然的对应关系。

象征之中，物与物之间有一种对应的关系，物与情感之间也有一种

---

① ［南宋］洪兴祖撰，白化文点校：《楚辞补注》，北京：中华书局，1983年，第2页。

内在的、必然的联系。王逸认为：

> 善鸟香草，以配忠贞；恶禽臭物，以比谗佞；灵修美人，以媲于君；宓妃佚女，以譬贤臣；虬龙鸾凤，以托君子；飘风云霓，以为小人。①

凤凰是君子，云霓是小人。香草、鸾凤让人想到正面与光明的事物；恶禽、恶草让人想到谗佞的小人。这种物和我之间的粘连，有了一种对应的联系。这种联系不是偶然的，而是一种必然的关系。

《诗经》用起兴，是偶然地把物和人，以及人的情感联系起来了。《楚辞》里则将它们必然地联系起来，而且这种联系是固定的。我们在讲《诗经》的时候，说的是起兴；讲《楚辞》的时候，说的是象征。从起兴到象征，是一个发展的过程，它们之间的区别是：在逻辑安排上，一个是偶然的，一个是必然的；在思致安排上，一个是无意的，一个是有意的；在布局安排上，一个是片段的，一个是整体的。

三、物感

民歌是原生态的歌曲，它们的作者不是专业的文人，不一定有很深的文化素养。创作民歌的时候，往往就是触景而发。如《陌上桑》开篇说："日出东南隅，照我秦氏楼。秦氏有好女，自名为罗敷。""日出东南隅，照我秦氏楼"这两句与故事情节是没有关系的，只是渲染故事发生的环境。又比如"孔雀东南飞，五里一徘徊"，先用"孔雀东南

---

① 《楚辞补注》，第2—3页。

飞"起兴,然后再讲刘兰芝,这些都是民歌的手法。

文人诗则不同。文人能用很多典故,然后不断地堆积融化,就形成了象征。这种象征手法再发展,是文人有意识地塑造一种环境,用这种环境衬托自己的情感。《古诗十九首》中的《迢迢牵牛星》:"迢迢牵牛星,皎皎河汉女。纤纤擢素手,札札弄机杼。"诗人由眼所看,延伸到心中所想,不是完全地在自然环境中,不是写东西的时候正遇到什么,而是有一种起兴安排在里面,有一种自然而然的发端在里面。

第一,文人诗作是经过构思的。文人创作的作品,不像民歌那样无意识地生成,而是一种自觉的创造。《古诗十九首》里,有一些诗是文人的拟作,是由文人模拟民歌作成的,并不是真正意义上的民歌。汉末、魏晋时期,出现过大量的拟作,大部分是由男子模仿女子的口吻来写的,抒发相思、思乡之情,它有一种构思在里面。这时的触景生情,表面上是见到景物而抒发,实际上则是景与物之间存在着一种精密的思致。

第二,文人有意识地选择适合自己情感表达的风景,并将人物的情感与风景有机结合起来。这时候,景物所形成的意境就与情感产生了共鸣,这种共鸣被称为借景生情。如曹丕的《燕歌行》:

> 秋风萧瑟天气凉,草木摇落露为霜,群燕辞归雁南翔。
> 念君客游多思肠,慊慊思归恋故乡,君何淹留寄他方?
> 贱妾茕茕守空房,忧来思君不敢忘,不觉泪下沾衣裳。
> 援瑟鸣弦发清商,短歌微吟不能长。明月皎皎照我床,
> 星汉西流夜未央。牵牛织女遥相望,尔独何辜限河梁?

写女子思念丈夫,先写"秋风萧瑟天气凉,草木摇落露为霜",一到秋天就容易思念家乡。"念君客游多思肠",女子思念自己的丈夫;"贱妾茕茕守空房",一个人独守空房,思念夫君,以至"不觉泪下沾衣裳";然后"援瑟鸣弦发清商",弹起琴、唱起歌来,发出非常哀怨的清商调;唱完以后,还是不能解除自己的愁苦,看到了"明月皎皎照我床",还是睡不着;仰着头看"星汉西流夜未央",星河由东北倾向西南的时候,秋天就来了。正是半夜三更的时候,"牵牛织女遥相望",牵牛星、织女星在银河两岸遥遥相望。女子感到秋风来临了觉得伤感,发现草木摇落了觉得伤感,看到群燕辞归,还是觉得伤感。表面上看,这些全是在写景,但里面却有一种构思安排,就是曹丕选择了这些景致来衬托情感,而它们经过了诗人的择取,从而形成这样一组可与情感互相观照的意象。

刘禹锡《秋词二首》(其一):

> 自古逢秋悲寂寥,我言秋日胜春朝。
> 晴空一鹤排云上,便引诗情到碧霄。

诗人看万里晴空,一群白鹤飞上九天,于是把自己的诗情也带到了碧霄。同样是秋天,有人高兴,有人不高兴;同样是看明月,李白是"举头望明月,低头思故乡"(《静夜思》),有点伤感,苏轼是"明月几时有,把酒问青天"(《水调歌头·明月几时有》),则很飘逸。

第三,诗作中的情感与景物是相互契合的。如杜甫的《江畔独步寻花七绝句》(其六):

> 黄四娘家花满蹊,千朵万朵压枝低。
> 留连戏蝶时时舞,自在娇莺恰恰啼。

这首诗是杜甫饱经离乱后,终于在成都草堂有了安身处所时所作,精神稍显闲适。其中的"花满蹊""戏蝶""娇莺",给人的感觉是饱满的、明快的,与杜甫此时轻松愉快的心情非常合拍。

从民歌的起兴,发展到文人的触景生情,有三个方面的变化:第一,诗作是经过构思的;第二,景物是经过选择的;第三,情感与景物是相契合的。

触景生情是以景作为基础,以情作为升华。因情成景,也是诗歌起兴的一种发展。可以说,触景生情,是先看到景物,在这个景物描写中来衬托一种情感,然后,作者边看景物边抒情;因情成景,是先把感情表达出来,然后让情感驱动景物,是以情感的表达为主。触景生情是由景到情,因情成景是由情到景。

触景生情的例子,如李清照的《声声慢》:

> 寻寻觅觅,冷冷清清,凄凄惨惨戚戚。乍暖还寒时候,最难将息。三杯两盏淡酒,怎敌他、晚来风急?雁过也,正伤心,却是旧时相识。
>
> 满地黄花堆积,憔悴损,如今有谁堪摘。守着窗儿,独自怎生得黑。梧桐更兼细雨,到黄昏、点点滴滴。这次第,怎一个愁字了得!

"寻寻觅觅,冷冷清清,凄凄惨惨戚戚",就是一种情感体验;"乍暖还寒时候,最难将息",也不是景物;"三杯两盏淡酒,怎敌他、晚来风急",这时候虽有一种感觉了,但还不是完全的景;下面的"梧桐更兼细雨,到黄昏、点点滴滴",才是完全地写景。像这样的景物描写,都是在感情的流程之中跳跃出来的,目的是衬托感情,让感情更深一层。

因情成景的例子,如李清照的《永遇乐》:

落日熔金,暮云合璧,人在何处。染柳烟浓,吹梅笛怨,春意知几许。元宵佳节,融和天气,次第岂无风雨。来相召、香车宝马,谢它酒朋诗侣。

中州盛日,闺门多暇,记得偏重三五。铺翠冠儿,捻金雪柳,簇带争济楚。如今憔悴,风鬟霜鬓,怕见夜间出去。不如向、帘儿底下,听人笑语。

夕阳西下,暮云沉沉,这是诗歌意境构成的一个大背景。在这种背景中,词人点出了一句话:"人在何处"?问自己的相思之人在什么地方呢,以此表现自己的孤独。此时,诗人正在思念自己的夫君。接着,词人写起景物来,"染柳烟浓",柳树好像是泼墨染出来的,给人很迷茫的感觉;"吹梅笛怨",吹支《梅花落》的曲子吧,笛声非常哀怨。表面上句句写景,实际却句句落在情上,"春意知几许"。这个时候,词人非常伤感,开始想,早年时候的那些欢快游玩,如今只剩晚景凄凉,风雨忧愁。下阕全在写景,但都是回忆之景,其实就是一种情感的铺陈,李清照在遥想当年元宵佳节时的盛会情景。这是典型的以乐景写哀情。表面上,词人写的景象非常美,是乐景,都是在说当年车水马龙时的热闹场面,但是这些地方却又处处衬托起自己的伤感:想当年我们在一起时是多么美好,现如今却这般憔悴。这首词里的景物,完全是词人为表现自己的情感而精心创制的。

由此可见，触景生情和因情成景，它们之间的区别是很细微的：触景生情是先有景，后有情；因情成景是先有情，后有景。情景交融，既包括触景生情，又包括因情成景，即这句话表面是景，实际是情，情景全在一句话里，句句写景，句句写情。

冯延巳的《鹊踏枝·梅落繁枝千万片》，把梅花飘落的瞬间描写得极其细腻：

梅落繁枝千万片。犹自多情，学雪随风转。昨夜笙歌容易散。酒醒添得愁无限。

楼上春山寒四面，过尽征鸿，暮景烟深浅。一晌凭栏人不见，鲛绡掩泪思量遍。

其中有一种情感，非常缠绵，能读出一种执着与力量。"梅落繁枝千万片"，这句话实际很普通，千万片梅花在枝头飘零。"犹自多情，学雪随风转"，是说离开枝头的梅花，似乎不愿飘落下去。通常，我们一见到落花，就容易联想到"花自飘零水自流"的感慨，但此处的落梅，却突破了这种习惯性的心理期待，它们并不甘心逐水远去，而是"多情"地做着挣扎，"学雪随风转"，将最后的花瓣融入风中，似雪一般地转动。这两句话最有力量，它们反映了词人一种微妙的孤独感，或者说，反映了词人对生命陨落的一种别样的感伤。

在这里，冯延巳写的是梅花，却总给人一种沉痛的情感。词人表面上在说梅花，实际是在说自己。当梅花飘离枝头的时候，它就再不可能回到枝头了。它宁可在降落的过程中再盘旋一会儿，也不愿意立刻结束自己的生命。梅花一落到地上，就"零落成泥碾作尘"，结束了作为花所拥有的美丽使命,结束了自己曾经的灿烂和光鲜。这里有一种失落的情感。而人呢,也如这梅花,昔日虽喜乐无限,转眼却"昨夜笙歌容易散",只剩得"酒醒添得愁无限"。"愁无限",这种"愁"是一种繁华过后的闲愁,不是忧国忧民的"愁"。

下阕写"楼上春山寒四面",周围全是青山,有一种高处不胜寒的感觉。"过尽征鸿",春天里一群匆匆忙忙往北赶路的大雁。"暮景烟深浅",晚上暮烟迷蒙,最是思念伊人的时刻。于是,词人接着说"一饷凭栏人不见",这时候就点题了:他为什么会写得这么伤感呢,站在楼上看什么?看风景,还是看人?原来是站在楼上眺望远方,在期待心中的那个她(他)。"人不见"后,会怎样呢?会"鲛绡掩泪思量遍"。"鲛绡"是女孩子用的手帕,手帕上滴上了女子鲛鱼似的泪珠。传说,鲛鱼之泪能够化成珍珠[1],词人以之比喻女孩的泪水,是非常美的。这痴情的女子,就这样"凭栏""掩泪",可等了一个下午,思念的人儿却为什么始终没有出现?由思念而生发出疑虑,最后她只得"思量遍"地寻找答案,笔触愈加凄楚动人。这首词就是这样,句句写情,又句句写景,并没有明写各种心理活动,而是将情景较为完美地交融起来。

韦庄的《思帝乡》中也有一句很饱满的话:"春日游,杏花吹满头。"杏花全落在了头上,让人仿佛见到一片明媚春光。在诗词的情感与景物结合之中,要有这样一种饱满的情绪灌注其中,看似不经意,却在不经意间有一种情感,有一种力量感,有一种美感。读诗词的时候,

---

[1] [西晋]张华《博物志》:"南海外有鲛人,水居如鱼,不废织绩,其眼能泣珠。"另有[唐]李商隐《无题》:"沧海月明珠有泪,蓝田日暖玉生烟。"也是用了"鲛人泣珠"的典故。

就要品味这样的句子。好句不需多,有一两句就可以将整首诗映衬出来。写诗的时候,也要精炼出这样的句子,先做到句工,每首诗中有几个精彩的句子,再做到诗工,形成一个完整精致的诗篇。

第四章
诗的意象

中国诗歌与西方诗歌的相异之处，在于中国诗歌更讲究赋、比、兴的使用；中国诗歌与西方诗歌的相同之处，则在于两者都重视意象的形成。

一、取象

钱钟书曾这样概括诗歌中的"象"：

> 诗也者，有象之言，依象以成言；舍象忘言，是无诗矣，变象易言，是别为一诗甚且非诗矣。故《易》之拟象不即，指示意义之符（sign）也；《诗》之比喻不离，体示意义之迹（icon）也。不即者可以取代，不离者勿容更张。①

钱钟书认为，诗的本质是有"象"，如果没有"象"，就不能成为

---

① 钱钟书：《管锥编》（第一册），北京：中华书局，1979年，第12页。

经典的诗歌。依象以成言,说的是诗歌要完全依靠形象来表达情感。诗歌必须是一种形象化的语言,才能建构一个让人直接感知的艺术空间,在其中去驰骋、去想象。"舍象忘言,是无诗矣",是说完全舍弃了形象来谈诗,那就不叫诗了。

文学的本质特征是形象性。一个人痛苦,他只说"我非常非常痛苦",这是不成诗语的,这不是文学,只是个人感受,无论这个人如何伟大,他的这句话,也不会流芳百世。尽管他的痛苦是刻骨铭心的,但是他不会表达。有的人心中不一定有彻骨之痛,但他的诗会流芳百世。像"试问闲愁都几许"(贺铸《青玉案·凌波不过横塘路》),有说不出来的惆怅,莫名其妙的闲愁,这种惆怅与闲愁,又是通过一川的烟草、满城的风絮、梅子黄时雨等具体形象表达出来的。诗歌是靠形象来建构的,没有形象只有情感是不行的。如果没有形象感,只用情感来表达,就是钱钟书所谓的"是别为一诗甚且非诗矣"。这种表达要么成为非常好的诗,如陈子昂的"前不见古人,后不见来者"(《登幽州台歌》),偶尔一首可以作成,但这类作品中依然有"天地之悠悠"这样的大场景。

"象"有两种:一是《周易》中的抽象出来的"象",如八个卦象,即乾、坤、震、巽、坎、离、艮、兑,分别象征八种不同的事物:乾为天、坤为地、震为雷、巽为风、坎为水、离为火、艮为山、兑为泽。这些"象"是指示义的,并不是我们所说的物象,只是一种指示的符号,虽然可以引人联想,但是基于符号义,每个义代表一种属性,由此展开的联想是同类相属,并不是出于直观的感性理解。

"象"最早就是一个哲学概念。见《老子》第二十一章:

> 道之为物，惟恍惟惚。惚兮恍兮，其中有象；恍兮惚兮，其中有物。窈兮冥兮，其中有精；其精甚真，其中有信。

在老子学说里，"道"是规律，是状态，是本质，是抽象出来的一个概念。老子所处的时代，是感性认知与理性认知交织未分的时期，他还在尽力描述"道"的形象，认为"道"存在于天地形成之初，是模模糊糊、混沌未开的，后来清者上升而为天，浊者下降而为地。他用"惚兮恍兮，其中有象；惚兮恍兮，其中有物"来形容混沌初开、万物生成之际的状态。天地万物都起源于"无"，"无"生为"有"，"有"再生发："道生一，一生二，二生三，三生万物。"[①]万物都是在"道"的混沌状态下慢慢发展起来的。其中描述的"象"，若即若离，若隐若现，若远若近，用来形容客观于人之外的物体、形态、状态和场景。

在《周易》里，"象"进一步发展为更具体多样的物象。《周易·系辞上》：

> 圣人有以见天下之赜，而拟诸其形容，象其物宜，是故谓之象。

圣人看到天下的万物又多又细微，便"拟诸其形容，象其物宜"，他想把天下万物的形象表现出来，但万物太多，便选择了具有代表性的物象，来描述万物的性质与状态。男性的、阳刚的、积极的这类状态，统一用乾卦来代表；女性的、阴柔的、辅助的这些状态，都用坤卦来代表。《周易》中有乾、坤两卦，实际代表了天地运行的基本状态，也代

---

① ［三国·魏］王弼注，楼宇烈校释：《老子道德经注校释》，北京：中华书局，2008年，第117页。

表了与之相关的各类事物，由此形成了对天地万物的简单归类，使之成为可以无穷扩充外延的标志性符号。此外，金、木、水、火、土五行，也是以"象"概括事物属性的一种方式。

在这种视域中，"象"作为哲学概念，其内涵是确定的，带有归纳总结的意味；但外延却不固定，可以推演万方，将未见到的或者将产生的事物，都可以纳于其中。《周易·系辞上》言："子曰：'书不尽言，言不尽意。'然则圣人之意，其不可见乎？子曰：'圣人立象以尽意。'"这种做法，一是可以言明未能穷尽的万物，以此作为一种表达的方式。二是有某种抽选出来的物象，作为自己表达意思的凭借，立象以尽意，通过某种"象"来表达自己的意思，使得这个"象"承载、寄托和蕴含着作者赋予它的更多的意义，在"象"的基础上，讨论"象"与"象"的关系，便不必再从头说，"象"在不同的话语体系中，或者在不同的逻辑结构中，即具有了特定的含义，成为有意味的形式。

《周易》的逻辑是太极生两仪，两仪生四象，四象生八卦，八卦叠为六十四卦，其中，太极、阴阳、四象、八卦、六十四卦都是具有特殊含义的"象"，可以象征越来越多的可能性。六十四卦，每卦六爻，便形成三百八十四爻。每爻都有爻辞，用来描述某种状态，而且，爻辞都是形象化的语言，从而通过抽象出来的"象"和具体化的"象"来描述事物发展的可能性，从而形成了一个系统的"象"和"意"体系，其中蕴含了无穷的变化之理。按照归纳出来的逻辑结构，对未知事物进行想象、解释和推测。

《荀子·乐论》中，将乐声也视为象：

君子以钟鼓道志,以琴瑟乐心,动以干戚,饰以羽旄,从以磬管。故其清明象天,其广大象地,其俯仰周旋有似于四时。故乐行而志清,礼修而行成,耳目聪明,血气和平,移风易俗,天下皆宁,美善相乐。

乐之清明象天,乐之广大象地,是指音乐所形成的感觉,既清远而高拔,又宽广而宏阔,在听觉上形成的各种感知,可以通过后天的学习和体悟,理解乐中蕴含的象,进而形成具有形象感、道德感和情绪体验的乐象。

"象"作为描述人对外物感知的方式,既有抽象的意味,又有感知的意味;既是类的概括,也是具体的描述。这就使得中国文化在言"象"的时候,同时要注意到"象"的具体义和抽象义。具体义就是具体的物象具有特定的含义,抽象义就是这一具体物象及其类的通性。王充在《论衡·乱龙篇》中说:"夫画布为熊麋之象,名布为侯,礼贵意象,示义取名也。"自周至于汉,常常用服章图案代表不同的职位、爵位、品位等,图案是具体的,其代表的义却是规定好的,象之本身,便体现了具体义与抽象义的统一。

真正从文学语言的角度思考"象"的作用的是王弼,他在《周易略例·明象》中,阐述了"言""象""意"三者之间的关系:

夫象者,出意者也。言者,明象者也。尽意莫若象,尽象莫若言。言生于象,故可寻言以观象;象生于意,故可寻象以观意。意以象尽,象以言著。故言者所以明象,得象而忘言;象者,所以存意,得意而忘象。犹蹄者所以在兔,得兔而忘蹄;筌者所以在鱼,得鱼而忘筌也。然则,言者,象之蹄也;象者,意之筌也。是故,存言者，非得象者也；存象者，非得意者也。象生于意而存象焉，则所存者乃非其象也；言生于象而存言焉，则所存者乃非其言也。然则，忘象者，乃得意者也；忘言者，乃得象者也。得意在忘象，得象在忘言。故立象以尽意，而象可忘也；重画以尽情，而画可忘也。

王弼认为"言不尽意"，语言不能把意思完全表达出来，至少不能准确地表达出来，因此，要通过"象"来尽可能多地替代语言，以求更细微、更系统、更有逻辑地表达所要阐释的意思。但"象"只是表情达意的媒介、手段，并非表意的目的，因此在会意时，要"舍象求意"。在王弼的讨论中，"象"能够概括很多东西，蕴含无数可能性，但都是表情达意的手段，在言与意之中，其不过是个有意味的物象而已。

在很多诗歌中，"象"是鲜明可感的，但诗中蕴含的情感鲜明程度却有所不同。骆宾王的"鹅、鹅、鹅，曲项向天歌。白毛浮绿水，红掌拨清波"（《咏鹅》），王安石的"墙角数枝梅，凌寒独自开。遥知不是雪，为有暗香来"（《梅花》），并没有太深的情感在里面，"象"却很鲜明，吸引着读者去想象、去感悟。而杜甫的"感时花溅泪，恨别鸟惊心"（《春望》），情感与形象融合，我们立刻就能体会到杜甫在国破家亡时的感受。

诗歌的多义性，就在于诗中的"象"可以有无穷无尽的解读。无穷的"意"和无尽的"象"相结合，就会形成无穷的诗歌表达，让作者浮想联翩，也让读者回味无穷。在李商隐的诗中，"意"和"象"的结合是若隐若现的，那么，物象蕴含的意思到底是什么呢？作者不说，读者也不清楚。有时候读着读着，好像明白了；有时候读着读着，好像又不明白了，诗歌的朦胧美便由此形成了。如李商隐的"锦瑟无端五十弦，一弦一柱思华年"（《锦瑟》），不同的阅历，读时的感受是不一样的，老人和年轻人的感受就会不同。老人会由锦瑟的意象，联想到自己年轻时的情景，体会到人生的沧桑感；年轻人则会"思华年"，想到自己的风华正茂，考虑应该开创的事业。

魏晋南北朝时文学自觉，学者对"象"的理解，更多进入了文学想象的层面。挚虞在《文章流别论》中说："文章者，所以宣上下之象，明人伦之叙，穷理尽性，以究万物之宜者也。"其中所言的"上下之象"，泛指各种各样的物象。而"假象尽辞，敷陈其志"是说，借助形象来表达自己的情志，明确指出文学是靠形象来说话的。《文心雕龙·神思》中言：

> 积学以储宝，酌理以富才，研阅以穷照，驯致以怿辞，然后使玄解之宰，寻声律而定墨；独照之匠，窥意象而运斤。

积学，是多积累学问；酌理，要多思考来丰富才能；研阅，要多读书籍，开阔视野；驯致怿辞，反复地构思、揣摩，才能写出好句子。其中提到的"独照"，就是要揣摩创造自己独特的物象；"窥意象而运斤"，意象慢慢在眼前浮现，要利用意象来创作，来表情达意。

在此之后，意象就成了文论中的一个命题，成了学者衡量文学表达的一个参照。唐张怀瓘《文字论》中说：

> 虽迹在尘寰，而志出云霄。灵变无常，务于飞动。或若擒虎豹有强梁拿攫之形，若执蛟螭见蚴蟉盘旋之势。探彼意象，如此

规模。

即便是写字,也要把自己的情感、意趣融合在可以直观的"象"中,通过有形的"象"来寄托无穷的"意",象外寄托遥深,在于心象鲜明。王昌龄在《诗格》中也说:"久用精思,未契意象。力疲智竭,放安神思。心偶照境,率然而生。"诗歌的构思,最为重要的是实现"意"与"象"的融合。司空图在《二十四诗品》中所说的,"意象欲生,造化已奇",也是说意象的独特与否,决定了诗歌创新出奇的程度。

那么,如何实现"意"与"象"的统一呢?

"观物取象"与"象生于意"是意象形成的两种方式。观物取象,是从万物中选取出天、地、水、火、山、泽、风、雷,作为具有代表性的象,用来象征无穷无尽的事物。诗歌写作也一样,诗人要在万千事物中,选择最能表达自己情感体验的物,形成独特的意象。可以说,"观物取象"是诗歌意象形成的基础,是要能从天地万物中,选择最能契合自己的情感体验或思考的物象,作为表达自己情志或思考的媒介。而"象生于意",是说怎样把外部物象从纷纭复杂的万物中提炼出来,关键在于自己的理解,要让自己的情感能附着于物之上,才能形成有意味的"象"。

或者说,"观物取象"强调要选取有代表性的物象,"象生于意"是"象"要与情感融合,才能增强表达的力度与广度。两者都关注到了意象生成阶段的特征:

一是诗歌创作对象化,即抽取外物进入到诗歌的表述之中;

二是诗歌创作个性化,即在自然万物之中选取出独特的"那一个",作为自己情感的象征,使其带有个人的烙印,成为个人的符号,如庄子的大鹏与梦蝶、阮籍的翔鸟与孤鸿、陶渊明的孤松与闲云等;

三是客观物象的主体化,即把客观物象变成带有主体情感的存在。杜甫写"两个黄鹂鸣翠柳,一行白鹭上青天"(《绝句》),从那么多山川景物中,提炼出"黄鹂""翠柳""白鹭""青天"等物象,正是由于这些景物的巧妙组合,才能给人一种安逸、宁静和开朗的感觉。

意象形成后,该如何进入诗歌表达呢?皎然《诗式》概括为"假象见意"和"貌题直书"二法,[①]前者是借助物象表达意思,后者是直接描绘物象。

所谓"假象见意",是借助形象表达自己的意思。周敦颐在《爱莲说》中说:菊花给人隐逸、孤独的直觉,将之界定为"花之隐逸者也";荷花给人清逸自然的感觉,是"花之君子者也";牡丹给人富贵的视觉和想象,言为"花之富贵者也"。这些都是"假象见意",即根据物象的特征赋予特殊的含义,从此,菊隐、荷清、牡丹富贵,便成为通识认知。

所谓"貌题直书",是直接描绘物象。在物象的组合中,不一定非要写意,但"意"自然流淌其中。贺知章《咏柳》:"碧玉妆成一树高,万条垂下绿丝绦。不知细叶谁裁出,二月春风似剪刀。"诗人却不

[①] [唐]皎然《诗式》"团扇"条:"江则假象见意,班则貌题直书。"通过两首诗的对比,讲传达的不同方法。班婕妤的《怨歌行》和江淹的《拟班婕妤咏团扇诗》,表达的意思大体相同,但表现的方法不一。班诗是直接根据诗题抒情,虽描绘团扇的形象,但感情的抒发明显,故称为"貌题直书",是被皎然举例中注明是"情"的一类诗。而江诗则不同。其是借团扇上画的弄玉与萧史比翼齐飞的画面,暗示女主人公对忠贞爱情的向往。在皎然看来,江诗不亚于班诗,它"假象见意""兴生于中",虽涉及事典,但兴象自然。

写自己的情感，只把物象写出来放在这里，让读者对春暖柳绿自然生出喜爱之情。杨万里《小池》："泉眼无声惜细流，树阴照水爱晴柔。小荷才露尖尖角，早有蜻蜓立上头。"虽然有情感，但看到的全是物象，情感是读者在诗境中联想出来的。

二、成境

对"意境"做出理论总结的，是王国维。他在《人间词话》中标举：

> 古今词人格调之高，无如白石。惜不于意境上用力，故觉无言外之味，弦外之响，终不能与于第一流之作者也。

白石是姜夔的号，姜夔的词，可以用冷、香两个字概括。

一是意境特别冷。如《踏莎行·自沔东来丁未元日至金陵江上感梦而作》中的"淮南皓月冷千山，冥冥归去无人管"，月光皎洁，给人以平和安静，但姜夔却将"皓月千山"与"冥冥归去"相连，使得读者不禁生出彻骨的寒意，千山也因此带有冷意。

二是姜夔喜欢写梅花，又爱写梅花之香。如"有玉梅几树，背立怨东风，高花未吐，暗香已远"（《玉梅令》），就有一种冷香在里面。姜夔的词中有些句子写得非常美，如《扬州慢·淮左名都》的"过春风十里，尽荠麦青青"、《疏影》的"想佩环、月夜归来，化作此花幽独"等，但其整体的意境不如秦观的《鹊桥仙·纤云弄巧》、周邦彦的《兰陵王·柳》等。王国维因此认为，姜夔词境界单一，意趣固定，缺少让人回味的空间。

为什么姜夔有名句，意象秀美，意境却不是一流呢？这就需要对意境与意象之间的关系进行讨论。

意象与意境的"意"，都是艺术家主观情感的流露。"意"是一种意趣，一种情感，但"意"不能单纯解释为情感，其还包括很多内容。有时是一种哲思，如朱熹《观书有感二首》（其一）："半亩方塘一鉴开，天光云影共徘徊。问渠那得清如许？为有源头活水来。"含有理性的思致。有时则是一种表达技巧。

意境中的"境"，简单地说，就是外在社会环境、自然环境在诗歌中的反映、再现。一般认为，意境是自然环境，如"生如夏花之绚烂，死如秋叶之静美"[1]，夏花与秋叶便是自然物象。其实，意境还包括社会环境，如杜甫《兵车行》的"车辚辚，马萧萧，行人弓箭各在腰"，《丽人行》的"三月三日天气新，长安水边多丽人"，《自京赴奉先县咏怀五百字》的"朱门酒肉臭，路有冻死骨"等，也都是意境。

王昌龄在《诗格》中提到"诗有三境"：

一是物境。王昌龄说："欲为山水诗，则张泉石云峰之境，极丽绝秀者，神之于心。处身于境，视境于心，莹然掌中，然后用思，了然境象，故得形似。"[2]诗歌创作、艺术创作的第一个境界，就是物境，看到万物的形状就描写下来，用现在的话来说，看山是山，看水是水，勾画式地、照相式地，把全部外在之美表达出来。

二是情境。"情境"是"娱乐愁怨，皆张于意而处于身，然后驰

---

[1] ［印度］泰戈尔著，郑振铎译：《飞鸟集》，北京：商务印书馆，2015年，第45页。

[2] 张伯伟：《全唐五代诗格汇考》，南京：江苏古籍出版社，2002年，第173页。

思,深得其情"。在看到景的时候,能够把自己的感情与景物结合起来。景物年年都是一样的,不同的人看到之后,产生了不同的情感,诗歌就是要表达此情此景下的独特感受。同样是庐山,李白看到的是"日照香炉生紫烟,遥看瀑布挂前川。飞流直下三千尺,疑是银河落九天"(《望庐山瀑布》),这是一种十分感性的形象,洋溢着喜悦之情;苏轼看到的却是"横看成岭侧成峰,远近高低各不同。不识庐山真面目,只缘身在此山中"(《题西林壁》)。李白是浪漫洒脱的,苏轼是理性超脱的,因此物境相同,情感不同,所形成的意境也不同。

情境的特征是"看山不是山,看水不是水",不再关注于物象表层,而是看到了物象背后的意蕴。《论语·子罕》载:"子在川上曰:'逝者如斯夫!不舍昼夜。'"孔子看到的不是水,而是一种时间的流逝。李煜《虞美人》中的"问君能有几多愁,恰似一江春水向东流",水也是愁的象征,表达的是自己的情感体验。人在观赏景物时,是带着感情去看的,带着欣然之情、喜悦之情、悲伤之情、愁怨之情来看的,这就称之为情境。

三是意境,"亦张之于意而思之于心,则得其真矣"。心境表达的是个人的内心体验,而意境是通过自己的内心体验体悟到景物所蕴含于天地、宇宙、人生之中的普遍生命力或普遍的哲理、哲思。诗歌要通过形象感,表现内心的感受与体会,通过物象来表达其意,领悟人与自然相接时,对自然、宇宙秩序的理解。

陶渊明说"此中有真意,欲辨已忘言"[《饮酒》(其五)],真就是蕴藏在物境、蕴藏在情境之中的生命力,是具有普遍意味的哲理,是已经隐约体悟到了情感与自然冥契时的彼此触动,在那一刹与自然的息息相通。如看到春色逝去,就会产生惋惜之情:"原来姹紫嫣红开遍,似这般都付与断井颓垣。良辰美景奈何天,赏心乐事谁家院。"①青春如此,人生如此,良辰美景如此,一生一世也如此。人的情感与物象结合,就形成了更敏锐的人生体验,这种人生体验是合于自然变化、合乎宇宙规律的,虽然是一人一己的情感,却可以与所有人产生共鸣,虽然是一时一处之景色,却能为所有人所感知,令人读后深思而回味。这便是意境,是"看山还是山,看水还是水"的境界。

由此来看,物境是把山水当作客体来描写,写的是山水的外貌。情境是看到山,想到的是伟岸,看到水,想到的是柔媚,或者看到山,想到的是永恒与稳定,看到水,想到的是流逝,这些都是情感体验。意境是把情感体验与物象感知结合起来,形成了具有鲜明情感蕴含的物象描述。在这时,物不再是单纯的物,而是被主体化的象,情也不是单纯的情,是被对象化了的意。象与意的结合,是个性化了的意境,他所看到的山水,是心中的山水,也是独特的山水。

所以说,"境"比"象"更开阔,它不再是单纯的物象和风景,而是融合了物象和风景之后形成的更开阔的、更具有情思和想象意味的境界。意境与意象一样,是主观情感与外在物象的组合,但意境是多种意象的组合,内涵和容量要比意象大得多。

王国维在《人间词话》中说:"境非独谓景物也。喜怒哀乐,亦人心中之一境界。故能写真景物、真感情者,谓之有境界。否则谓之无境界。"意境是景物与情感的完美结合,就是景物能恰当地表现人的主观情感,情感又能恰当地和景物结合起来,二者相辅相成,"境"注重直

---

① [明]汤显祖:《牡丹亭·惊梦》,北京:人民文学出版社,1982年,第42-43页。

观的美感,"意"注重寄托的遥深。

王国维在《宋元戏曲史》中也说:

> 何以谓之有意境?曰:写情则沁人心脾,写景则在人耳目,述事则如其口出是也。

写情,能摇荡人的性情,令人感动;写景,能如在目前,物象鲜明,真实可感。物象与情感的完美统一,便形成了意境。

一是客观事物的艺术再现。再现不仅要准确,而且经过精简提炼,要生动。意境求精不求多,"孤鸿号外野",就不能用"群鸿",群鸿是写物,孤鸿是写意;"万绿丛中一点红"和"一枝红杏出墙来",都是以一衬多,以虚当实。

二是主观精神的表现。意,不仅是情感,还包括思理、思致、趣味等。因此,意境不是主观情感与客观物象的简单结合,而是客观物象与主观情感经过高度艺术化处理之后,形成的完美统一的境界。情中有景,景中含情,分不清哪一句是景,哪一句是情,而又句句有景,句句含情。意与象通,意中有象,象中有意,意象之间息息相通而成境界。

我们以张若虚的《春江花月夜》为例,来体味诗歌中的意境建构:

> 春江潮水连海平,海上明月共潮生。
> 滟滟随波千万里,何处春江无月明!
> 江流宛转绕芳甸,月照花林皆似霰。
> 空里流霜不觉飞,汀上白沙看不见。
> 江天一色无纤尘,皎皎空中孤月轮。
> 江畔何人初见月?江月何年初照人?

人生代代无穷已，江月年年望相似。
不知江月待何人，但见长江送流水。
白云一片去悠悠，青枫浦上不胜愁。
谁家今夜扁舟子？何处相思明月楼？
可怜楼上月徘徊，应照离人妆镜台。
玉户帘中卷不去，捣衣砧上拂还来。
此时相望不相闻，愿逐月华流照君。
鸿雁长飞光不度，鱼龙潜跃水成文。
昨夜闲潭梦落花，可怜春半不还家。
江水流春去欲尽，江潭落月复西斜。
斜月沉沉藏海雾，碣石潇湘无限路。
不知乘月几人归，落月摇情满江树。

　　这首诗所描绘的主要形象是春、江、花、月、夜，在这样一组给人无穷想象的意象中，展开了对人生、爱情、故乡等的思考，描述了由此产生的情感。张若虚选取了一个贯穿全诗的意象"月"作为时间线索，以月的升起、高悬、西斜、落下来展现时间的流程；选取"江"作为空间线索，依次描写婉转的江流旁的花、树、楼和游子、思妇等。以"春""夜"这样温暖而又悠邈的氛围，作为意境的整体基调，用"花"作为视觉和嗅觉的线索，把江水、沙滩、天空、原野、枫树、花林、飞霜、白云、扁舟、高楼、镜台、砧石、鸿雁、鱼龙、思妇及游子等，一一展现出来。春天、夜晚、花香、江水，只是一幅淡墨渲染的背景，而那些不时浮现的生活形象，如望眼欲穿的思妇、翘首望乡的游子，则是浓墨勾勒出来的重点。背景只是渲染烘托，而人物的情感，才是抒写的核心。读这首诗，眼前很容易浮现出一幅浓淡相生的水墨画，让人感受到春江花月夜清幽的意境。

《春江花月夜》正是在对景物的叙述中，不经意间融入了情感因素，在那些历历在目的物象中，融入了化不开的情感体验。诗人写"滟滟随波千万里"时，突然发出了"何处春江无月明"的反问，把读者带入到对整个宇宙有限与无限的思考中，这句看似普通的反问，却把对景物的实写，虚化为对天地万物的思考，宕开了诗歌的表达空间。

接着描写江天、孤月，却又突然问道："江畔何人初见月？江月何年初照人？"无意之间的疑问，恰恰表明了诗人对景物的描写，不是漫无目的的，而是因景抒情，同样的月、同样的江，风景依旧，人却不同，从对宇宙无限的思考，转移到对人生无常的思索。在这种充满睿智，包含情感的艺术境界中，诗人似乎在与江水对话：年年如此，等待何人？江水的"实"与思索的"虚"在月夜、花香中浑融一体。

等到了第三次发问时，我们几乎可以聆听到诗人深沉的心跳："谁家今夜扁舟子？何处相思明月楼？"如此美丽的春夜，只有漂泊的游子和孤独的思妇不能与家人相聚，不能一起欣赏。如果说前面的问话是铺垫，那么，这句则可以看成全诗用浓墨表现出来的情感最强音。

前面的层层渲染烘托，营造了朦胧淡远的意境。对宇宙、人生、现实的无意发问，正是用时间的永恒、空间的固定，来反衬人间聚散的无常。接下来的景物，因诗人情感色调的加重，而变得幽深冷清，与开头的空旷辽远形成鲜明的对照。江楼、镜台、玉帘、衣砧、落花、江潭、斜月、海雾、碣石等冷色调的景物，衬托出了思妇、游子的孤寂和冷清，仿佛浓墨浸染而成，使人萌生出一份沉甸甸的感慨。"不知乘月几人归,落月摇情满江树。"一夜的思考,一夜的期待,一夜的想念,在月尽江树的意境中戛然而止,诗人未能从思绪中解脱出来,依然痴痴地在问:到底有几人在月夜实现了团圆?

三、意境

意境,指的是作者的主观情志与客观物象相交融而形成的审美境界,从刘勰的"思理为妙,神与物游",司空图的"思与境偕",苏轼的"境与意会",到王国维的"意境说",都认为意境是由"意"和"境"两方面的因素组成的。

那么,意境有哪些特征呢?

一是整体观感。意象是单独的物象,意境是由多个意象组成的整体空间。对一首诗中意境的观察,主要是看其所体现的整体感。整体感,指的是诗歌描绘的是一个和谐统一的艺术境界,其中有整体的情感倾向,色彩、意象、色调有一个整体的观感。

刘长卿在《别严士元》中描写暮春的感觉:"细雨湿衣看不见,闲花落地听无声。""细雨湿衣"又"看不见",是从视觉的角度描写的,"闲花"与"细雨"组合起来,就把暮春的情景表现出来了。用细雨和闲花相属,物象空蒙,还带有凋零的感觉、伤感的气息。一个"看不见",一个"听无声",既是视觉形象,又是听觉形象。这样的"湿衣"和"落地",就显得有动感,给人的感观是惆怅而迷茫的,带有淡淡的失意。

王维《汉江临泛》中"江流天地外,山色有无中",初句和对句相呼应，组成协调一致的境界。"江"和"山"给人的感觉非常宏阔。上句的"天地外"，把读者带到了诗境之外。诗人写诗，不仅要写自己所见的东西，更重要的是写自己想象之外的空间，就像中国画讲究的也是画外的东西。"江流天地外"，表现的是诗人在视觉之外对大江奔流的想象，是空间的铺排，写出了江流之阔、天地之大。"山色有无中"，是说山色的若隐若现。一个在平面上展开，一个在高度上展开，这样，长和高的境界就都有了。

杜牧的《秋夕》中写七夕：

> 银烛秋光冷画屏，轻罗小扇扑流萤。
> 天阶夜色凉如水，坐看牵牛织女星。

"银烛秋光冷画屏"，秋光是冷的，冷画屏是冷的，银是白色的，都给人凄冷的观感。"轻罗小扇扑流萤"，在非常冷的物象中，出现轻盈的小扇和流萤，细碎的事物与前面的冷色调组合起来，塑造出一个十分宁静的秋夜之境。"天阶夜色凉如水"，写触感。前面是"冷画屏"，现在是"凉如水"，每一句透出一种寒意。但这种寒意，绝不是"日暮苍山远，天寒白屋贫"（刘长卿《逢雪宿芙蓉山主人》）的那种寒冷，而是一种若有若无的凄凉之感。最后点出"坐看牵牛织女星"，写在非常安静的秋夜，一个女子坐在凉席上看牵牛星和织女星。诗中前几句句句不写感情，只是描绘凉如水的夜晚、清冷的物品、轻轻的细碎的流萤，然后在最后一句流露出情感了：牵牛和织女平时是隔开的，今夕他们却是相逢的，而一个女子独坐院中看牵牛星和织女星，她的心中是在想念自己的心上人吗？还是她没有心上人，有的只是一种若有若无的惆怅呢？杜牧没有写，而是充分利用了诗歌的多义性，引起读者的联想，从而形成象外之象、意外之意。

赵师秀是"永嘉四灵"之一，作诗讲究灵性。他选择的意象，是冷落而纤弱的。他的《玉清夜归》：

> 岩前未有桂花开，观里闲寻道士来。
> 微雨过时松路黑，野萤飞出照青苔。

夜晚下了一场雨，雨后的松路是黑暗压抑的，这时就有野萤飞了出来，照在青苔上。杜牧写诗俊爽，用"流萤"写秋夜，有一种风流倜傥的洒脱；而赵师秀一生落魄，用"野萤"衬托漆黑幽深，将自己孤独寂寞之情流露出来。

由此看出，无论是宏阔之景、温润之景，还是冷落悲凉之景，诗人要把同类的意象组合起来，形成如"细雨落花""江流山色""银烛冷光""松路野萤"这样的整体境界。在这些景物中，诗人有意识地选择适合自己身份、修养、学识的景物，融合着自己的生命体验，来构成意境。同样是萤火虫，杜牧的"流萤"与赵师秀的"野萤"给人感觉就不同："流萤"给人的感觉是银光闪现，带有一种流转之美；"野萤"却给人质枯之感，稍显粗糙。同样写夜晚，王维写的是"明月松间照，清泉石上流"（《山居秋暝》），温润，开朗，明亮。赵师秀则写黑漆漆的夜，野萤飞来飞去，照在青苔上，落寞而凄凉。

二是意象协调。意境要有整体的观感，把意象融合起来、协调起来。这既包括意象与意象之间的并列、错置、组合，也包括情感要素的整合。

司空曙《喜外弟卢纶见宿》："雨中黄叶树，灯下白头人。"秋雨打着黄叶，秋天的雨一般都是"一叶叶，一声声，空阶滴到明"（温庭筠《更漏子》），给人很凄凉的感觉。黄叶本是静的，但雨打到黄叶上，就形成了动感。与此相对应的是"灯下白头人"，画面苍凉清冷，世事沧桑、人生落拓之感跃然纸上，落寞、萧瑟之气间溢其中。王安石《书湖阴先生壁二首》（其一）："一水护田将绿绕，两山排闼送青来。"上句写优美安逸的田园风光，宁静悠远；下句写山势峻峭，山峦仿佛要跑过来一样，活泼生动。

杨万里《六月将晦出夜凉归门》："一天星点明归路，十里荷香送出城。"一天与十里搭配。满天的星星照亮回家的路，是视觉形象。十里荷香是嗅觉形象，形成一种感觉的错置。满天星斗是远景，荷香缭绕是近景，把具体可见的星星和若有若无的荷香联系在一起，意趣盎然，意境柔和。杨万里的诗，有乐观活泼的基调，夜色那么美，星星为我照亮回家的路，诗趣盎然。杨万里一生顺畅，星星为他照路；赵师秀落魄，野萤纷飞，出照青苔。人生的境遇不同，诗人选择的意象也就不同了。

元好问《同儿辈赋未开海棠》："枝间新绿一重重，小蕾深藏数点红。"利用了数点红和重重绿作色调的对比。在自然界中，红和绿的对比是最鲜明的，但要写一片红色和一片绿色的对比，又太鲜明、太张扬了，真正的对比是一片绿色中有一点红色，一片红色中有一点绿色。这首诗写看到的是一重重的绿色，给人厚重之感，而在重重叠叠的新绿之中，隐隐约约地看到"小蕾深藏数点红"，色调协调，海棠之美扑面而来。

三是情思饱满。意境，是"意"充盈在景中，将看似无关的景物联系起来，用"意"来驱动景。情思饱满的"有我之境"，是用自己的情感来驱动景物。

杜甫的感情深沉，所有的景物都成为他情感的寄托。"葵藿倾太阳，物性固莫夺"（《自京赴奉先县咏怀五百字》），他有忠君爱国的执着；"感时花溅泪，恨别鸟惊心"（《春望》），他有国破家亡的深沉感慨。杜甫能把感情完全寓于景物之中，他写小人"颠狂柳絮随风去，轻薄桃花逐水流"（《绝句漫兴九首》其五），是完全用自然景物来写，能让人读出其中的厌恶之情。桃花、李花落到水上漂走了，李煜看到后，想到的是"流水落花春去也"，杜甫看到后，想到的是"轻薄桃花逐水流"。景物相同，情感不同，由此形成的意境，则完全不同。

欧阳修《玉楼春·别后不知君远近》："夜深风竹敲秋韵，万叶千声皆是恨。"夜深时分，风吹竹子哗啦啦地响，像秋天的歌声一样。欧阳修还写过一篇有名的《秋声赋》，晚上坐在屋子里，听到了天地萧瑟摇落之声，欧阳修就问小童，是否听到了秋天的声音，小童回答说，没有。只有内心有情感的诗人，才能听得到。风吹竹子的瑟瑟声，欧阳修认为，这些都是秋声。表面上写景，实际上在抒情；表面上抒情，实际上在写景。"万叶千声皆是恨"，"恨"不是咬牙切齿的恨，而是遗憾，是恼人心绪的闲愁。在这样的意境中，一切景语皆情语，一切情语皆景语。

文天祥《过零丁洋》："山河破碎风飘絮，身世浮沉雨打萍。"这一联，表面上在写山河破碎时所看到的风吹飘絮，实际上，是在表达自己的身世像柳絮一样，无处飘落，似雨打浮萍一般，浮浮沉沉。处处写景，处处写自己的身世之感，是用自己的情感来驱动景物。诗歌写柳絮常是伤感的，柳絮总在暮春时分飞扬，飘在风雨里，落在泥土中。苏轼就说："春色三分，二分尘土，一分流水。细看来，不是杨花，

点点是离人泪。"(《水龙吟·次韵章质夫杨花词》)

四是空灵优雅。空灵,是不要把意象紧密地凑在一块,意象与意象之间是稀疏的、灵动的。志南和尚《绝句》:"沾衣欲湿杏花雨,吹面不寒杨柳风。""杏花雨"给人的感觉是温润的,"沾衣欲湿"是袅袅娜娜的一片春雨,忽远忽近地在杏花中飘来飘去。"杨柳风",春天来了,表面上,风让人感觉到有一点寒意,但吹到脸上时,却觉察不出了。意象的质感是轻盈的,契合着初春时稍有暖意时人的感觉,显得灵动而活泼。

周邦彦《苏幕遮·般涉》:"叶上初阳干宿雨,水面清圆,一一风荷举。"太阳刚刚照在荷叶上面,荷叶周围已经干了,没有湿气,只有荷叶中间还有一泓露水,荷叶的玲珑剔透便展现出来了。"水面清圆",夏天的水是很清澈的,"圆"是说下了一夜的雨,水面完全涨起来了,给人的感觉,不再是萧瑟低沉的,而是清澈圆润的。"一一风荷举",荷叶在风中轻轻摇荡,露水落下的时候,嘀嗒嘀嗒地响,是空旷、优美的。

空灵之美,不一定都是细腻的,还包括苍茫之感,但要求所写的物象优雅精致。王维《使至塞上》:"大漠孤烟直,长河落日圆。""大漠"把空间感在横的方面拉开,如果用"沙漠"显得过于质实。"孤烟直"是在竖的方向上展开,"落日圆"则是向中聚拢。大漠孤烟和长河落日组合起来,感觉不到塞上的荒凉、凋敝,而给人以辽阔而宁静的感觉。

诗歌之所以能成为中华民族特有的文化寄托,就在于历代诗人在诗词中表达了自己优雅的情怀。优雅的情怀,不是整日忙忙碌碌地求利,而是不被世俗的东西所异化。作为一位政治家,王安石的理性大于才情，他的诗歌讲究思致。如《北山》："细数落花因坐久，缓寻芳草得归迟。"一位悠闲的文人，静静坐在花丛中，或池塘边，看到落花飘零在水面上，既有所思，又没有所思。鲁迅曾说："梦见瘦的诗人将眼泪擦在她最末的花瓣上。"[①]正是这种由情及物的宇宙观感和由物及情的生命体验，使得诗人们能够在一己之情中，关注到人类普遍的情感体验，从而形成能引起他人共鸣的诗句。更在于他们以优雅而深厚的人文情怀，把生活中的俗事演绎得精致而细腻，成为后世读者情怀的寄托。即使是喝了点小酒，也会在酒后体会到自然之趣，"东篱把酒黄昏后，有暗香盈袖"（李清照《醉花阴》）；即便是无聊，也是"有约不来过夜半，闲敲棋子落灯花"（赵师秀《约客》），心如止水地享受安逸静谧。

唐诗宋词之所以被后人拿来陶冶性情，正是因为其中写痛苦、失落、悲愤，不是骂，不是恨，只是怨和伤，是温柔敦厚的劝导，是含着眼泪的微笑，诗中无时无刻不在体现诗人的涵养。诗词是中国人的精神财富，体现着中国人的心性修养和优雅格调。

---

① 鲁迅：《野草》，北京：人民文学出版社，1979年，第1页。

第五章
诗的境界

王国维《人间词话》写："词以境界为最上。有境界则自成高格，自有名句。""境"作为独立的审美境界，其形成包括许多构成要素，如词境、心境、语境、画境等。这些要素之间的相互作用，共同构成了诗歌的审美境界。

一、词境

词境是词汇本身形成的境界。由于词汇是作者表达自我情感、抒写心路历程的手段，也是读者感知作品内涵、领悟作者原旨的媒介，因此，词境是"境"的表层构造。词境的形成，既由于词汇意义本身具有丰富性，可以形成特定的审美意蕴，也在于作者对词语的选择，使这些词汇组成了不同的话语群，进一步丰富和发展了词汇的联想义，从而建构起特定的话语表达模式。这些话语模式在不同的作家、不同的作品中具有独特性，形成了不同的审美情趣。

词汇具有本义、引申义和假借义，并在历史发展和文化传承中，被赋予了感情色彩、语体色彩等，同时具备了象征、双关、暗示等多重文化内涵。

词汇本身已不再是单纯的表述事物或情感的符号，而成为代表文化教养、管窥文化积淀、具有地域和个性色彩的语码。如"秋"本为四季之一，《尔雅·释天》中有"秋为白藏""秋为收成"，秋天本为丰收与收获的季节；《尸子》则说"秋为礼，西方为秋。秋，肃也，万物莫不肃敬，礼之至也"，更赋予了秋季以浓重的文化色彩。从《诗经》开始，秋便成为凄凉和流落的寄托，如《小雅·四月》有"秋日凄凄，百卉具腓。乱离瘼矣，爰其适归"，秋风凄凄，百草凋零，颠沛流离的痛苦，何时才能回到家里？

《世说新语·识鉴》中，更是记载了这样一段故事：

> 张季鹰辟齐王东曹掾，在洛，见秋风起，因思吴中菰菜羹、鲈鱼脍，曰："人生贵得适意耳，何能羁宦数千里以要名爵？"遂命驾便归。

在此背景下，"秋"一词本身所引起的联想和感受，就逐渐有了特定的文化内涵，左思、孙绰、宋孝武帝、谢惠连、汤惠休等皆作吟秋诗，使"秋"成了特定的语码，成为凄凉、失败、流落、思乡、无奈、忧伤的代名词。之后，王昌龄《长信秋词》，杜甫《秋兴八首》《茅屋为秋风所破歌》，杜牧《长安秋望》，戴表元《秋尽》，杨基《途次感秋》，汤显祖《秋发庾岭》等，也都不可避免地染上了伤感的色彩。这样的例子还有很多，如"柳"代表着离别，"菊"代表着隐逸，"月"代表着思念等。在诗歌审美境界的构成中，词语的选择、搭配、组合，都是其人文修养的体现，词境的构成首先就来自作者对词语的选择。

词语的选择具有个性特征，不同的创作主体在选择词语时都有自己的喜好，有时甚至偏爱个别词汇，如李白极为欣赏"云""天""海""日"等表现阔大、壮观境界的词汇，甚至对与之有关的"云海""云霄""云山""天地""天山""天风""沧海""江（河）""波（溟）""白日""明月"等，也有所偏爱。这些具有宏伟感觉的词汇，构成了李白诗歌审美境界的基础，显示出了李白对开阔和壮大的向往，使读者可以从中感觉到李白的审美情趣，即追求雄伟与傲岸，具有独与天地往来的自由和常与云海为伴的洒脱。

由于词汇是创作主体的个人气质、个人情趣在文化掌握中的折射，是长时间积累起来的，这是一个潜移默化的过程，所以不同的创作主体常常具有不同的词汇审美倾向。反映在创作中，这些不同的词汇审美倾向就形成了词汇取向。如李贺在感觉上爱用"寒（冷）"，时间上喜欢用"老（死）"，听觉上习惯用"啼（泪、咽）"，动态上多用"凝（垂）"等，这些词汇在同时代的诗人中，也或多或少地出现过，但如此集中地出现在李贺的诗歌中，正反映了李贺选择词汇的取向，它们营构了李贺诗歌的寒冷悲凉、阴暗伤感、凝重深沉的审美境界。

同样，特定时代、特定地域、特定群体的作家，在词汇选择上也有相通之处，如晚唐诗人对"夕阳""晚秋"一类词汇的喜爱，"九僧诗人"对于"霜星""苔痕"等类词汇的偏好，以及花间词人对"红""香"类词汇的推崇等，都显示出了词汇本身在审美境界构成上的作用。

另外，同一作家的不同作品，在词汇选择上也有不同，这一点更能证明创作主体对词汇有意识地把握和以之来实现的诗歌审美境界的建构。如果说，词汇选择的个性特征是作者个性、气质、审美情趣的隐性体现，那么，不同作品中词汇的选择、同一词汇在不同作品中的意义取向，就显示了创作主体对词汇运用的刻意追求。因为这种刻意追求，可以使自己的作品形成足以抒写个人此时的心绪，契合此时内心的创作状态，表达此时的审美感受。例如，陶渊明田园诗多取"田亩""草屋""桃李""停云"等表现日常生活的词汇，表现出悠闲自然的平淡美。而在咏史诗中，多选择"猛志""慷慨""广陌""四海"等显示开阔、豪情的词汇，从而形成了部分"金刚怒目"式的审美情趣。同样，白居易、元稹等人新乐府创作词境通俗洒脱、唱和体词境优雅感伤，苏轼、辛弃疾等豪放词人在创作婉约词时，就有意选用表现幽深、缠绵和曲折情感的词汇，用以区分豪放词词汇所形成的广博、雄壮、开阔。这些不同的词境，显然有助于作者审美情趣的实现，有益于独特艺术风格的形成。

　　词境的不同，还可以区分不同诗歌流派，如宫体诗、花间词派、西昆体等诗歌流派的形成，很大程度在于他们用词细腻、艳丽，词境秾软华贵。明清诗人"宗唐""宗宋"之别，在创作方法上，也在于对建构词境方法的认识不同。宗宋诗人认为，词汇语源在古代典籍，词境亦雅；宗唐诗人则认为，词汇语源在心灵与外界，词境亦新。韩派诗人搜肠刮肚，词境奇警；江西诗派用典怪僻，词境险瘦。由此可见，词汇选择的不同，形成了不同的审美情趣。总之，诗史上大的创作流派，几乎都有其独到的词汇语言，都有其不同的词境，从而形成了与众不同的审美感受。

二、语境

语境是指创作主体在关联词语、组织篇章时采用的语言所构成的审美境界。在诗歌中,作者采用的体裁、选用的句式以及表达时的语体、语气,所提供的语言表述模式,都可以形成不同的审美情趣。这些审美情趣与词汇的结合,可以构成不同的语境。

虽然诗歌有固定的字数限制,但不同的作者可以在创作时选用不同的句式,从而形成特定的语言表述格式,这些格式的独到创造和灵活运用,形成了诗歌的不同语境。如《古诗十九首》多选用反问句式,来突显这种内心深处的波动。《行行重行行》:"道路阻且长,会面安可知?"《冉冉孤生竹》:"君亮执高节,贱妾亦何为?"《迢迢牵牛星》:"河汉清且浅,相去复几许?"《回车驾言迈》:"人生非金石,岂能长寿考?"《凛凛岁云暮》:"亮无晨风翼,焉能凌风飞?"《客从远方来》:"以胶投漆中,谁能别离此?"这些对人生、外物、时光的深沉思考和反问,在淡然的叙述中,突然激发出感情的最强音,是作者的质问和反思,也是情感表达的重笔,把心潮的起伏波动准确地传达出来。这种感慨铿锵有力,道出了压抑不下的悲愤、故作旷达的不平,更增一层抑郁,也使诗篇语势跌宕,文气波澜,真实地再现了当时士人不定的心态。

同样,诗人还可以通过语体的选择来构建不同的语境,炽烈的抒情、理性的分析、带有感情倾向的叙述,都可以形成独特的趣味,如陈子昂《登幽州台歌》、苏轼《题西林壁》、苏舜钦《庆州败》等,由于采用的语体色彩不同,其形成的审美境界也大为不同。

雅、俗不同的语言氛围,都可以形成不同的语境,如苏轼、黄庭坚、杨万里、柳永等人"以俗为雅"的尝试，周邦彦、姜夔、吴文英等人对词的"雅化"，都是对语境的开拓和创造。正因为这些语言的变化，形成了不同的语境，而这些语境又进一步和其他因素相组合，形成了多种多样的审美风格。

语气口吻的不同，也可以建构起不同的语境，如谐谑、幽默、讽刺、感叹等，可以形成不同的语境。如苏轼的《山村五绝》（其三）：

老翁七十自腰镰，惭愧春山笋蕨甜。
岂是闻韶解忘味，迩来三月食无盐。

诙谐中透着无奈的辛酸。《六月二十七日望湖楼醉书五绝》（其五）：

未成小隐聊中隐，可得长闲胜暂闲。
我本无家更安往，故乡无此好湖山。

幽默中饱含着旷达。《行琼、儋间，肩舆坐睡。梦中得句云：千山动鳞甲，万谷酣笙钟。觉而遇清风急雨，戏作此数句》："应怪东坡老，颜衰语徒工。久矣此妙声，不闻蓬莱宫。"谐谑中显出倔强，可与《纵笔》的"报道先生春睡美，道人轻打五更钟"的自嘲相对读。苏轼心胸的旷达和诗歌的快意，正是通过这些洒脱的语境来实现的。

诗歌大都有着固定内在的节奏、韵味和声情，诗人在创作时，通过对这些形式因素的灵活运用，融入自己对这些规律的理解和突破，从而在体式的共性中，表现自己的创作个性。如韩派诗人的特点之一，就是用散文句法入诗，打破原有诗歌的节奏，从而使其诗歌避免了熟滑。黄庭坚诗歌的峭刻，很大程度上在于好用拗律，押险韵，黄诗七律三百一十一首,拗体就有一百五十多首,大拗大救自然形成峭拔新鲜之感,与其词境奇僻相融合,形成了黄诗格韵高绝、意趣新奇的语境。

总之,语境不同于词境,在于语境是体现在字里行间的,比词境更难把握。词境是可以看出来的,而语境只能读出来或者吟出来,草蛇灰线,虽难寻觅,却有踪迹。

三、心境

心境是指创作主体构建作品时,心情状态本身所构成的审美境界。不同的创作主体,由于个人的气质不同、对社会和人生的理解有别,在作品中所表现出来的心境也不一样,从而形成了诗歌丰富多彩的"心境"。

心境是个人心态在文学作品中的流露,由于个人的气质、所受的教育、所处的环境和成长的经历不同,每个人的心境也不一样。心境成为个人诗歌创作的隐性因素,甚至有些诗歌的独到之处,就是作者心境的独特体现,如屈原的激切、陶渊明的平淡、韩愈的求奇、苏轼的洒脱等。从文学史和诗歌审美的角度,无法判断这些心境的高下,因为任何一种心境都是多种因素综合作用的结果。比如陶渊明,假如没有魏晋文化的滋润,没有晋宋之际的历史变迁,没有家世的因素,他的心境不可能如此平和。同样,激切、怪异、洒脱也都有其审美价值,正是这些不同的心境,才形成了诗歌丰富多彩的审美情趣。

陶渊明诗歌的平淡,很大程度上来自心境的平和。由于他以养真为目标，以顺化为方式，以自然为状态，所以能够从内心摆脱尘世的繁杂，只有真正摆脱了功名、贫富、荣达的干扰，才能从更高的境界来审视社会和人生，才能平静地面对生活，才能对一草一木充满真情地刻画。正是这种洞穿时空的睿智和圣化般的平淡，能够使陶渊明在日常生活中找到足以表现真情、至理的素材，在不经意间流露出对社会和人生的彻悟。陶渊明的平淡心境是天然的，不是失意后的无奈，也不是刻意的追寻，因此，尽管后人可以拟得陶渊明的意趣，但却无法达到陶渊明诗歌的意境，原因就在于他们缺乏陶渊明那种自然而然的平和心态。

同样，心境也因时而异、因事而异、因个人的阅历而异，所以，同一作家在不同作品中的心境也有所不同，而这些不同时期的心境，又对不同时期的作品产生了极大影响。如白居易："蒙英主特达顾遇，颇欲奋厉效报，苟致身于訏谟之地，则兼济生灵。蓄意未果，望风为当路者所挤，流徙江湖。四五年间，几沦蛮瘴。自是宦情衰落，无意于出处，唯以逍遥自得，吟咏情性为事。……凡所居官，未尝终秩，率以病免，固求分务，识者多之。"[①]他的一生的心境变化很大，早年的果敢，使他的诗充满了激切的力量，如"伤农夫之困也"的《杜陵叟》，"剥我身上帛，夺我口中粟。虐人害物即豺狼，何必钩爪锯牙食人肉"；"哀冤民"的《秦吉了》，"吾闻凤凰百鸟主，尔竟不为凤凰之前致一言，安用噪噪闲言语"，指责时政，果敢坚决。而随后的谪居生活，彻底改变了他，他这时的心境，既有感慨，又有愤懑，还有反思，《浔阳岁晚寄元八郎中庾三十二员外》的叹息，"虚怀事僚友，平步取公卿。漏尽鸡人报，朝回幼女迎。可怜白司马，老大在浔

[①]《旧唐书·白居易传》，北京：中华书局，1975年，第4353—4354页。

城";《元九以绿丝布白轻縠见寄制成衣服以诗报知》的自嘲,"欲著却休知不称,折腰无复旧形容";《钱侍郎使君以题庐山草堂诗见寄,因酬之》的无奈,"事随心未得,名与道相妨。若不休官去,人间到老忙"。晚年的白居易则深知世事冷暖,常以缄默淡然自保,心境保持平和,《读道德经》说:

> 世间尽不关吾事,天下无亲于我身。
> 只有一身宜爱护,少教冰炭逼心神。

完全没了青年时期的激情。《自问此心呈诸老伴》干脆说:

> 心未曾求过分事,身常少有不安时。
> 此心除自谋身外,更问其余尽不知。

早年诗歌的激切、中年的深沉、晚年的淡漠,三种审美趣味的不同,很大程度上取决于白居易心境的改变。可见,心境可以影响甚至决定诗歌的审美境界。

心境在作品中是驱动词汇流动的力量,是词汇运转和关联的内在脉络。情感仅仅是作者竭力展示的个人世界,但在这种显形的表露之中,常常蕴含着这样或那样的隐性东西,这些隐性的心绪和感受,常常能给作品带来独特的审美情趣,所以,即使是抒发同一种情感,不同的心绪下写就的作品,境界也有所不同。

四、画境

　　画境是指通过错位、衔接、对比、铺设、衬托等多种手段所构造的审美境界。任何艺术品都是作者匠心独运的结果，诗歌讲究意与境会、心与物融，因此，意境本身就是作者通过剪裁物象、错综时空、巧用语汇表述的结果。画境是作者利用描写对象的客体本性，巧妙地构思成独特而鲜明的图景、物象，从而表现出的生动的客体环境。

　　色彩是诗歌常选用的画境方法，由于艺术的同源性和传统文化的交叉发展，诗歌讲究"诗中有画，画中有诗"的艺术境界，因此，诗人喜欢用色彩构造绚丽多姿的诗歌境界。

　　王维是运用色彩对比的高手，他写《鹿柴》："返景入深林，复照青苔上。"阴暗幽深的森林深处，一簇光亮产生了暖暖的感觉，暖色调的夕阳与冷色调的青苔形成了鲜明的对照，在森林深处的灰褐色中获得了过渡，从而实现了物象间的和谐。另外，如《白石滩》《山中》《送邢桂州》等，皆色调鲜艳，境界明丽，美若画卷。

　　由于色彩在表现诗歌境界中的鲜明作用，有些诗歌似乎刻意强调色彩对比，如白居易《忆江南》的"日出江花红胜火，春来江水绿如蓝"，李白《赠孟浩然》的"红颜弃轩冕，白首卧松云"，杜甫《丽人行》的"杨花雪落覆白蘋，青鸟飞去衔红巾"，李益《诣红楼院寻广宣不遇留题》的"柿叶翻红霜景秋，碧天如水倚红楼"等。诗歌对色彩的对比及强调也十分重视色调，不同时代、不同作者在色相上区别不大，色调的趋向却有着极大的区别。如南朝民歌的色调清丽，画面朦胧，有一丝稚嫩的淡雅；初唐诗歌的色调绚丽多姿，色调斑斓，充满乐观的氛围；盛唐诗歌色调明丽，着色明快，洋溢着饱满的激情；中唐诗歌的色调普遍暗淡，冷色调诗人较多，多清幽冷寂；晚唐诗歌色调惨淡，画面凝重，在大色块的对比中，含有深沉的灰暗。另外，诗人也有自己独到的色彩境界，如韦应物的诗歌多用冷色调，诗中总有一种冷寂的感觉，李贺多选用偏暗且斑斓的色调，在怪异的色彩中，透出凄厉的美，而李商隐的诗歌，色调清幽而迷蒙。由于色彩的对比可以形成不同的艺术境界，诗人在构思时，常有意识地选择自己钟爱的色彩，营造出属于自己理想的艺术境界。

动静一般用来表现客观物象间的平衡、对照、呼应关系，动静的搭配，可以使画面中的多种物象有机统一起来，形成一种均衡而和谐的感觉。诗歌常借用绘画中的动静表现经验，实现诗歌物象间的有机组合。如孟浩然《夏日南亭怀辛大》中的"荷风送香气，竹露滴清响"，清幽中不乏闲适，寂静中却有天籁鸣动，故沈德潜"一时叹为清绝"[1]，王维《鸟鸣涧》、钱起《裴迪书斋玩月之作》、刘方平《夜月》等，都是典型的以动衬静之作。诗歌既重视物象和物境本身的构成，还强调物象的生命活力和物境的动态变化，如"荒荒坤轴，悠悠天枢。载要其端，载闻其符"[2]，体现出"飞动"之美和"呼应"之势。

构图方面，诗歌构境常采用平远法、深远法、高远法来实现，这与传统绘画的技法不谋而合。《林泉高致·山水训》言：

  山有三远：自山下而仰山颠，谓之高远；自山前而窥山后，谓

---

[1] ［清］沈德潜著，李克和校点：《唐诗别裁集》，长沙：岳麓书社，1998年，第16页。
[2] ［唐］司空图著，郭绍虞集解：《诗品集解》，北京：人民文学出版社，1963年，第42-43页。

之深远;自近山而望远山,谓之平远。高远之色清明,深远之色重晦,平远之色有明有晦。高远之势突兀,深远之意重叠,平远之意冲融而缥缥缈缈。

诗歌亦颇合画理,常常运用三远法来构境成象,从而形成了完整的艺术境界。

平远法多用平视法,极目千里,一般色泽浑融,境界开阔,从容之意洋溢其中,读之如展巨幅,如行千里。如王维《使至塞上》的"大漠孤烟直,长河落日圆",杜甫《旅夜书怀》的"星垂平野阔,月涌大江流",李白《送友人》的"青山横北郭,白水绕东城",都是展现宏阔的艺术境界,表现开阔的思绪。一般而言,田园诗多用此法,如陶渊明、孟浩然、韦应物、范成大等人的诗作,画面舒展,境界平和,给人以自然而然的舒适,没有高远法的峭拔和深远法的曲折,而显示出宁静淡泊之美,无努力营构之气。

深远法多层层建构,步步深入,叠境架象,用透视和曲笔不断营建琳琅饱满的艺术世界,读之如行山壑,奇象环生。如杜甫《白帝城最高楼》:"城尖径仄旌旆愁,独立缥缈之飞楼。峡坼云霾龙虎卧,江清日抱鼋鼍游。扶桑西枝对断石,弱水东影随长流。杖藜叹世者谁子,泣血迸空回白头。"郎士元《柏林寺南望》:"溪上遥闻精舍钟,泊舟微径度深松。青山霁后云犹在,画出西南四五峰。"刘球《山居》:"水抱孤村远,山通一径斜。不知深树里,还住几人家。"深远法多用以展现画面的深邃,其间蕴含着诗人精妙的构思,或映衬,或烘托,或对应,或比照,可以体现诗人的构思与才力,如谢灵运、韩愈、苏轼、黄庭坚等才学派诗人,常用深远法构境,在匠心独具中发挥精妙的构思。

王夫之言之:"谢灵运一意回旋往复,以尽思理,吟之使人卞躁之意消。"①便是对其构思和表现的深入曲折的概括。

高远法造境精警,常有峭拔独立之感。如祖咏《终南望余雪》的"终南阴岭秀,积雪浮云端",杜牧《山行》的"远上寒山石径斜,白云生处有人家",宗臣《登云门诸山》的"山头月白云英英,千峰倒插千江明"。再如,陈孚《居庸叠翠》:

断崖万仞如削铁,鸟飞不度苔石裂。
嵯岈枯木无碧柯,六月太阴飘急雪。

李东阳《游岳麓寺》:

危峰高瞰楚江干,路在羊肠第几盘?
万树松杉双径合,四山风雨一僧寒。

高远者多为仰视可见,似乎不羁之才者多用之,如李白、杜牧之诗,多画境高拔,气势不凡,有独立飘逸之感。高远之境,见之于感世,易为高古之品;见之于吟史,多有劲健之气;托之于游仙,常有飘逸之风。

由于诗歌构境手法多样,所形成的画境斑斓多彩,构境除了上述列举诸法,还有用笔、错位、飞白等多种手法,限于篇幅,不再赘述。这些手法的运用,形成了诗画交融的艺术品格,进而形成了中国美学的独特风貌。

正是由于上述手法的灵活组合和不断发展,才促进了诗歌审美境

---

① [清]王夫之著,戴鸿森笺注:《姜斋诗话笺注》,北京:人民文学出版社,1961年,第30页。

界的日益丰富，形成了多彩多姿的艺术品格。这些要素因受个体作者的兴趣、时代审美的特点、文化传承的变异和接受美学的趋向等因素的影响，不断重新组合，每一次的组合都产生了独特的美学趣味。它们之间的组合，可以形成不同的审美境界，这些审美境界虽有作者的主观因素在里面，但与作者着力表现的主观情感相比较，仍然是客观物象、客观境界，是意境理论中的"境"。

第六章
诗的声情

诗歌之所以不同于散文和小说，在于它有内部的韵律。一是节奏，散文的节奏是自由的，诗歌的节奏是有限制的；二是音韵，包括平仄、双声、叠韵词、叠音词、象声词等；三是声情，声情是构成诗歌音乐美的重要因素，使诗歌抑扬顿挫、急缓有致。如果说想象和情感是诗歌的两个翅膀的话，那么，音乐性就是使诗歌飞翔起来的风。靠着音乐性这一外在美，诗歌方能区别于散文。而诗歌，正是通过声情实现了其音乐性。

一、声与辞

声情是诗歌语言在组织时形成的语音效果。郑樵曾说："乐以诗为本，诗以声为用，八音六律为之羽翼耳。"[1]认为诗与音乐互根相生，

---

[1] ［南宋］郑樵：《通志·乐略·乐府总序》，北京：中华书局，1987年，第625页。

音乐靠诗来传播，诗靠音乐得以节制。黑格尔也说："诗的音律也是一种音乐。"中外的诗歌，都是靠音律作为内在的约束机制的。

而诗歌的音乐性，重点在于句式长短而生成的节奏变化。诗歌的句式是固定的，三言、五言、七言，还有后来的十言、九言，在诗、词、曲中，诗句都有固定的格式，字数都相对稳定。在此基础上的押韵与节奏的呼应，实现了诗歌的音乐美感。陈廷焯认为：

> 后人之感，感于文不若感于诗，感于诗不若感于词，诗有韵，文无韵，词可按节寻声，诗不能尽被弦管。①

陈廷焯认为，读诗歌的时候，很容易感发，读散文有时却会觉得枯燥。之所以说"感于文不若感于诗，感于诗不若感于词"，不在于内容，而在于词比诗更讲究长短搭配和高低上下相亢。诗是有韵的，散文没有韵，因此散文没有诗读起来有味道。词是按照节奏一个字、一个字地定平仄，讲究平仄和声律，可以用来唱，而文人诗则不能尽被弦管，至后期，诗变得不能拿来演唱，诗不入乐而词入乐，因此，词读起来更讲究抑扬顿挫。即便后来词也不能演唱了，但依然用韵严格，用字讲究，抑扬之美没有丢，顿挫之美体现得更鲜明。

说到这里，有必要讨论一下诗的声情与辞情。《文心雕龙·熔裁》有："万趣会文，不离辞情。"《文心雕龙·事类》有："学贫者，迍邅于事义；才馁者，劬劳于辞情；此内外之殊分也。"辞情是文辞在语义层面体现的特征，声情则是在语音方面体现的特征。刘熙载在《艺

---

① ［清］陈廷焯著，杜维沫点校：《白雨斋词话·自序》，北京：人民文学出版社，1959年，第1页。

概·赋概》中说:"赋别于诗者,诗'辞情少而声情多',赋'声情少而辞情多'。"二者都是语言的要素,声情重在声,辞情重在义。刘熙载认为,乐府歌诗以声律取胜:

> 乐府声律居最要,而意境即次之,尤须意境与声律相称,乃为当行。①

声情是诗词声音搭配所产生的美感,如平仄、五音,而辞情是诗歌文辞组合所产生的美感。李贺的诗中,有泣红、老红,是辞情,是字词本身给人的感觉。司空曙的诗有"雨中黄叶树,灯下白头人"(《喜外弟卢纶见宿》),黄和白体现的也是文辞的美感。

王世贞在《曲藻》中出,是南曲与北曲在声调上的差异,导致了辞情的不同:

> 凡曲:北字多而调促,促处见筋;南字少而调缓,缓处见眼。北则辞情多而声情少,南则辞情少而声情多。

王世贞认为,北方杂剧和南方杂剧的区别在于,北方杂剧押韵的字数多,显得紧凑,"促处见筋"指的是韵脚密;南方的句子较长,押韵的地方少,给人一种舒缓的感觉。

押韵紧密的词或曲子,读起来会让人产生非常紧迫的感觉。如曹丕的《燕歌行》:"秋风萧瑟天气凉,草木摇落露为霜。……贱妾茕茕守空房,忧来思君不敢忘。"句句押韵。而魏晋南北朝之后的歌行,多采用隔句押韵,这样就舒缓许多。《春江花月夜》是四句一转韵,《长恨

---

① [清]刘熙载撰,袁津琥校注:《艺概注稿·诗概》,北京:中华书局,2009年,第363页。

歌》也是四句一转韵。一押韵，一转韵，交错变化，形成了起伏跌宕的美感。北方戏曲押韵押得多，唱起来急，但给人非常明快之感。南方戏曲韵缓，如昆曲《牡丹亭》是一个字一个字地唱，一个字要唱很长，给人以绵长之感。由此可见，辞情是通过文辞的"义"表现出来的，字数多，自然意思就多了。声情是通过文辞的"声"表现出来的，是字的声腔韵调，更注重通过旋律传达主旨。

声情说的形成，经过了漫长的过程。《礼记·乐记》中讲：

> 乐者，音之所由生也，其本在人心之感于物也。……凡音者，生人心者也。情动于中，故形于声。声成文，谓之音。

"情动于中，故形于声"，大家可能有这种感觉，激动的时候不知不觉就会发出声音来。"声成文，谓之音"，单纯的音没有区别，把它们综合起来时，就能给人带来愉悦的感觉。听《喜洋洋》这样的曲子，感觉非常快乐；听《二泉映月》的曲调，感到一种幽深的悲伤。

《吕氏春秋·音初》说：

> 凡音者，产乎人心者也。感于心则荡乎音，音成于外而化乎内。

心物相感，音乐得以产生。在文论中，音和乐的内涵，有时是相同的，有时又是对立的。当"音"与"乐"并提时，它们有所区别："音"指人声，是人发出来的；"乐"指自然的声音，如击石、敲鼓、敲钵盂的声音。"音"和"乐"合起来说，都指人心与外物进行感发，音乐是从人心中出来的，知音指的也是心灵上的交流与沟通。

《毛诗序》讲声情：

> 诗者，志之所之也，在心为志，发言为诗。情动于中而形于言，言之不足，故嗟叹之，嗟叹之不足，故永歌之，永歌之不足，不知手之舞之、足之蹈之也。情发于声，声成文，谓之音。

心里紧张，语言就结结巴巴；心里快乐，声音就轻松明亮。音是感情的一种外露，音与感情相生相合。所以，班固认为："音声足以动耳，诗语足以感心，故闻其音而德和，省其诗而志正。"[1]声音是动耳的，语言是感心的，诗歌是内心情感的流露，必须配上音声，这样才好听，才能更悦耳。《乐纬·动声仪》便对乐声进行了描述，从中可以看到不同的音会产生其特定的感知体验：

> 宫为君……其声弘以舒，其和清以柔，动脾也。商为臣……其声散以明，其和温以断，动肺也。角为民……其声防以约，其和清以静，动肝也。徵为事……其声贬以疾，其和平以功，动心也。羽为物……其声散以虚，其和断以散，动肾也。

南北朝人在评诗时，逐渐注重声情。范晔评价孔融说："北海天逸，音情顿挫。越俗易惊，孤音少和。"[2]沈约认为，好诗的标准是："高言妙句，音韵天成，皆暗与理合，匪由思至。"[3]音韵要完美到无痕的地步，才是真正的妙句。谢灵运的"池塘生春草，园柳变鸣禽"，不仅是语言美，还有音韵的美感。

刘勰在《文心雕龙·风骨》中说，好的诗歌应该是：

---

[1] 《汉书·礼乐志》，北京：中华书局，1962年，第1038页。
[2] 《后汉书·孔融传》，北京：中华书局，1965年，第2293页。
[3] 《宋书·谢灵运传》，北京：中华书局，1974年，第1779页。

> 练于骨者，析辞必精；深乎风者，述情必显。捶字坚而难移，结响凝而不滞，此风骨之力也。

风骨是饱满的情感和刚健的气息相结合，仅有风骨还不够，还要有声韵，用语、用字要非常讲究，每一个字都是质朴而劲韧的，要有力量感。这显然指的是曹操《蒿里行》这样的诗篇。结响是说结尾要押韵，五言诗、七言诗是押韵的。如果不押韵，诗一下子就散掉了；如果押韵，则会产生一种流荡之美。

六朝以降，非常重视诗的声情。张融在《戒子》中说："况文音情，婉在其韵。"诗歌写得好，关键在于声情美。陈子昂说："骨气端翔，音情顿挫，光英朗练，有金石声。"[1]好诗读起来，要有金石之声。"顿挫"是节奏，"金石声"是音韵。陈子昂认为，诗歌继承了建安风骨的传统，要抑扬顿挫、文辞明朗，才能把风骨的美感表达出来。殷璠也说自己的选诗标准："既闲新声，复晓古体，文质半取，风骚两挟。言气骨则建安为传，论宫商则太康不逮。"[2]其中提到的宫商，指的是诗的声情之美，说初唐的诗歌声情是西晋的太康诗风所比不上的。

白居易《与元九书》也提到：

> 感人心者，莫先乎情，莫始乎言，莫切乎声，莫深乎义。诗者：根情，苗言，华声，实义。

---

[1] ［唐］陈子昂《与东方左史虬修竹篇·序》，见陈鹏校点《陈子昂集》，上海：上海古籍出版社，1960年，第15页。
[2] ［唐］殷璠著，王克让注：《河岳英灵集注》，成都：巴蜀书社，2006年，第4页。

好诗要根植于感情。语言像叶子一样,非常圆润饱满,声音则是诗的风采,但最根本的还是义。顾况说:"二南六义,在乎章句;安乐哀思,在乎音响。"①诗中欢快、伤感的情思,可从诗的声情中体会得到。郑樵干脆说:"诗在于声,不在于义""有声斯有义,与其达义不达声,无宁达声不达义"②,诗歌若没有声情,就不能称之为诗。

李梦阳认为:

> 夫诗者,人之鉴者也。夫人动之志必著之言。言斯永,永斯声,声斯律。律和而应,声永而节,言弗暌志,发之以章,而后诗生焉。故诗者,非徒言者也。③

诗歌是人的一面镜子,语言要非常悠长,要合着音乐,有格律,要让它前后的字、上下的声音搭配应和起来。李调元也称:"诗有比兴不能尽,故被之声歌,使抑扬以毕其意。"④文辞有时不能完全表达诗人的情感,就要借助声歌,结合相应的曲调,更好地表现出诗歌的主旨与意向。陈祚明在《采菽堂古诗选》中评鲍照诗时,说:"夫诗惟情与辞,情辞合而成声。"把声情与辞情并列,作为诗歌基本的语言要素。

王夫之是"声情说"的总结者。他在《古诗评选》中,用"声情

---

① [唐]顾况《礼部员外郎陶氏集序》,引自[清]董诰《全唐文》,北京:中华书局,1983年,第5366页。
② 《通志·乐志》,第626、633页。
③ [明]李梦阳:《空同集》卷51《林公诗序》,《文渊阁四库全书》本,第1262册,第469页。
④ [明]李调元《雨村诗话》,引自郭绍虞等编《清诗话续编》,上海:上海古籍出版社,2016年,第1443页。

说"来品评诗歌。评鲍照《代白纻舞歌辞三首》（其一）时说："一气四十二字，平平衍序。终以七字于悄然暇然中遂转遂收，气度声情，吾不知其何以得此也！"鲍照的诗声情非常美。他在《唐诗评选》中称赞李贺的诗："长吉长于讽刺，直以声情动今古，真与供奉为敌，杜陵非其匹也。"认为李贺的诗，靠声情所产生的美感，感动着历代读者，可与李白相提并论。他又说骆宾王："声情自遂，于挽诗为生色。"骆宾王挽歌写得好，是因为他的声情用得好。王夫之特别喜欢一唱三叹的声情："一时一事一意，约之止一两句，长言永叹，以写缠绵悱恻之情，诗本教也。"①认为长言永叹的句子，有一种悠长之美，读起来缠绵悱恻，正体现了诗的哀而不伤，怨而不怒。

由此可见，由于诗歌最初本是伴随音乐的歌诗，自然随着音乐的高低起伏而变化，诗歌的音乐属性，是得天独厚、与生俱来的。即便文人诗脱离了歌诗的要求，但前代诗歌所提供的样本，依然成为后代诗歌创作的借鉴，这就使得诗歌的音乐属性一直潜藏于诗歌的字句之中。当诗歌脱离音乐而独立后，对于声情的坚守，使得诗歌不断寻求诗句的组织和结构的内敛，借助声调、平仄、韵律、节奏等，形成了声情美，以声情并至之谓诗，把声情作为诗歌的基本属性。

二、声调

声调是四声形成的调性。四声在永明时得以总结，并被运用到诗歌

---

① ［清］王夫之著，舒芜校点：《姜斋诗话笺注》，北京：人民文学出版社，1961年，第88页。

创作之中：

> 时盛为文章。吴兴沈约、陈郡谢朓、琅邪王融以气类相推毂。汝南周颙善识声韵。约等文皆用宫商，以平上去入四声，以此制韵，有平头、上尾、蜂腰、鹤膝。五字之中，音韵悉异，两句之内，角徵不同，不可增减。①

古人在翻译佛经时，发现佛经吟唱讲究"起、平、游、反"，②使得佛经唱诵声调刚柔并济，起伏有致。于是，就将汉语的读音也分为平、上、去、入四声，用于诗歌创作之中，讲求字句读音的配合。

近体诗讲究平仄，其中的平，是平声；仄是上、去、入三声。在诗歌创作中，诗句要求平仄变化，形成了四种格式：

（甲）平平平仄仄
（乙）仄仄仄平平
（丙）仄仄平平仄
（丁）平平仄仄平

七言便是在五言之前增加两字，也形成了四种基本句式：

（甲）仄仄平平平仄仄

---

① 《南史·陆厥传》，北京：中华书局，1975年，第1195页。
② ［南朝·梁］慧皎《高僧传》："若能精达经旨，洞晓音律。三位七声，次而无乱；五言四句，契而莫爽。其间起掷荡举，平折放杀，游飞却转，反叠娇弄。动韵则流靡弗穷，张喉则变态无尽。故能炳发八音，光扬七善。壮而不猛，凝而不滞；弱而不野，刚而不锐；清而不扰，浊而不蔽。谅足以起畅微言，怡养神性。故听声可以娱耳，聆语可以开襟。"

（乙）平平仄仄仄平平
　　（丙）平平仄仄平平仄
　　（丁）仄仄平平仄仄平

　　按照本联相对、两联相粘的规则组织句法，实现平仄之间的变化，读起来节奏分明，声情顿挫。

　　诗的对仗与平仄是在固定句式中展开的，读起来有流转之美。词则通过声调的平仄变化和句式的长短变换，产生独到的声情。如陆游的《钗头凤·红酥手》：

　　　　红酥手，黄縢酒，满城春色宫墙柳。东风恶，欢情薄。一怀愁绪，几年离索。错！错！错！
　　　　春如旧，人空瘦，泪痕红浥鲛绡透。桃花落，闲池阁。山盟虽在，锦书难托。莫！莫！莫！

　　上片"手、酒、柳"协三上，"恶、薄、索、错"换四入，"错"又重叠三次，表示无穷的感叹；下片"旧、瘦、透"转三去，"落、阁、托、莫"换四入，"莫"重叠三次，再一次表示无穷的感叹。

　　杜文澜在《憩园词话》中言："平上入三声，间有可以互代。惟去声则独用，其声激厉劲远，转折跌荡，全系乎此，故领调亦必用之。"词中转折之处常用去声，如"关河冷落，残照当楼"（柳永《八声甘州·对潇潇暮雨洒江天》），使得转折之处，既有强调之意，又有跌宕之情。又如姜夔的《长亭怨慢·渐吹尽枝头香絮》：

　　　　渐吹尽、枝头香絮。是处人家，绿深门户。远浦萦回，暮帆零乱向何许。阅人多矣，谁得似、长亭树。树若有情时，不会得、青青如此。

　　日暮。望高城不见,只见乱山无数。韦郎去也,怎忘得、玉环分付。第一是、早早归来,怕红萼、无人为主。算空有并刀,难剪离愁千缕。

"渐""是""向""树""望""怎""怕""算"都是去声。凡是关键的转折,都用去声,万树《词律》中说:"各词转折跌宕处,多用去声。"所以填词能否填好,都看去声的运用。

吴梅认为:"去声激厉劲远,其腔高""且其声由低而高,最宜缓唱。凡牌名中应用高音者,皆宜用此。"[①]去声的调值是51,读时先顿下去,给人以吁叹之感。如辛弃疾的《菩萨蛮·书江西造口壁》:

　　郁孤台下清江水,中间多少行人泪?西北望长安,可怜无数山。青山遮不住,毕竟东流去。江晚正愁余,山深闻鹧鸪。

凡是转折的地方都用了去声。辛弃疾词善用顿挫之笔,除了情感表达上的步步顿挫之外,还善用去声以表达沉郁之情,这也是他的技法之一。

声情,还包括五音形成的情调。李清照《词论》说:"盖诗文分平侧,而歌词分五音,又分五声,又分六律,又分清浊轻重。"什么是五音呢?实际是"审五音,正四呼","五音"指喉、舌、齿、牙、唇五个发音部位;"四呼"即开口呼、齐口呼、撮口呼、合口呼。不同的发音部位,形成不同的口形,产生的美感也不一样,像〔a〕音非常嘹亮,〔i〕音则非常凄迷。

王维的《山居秋暝》,就充分利用了五声的变化来形成美感,"明

[①] 吴梅:《词学通论》,上海:上海古籍出版社,2013年,第10页。

月松间照,清泉石上流"。"照"是开口呼,一个"照"字表现出月光像雾一样,在松林中铺开,意境一下子打开了。"照"字本身不是辞情,而是声情。下一句写水声,"清泉石上流","流"是齿音,感觉水在淙淙流淌,到"流"字的时候,水打个回旋就过去了。

白居易《琵琶行》:"银瓶乍破水浆迸,铁骑突出刀枪鸣。"用了很多塞擦音,给人一种金戈铁马的感觉,就是将战场上那种兵器相撞的摩擦声、马嘶声都隐含其中。而一个"迸"字,把银瓶破的感觉都表现出来了。诗歌的每一个字,都不是随便放上去的,都是经过细心选择的。

再来看一下五音变化而形成的声情。秦观的《踏莎行》:

> 雾失楼台,月迷津渡。桃源望断无寻处。可堪孤馆闭春寒,杜鹃声里斜阳暮。
>
> 驿寄梅花,鱼传尺素。砌成此恨无重数。郴江幸自绕郴山,为谁流下潇湘去。

整首词用声音的变化来形成美感。除最后两句外,前面的韵脚都用的是"渡""处""暮""数"等去声,完全押御、遇韵,属撮口呼,声音就难以打开。声音比较嘹亮的是开口呼,但"渡""处""暮""数"等给人一种闭合的感觉,到这里就收住了。尤其是这一句,"驿寄梅花,鱼传尺素。砌成此恨无重数",齿音使人感到沉重,正好和形象对应起来。

声的清浊,也会产生独特的声情,浊音有一种深沉浑厚之美。李商隐的《赠刘司户蕡》:"江风吹浪动云根,重碇危樯白日昏。""根""昏"都是浊音,描写一种昏天暗地的场面,读起来感觉漫天黑云。李商隐的《暮秋独游曲江》,表现了一种十分伤感的情绪,"荷叶生时春恨生，荷叶枯时秋恨成。深知身在情长在，怅望江头江水声"。二十八个字，用了十七个齿音，每一个字，都仿佛敲在你的心上。

双声和叠韵可以产生婉转之美。李重华描述双声叠韵的声情："叠韵如两玉相扣，取其铿锵；双声如贯珠相联，取其宛转。"①双声婉转流圆，叠韵铿锵有力。如《诗经·周南·关雎》："参差荇菜，左右流之；窈窕淑女，寤寐求之。""参差"是双声，"窈窕"是叠韵。再如，岑参的《白雪歌送武判官归京》："瀚海阑干百丈冰，愁云惨淡万里凝。""瀚海"是双声，给人以起伏动荡的感觉；"阑干""惨淡"是叠韵，有流荡之美。王国维总结词对双声叠韵的使用："词之荡漾处多用叠韵，促节处用双声。"②如柳永在206首词作中，运用双声或叠韵的，达到186首之多，这就形成了柳词情致绵邈的声情之美。

叠音也是一种声情技巧，它打破了诗歌的内在韵律，使得诗歌多了几分倾诉之感。如杜甫的《登高》："无边落木萧萧下，不尽长江滚滚来。""无边落木"形成了一种声情，"萧萧"有一种重复之美，"不尽长江滚滚来"则是一种回环之美。前面"无边落木"是一个一个字的，后面"萧萧"是一个单元，这样就还有一种变化之美。

有时候，过分整齐的排列，会让人产生一种惊心动魄的感觉，如李清照的《声声慢》："寻寻觅觅，冷冷清清，凄凄惨惨戚戚。"且不说齿音，就已经给人一种十分凄切的感觉，"寻寻觅觅"并不特别，但后来加上"冷冷清清，凄凄惨惨戚戚"，感觉就不一样了。"寻寻觅觅"是动作，"冷冷清清"是结果，"凄凄惨惨戚戚"是内心感受。李清照

---

① ［清］李重华《贞一斋诗话》，引自丁福保《清诗话》，上海：上海古籍出版社，2015年，第969页。

② ［清］王国维：《人间词话》，北京：人民文学出版社，1960年，第223页。

用了七对叠音,给人一种急促凄厉的感觉,就像直线发展,不停地带着它的声情深入进去。如果用图形来表示这种情感体验,"寻寻觅觅"是一条直线,"冷冷清清,凄凄惨惨戚戚"就是这条直线的延长线。它们的连续,把感情一下子送到了最深处。声音是越唱越难,内容却是步步深入,直至把感情带入冷落凄清的境界。

词调也可以产生声情,这在于不同的词有不同的调性。词本合乐,每个词调都属某个宫调,故声情先以宫调分。周德清在《中原音韵》中,总结了十七个宫调的情感特点。《古今词话》所引的《雍熙乐府》,举了十六个宫调的感情特点。其中,《竹枝》其声怨咽,《霜天晓角》声调凄婉,《雨霖铃》颇极哀怨,《满江红》豪壮激烈,《六州歌头》音调悲壮,《水调歌头》为高调,《水龙吟》为清彻嘹亮之笛曲,《兰陵王》末声尤激越,《扑蝴蝶》腔调婉美,《解语花》音韵婉丽,《采绿吟》音极谐婉。①

散曲也各属宫调,每个曲调的声情都很明显。燕南芝庵《唱论》言:"大凡声音,各应于律吕。"他将常用的曲调分为六吕十一调,共计十七宫调,并总结了各个宫调的特征:

> 仙吕宫唱,清新绵邈。南吕宫唱,感叹伤悲。中吕宫唱,高下闪赚。黄钟宫唱,富贵缠绵。正宫唱,惆怅雄壮。道宫唱,飘逸清幽。大石唱,风流蕴藉。小石唱,旖旎妩媚。高平唱,条拗滉漾。般涉唱,拾掇坑堑。歇指唱,急并虚歇。商角唱,悲伤宛转。双调唱,健捷激袅。商调唱,凄怆怨慕。角调唱,呜咽悠扬。宫调唱,

---

① 吴美娟:《略论唐宋词声情相谐的美学特征》,《上海大学学报》,1998年第6期,第35—40页。

典雅沉重。越调唱，陶写冷笑。

词调、曲调各具声情，音乐韵律可以从宫调中显现，随后读到的词和散曲不再合乐，但原本合乐而歌的特征，依然留存在词、曲之中，我们读诗、词、曲，仍能体会到其中蕴含着不同的声情。

三、韵律

韵律的声情在于回环。刘勰说："异音相从谓之和，同声相应谓之韵。"[1]同一个韵部相互应合，叫作韵。戈载认为："填词之大要有二：一曰律，一曰韵。律不协，则声音之道乖；韵不审，则宫调之理失。二者并行不悖。"[2]"律"是诗歌的平仄，韵指诗歌所押之声韵。如果押韵押得不好，就会令人顿觉别扭。写诗填词，要按照平仄来，先戴着铐镣，觉得不舒服，但怎么变，都不会违反规则。

大多数平声，洪亮开阔，适宜抒发豪壮之情。如欧阳修的《朝中措》：

> 平山栏槛倚晴空，山色有无中。手种堂前垂柳，别来几度春风。
>
> 文章太守，挥毫万字，一饮千盅。行乐直须年少，尊前看取衰翁。

---

[1] ［南朝·梁］刘勰著，范文澜注：《文心雕龙注·声律》，北京：人民文学出版社，1958年，第553页。
[2] ［清］戈载：《词林正韵·发凡》，上海：上海古籍出版社，1981年，第35页。

词押"锺"部,声音嘹亮,一读,就有非常豪迈洒脱的感觉,像"山色有无中""手种堂前垂柳,别来几度春风",要把嘴形打开,以抒豪壮之情。婉约词一般都选用合口呼押韵,像秦观《鹊桥仙》的"纤云弄巧,飞星传恨,银汉迢迢暗度",《踏莎行》的"驿寄梅花,鱼传尺素。砌成此恨无重数"等。

部分平声韵是凄清柔靡的,宜抒一种宛曲之情。如押"寒"部,有一种摇荡之美,但不像叠韵那种余音袅袅的荡漾。如李煜的《浪淘沙》:"帘外雨潺潺,春意阑珊,罗衾不耐五更寒。梦里不知身是客,一晌贪欢。独自莫凭栏!无限江山,别时容易见时难。流水落花春去也,天上人间。"给人一种柔弱凄婉的感觉。

上声韵变化较多,起伏不定,容易产生一种缠绵往复之感。如李之仪的《卜算子》:

> 我住长江头,君住长江尾。日日思君不见君,共饮长江水。
> 此水几时休,此恨何时已。只愿君心似我心,定不负相思意。

韵用上声,表现男女之间的缠绵感情,曲折往复,有欲吐不吐、含而不露之感。

去声韵给人以一种清新婉丽之感,如苏轼的《永遇乐》:

> 明月如霜,好风如水,清景无限。曲港跳鱼,圆荷泻露,寂寞无人见。紞如三鼓,铿然一叶,黯黯梦云惊断。夜茫茫、重寻无处,觉来小园行遍。
> 天涯倦客,山中归路,望断故园心眼。燕子楼空,佳人何在,空锁楼中燕。古今如梦,何曾梦觉,但有旧欢新怨。异时对、黄楼

夜景，为余浩叹。

用的是去声，给人一种清新的感觉，非常果决。

入声韵一般抒发凄壮激烈、幽洁险峻之情。岳飞的《满江红》，抒发的是凄壮激烈之情，押的都是入声韵。姜夔的《暗香·旧时月色》，抒发幽洁险峻之情，入声韵显得清高：

> 旧时月色，算几番照我，梅边吹笛。唤起玉人，不管清寒与攀摘。何逊而今渐老，都忘却、春风词笔。但怪得、竹外疏花，香冷入瑶席。
>
> 江国。正寂寂。叹寄与路遥，夜雪初积。翠尊易泣，红萼无言耿相忆。长记曾携手处，千树压、西湖寒碧。又片片、吹尽也，几时见得？

入声韵发音短暂急促，声调高，力度强，适宜抒发积郁已久的情感。

沈义父在《乐府指迷》中说：

> 腔律岂必人人皆能按箫填谱？但看句中用去声字，最为紧要。然后更将古知音人曲，一腔三两只参订，如都用去声，亦必用去声。其次如平声，却用得入声字替。上声字最不可用去声字替。不可以上去入尽道是侧声便用得，更须调停参订用之。

一首词填得好不好，关键看去声字用得怎么样。去声字最能表达情感的力度，与入声字不同，去声字表达的情感力度是含有深沉之意的，较为广泛开阔；入声字表达的是情感积郁已久，在某种情境中一下子迸发出来的。

押韵不同，给人的感觉也不同。周济在《宋四家词选目录序论》中说："东、真韵宽平，支、先韵细腻，鱼、歌韵缠绵，萧、尤韵感慨。"押东、真韵，给人一种非常宽阔平缓的感觉。支、先韵细腻，鱼、歌韵缠绵。萧、尤韵易抒发感慨，像"白云一片去悠悠，青枫浦上不胜愁"（张若虚《春江花月夜》），押的是尤韵。杜甫的《兵车行》："车辚辚，马萧萧，行人弓箭各在腰。耶娘妻子走相送，尘埃不见咸阳桥。牵衣顿足拦道哭，哭声直上干云霄。"押的是萧韵，博大宽广，便于抒发感慨。

韵位也是诗歌形成声情的依据。韵位的疏密，就是根据押韵的词的多少，也就是这个押韵的字和那个押韵的字距离的远近，来决定舒缓程度。

如果韵位是规则的，如都是四句一押，舒缓一致，那么，产生的是一种平缓的美感，宜于表现平缓的感情。如周邦彦的《少年游》：

并刀如水，吴盐胜雪，纤手破新橙。锦幄初温，兽烟不断，相对坐调笙。

低声问、向谁行宿，城上已三更。马滑霜浓，不如休去，直是少人行。

三句一押，"橙、笙、更、行"没有什么变化，读起来比较平缓，声情丽极而清，清极而婉。

韵位交错变化，韵脚较密，句句押韵或不断转韵，就会产生比较急促的感觉，像蒋捷的《一剪梅》：

一片春愁待酒浇。江上舟摇,楼上帘招。秋娘度与泰娘娇。风又飘飘,雨又萧萧。

何日归家洗客袍?银字笙调,心字香烧。流光容易把人抛。红了樱桃,绿了芭蕉。

句句押韵,"浇、摇、招、娇、飘、萧"给人一种非常急促的感觉,采用四组排比句式的特点,使得词的节奏感更强。

如果有时连押,有时隔押,韵疏密不定,则适合表达复杂情感的变化,如苏轼的《江城子》:

十年生死两茫茫。不思量。自难忘。千里孤坟,无处话凄凉。纵使相逢应不识,尘满面,鬓如霜。

夜来幽梦忽还乡。小轩窗。正梳妆。相顾无言,惟有泪千行。料得年年肠断处,明月夜,短松冈。

前三句,句句押韵,显得非常急促,仿佛要把对妻子的思念之情与自己孤身一人的凄凉之感,一下子都倾泻出来。第四句,韵就变得稀了,开始想到现实状况,情感渐渐和缓下来。下阕用韵密集,一下子就把倾诉之情显露了出来。

第七章
诗的思致

思致是诗歌创作时的思路,古典诗词常采用虚实变化、形神兼故、言意相生来进行思致的安排。

一、虚实

诗歌的两扇翅膀:一扇是情感,一扇是想象。情感是抽象的,但在诗中要写得很质实。形象是实实在在的,实的形象中,又会因想象而漂流于天地之外,有时给人的感觉是虚的。但我们不能说感情是虚的,形象是实的,感情和形象都是可实可虚的。关键是把实的形象和虚的情感,或者虚的形象和实的情感结合起来,形成虚实相生的艺术境界。

李益《宫怨》:"似将海水添宫漏,共滴长门一夜长。"宫女晚上失眠,听着宫漏的声音,觉得夜怎么这么长啊!宫漏里面装的是海水,滴了一夜也滴不完!表面上没有写情感,但总感觉到它在倾诉宫女的孤独、寂寞和无聊的情感体验。李群玉《雨夜呈长官》:"请量东海水，看取浅深愁。""愁"是有体积的，愁有多深，去量量东海的水就知道了。李煜《虞美人》："问君能有几多愁，恰似一江春水向东流。""愁"是有长度的。秦观《江城子》："便做春江都是泪，流不尽，许多愁。"李清照《武陵春·春晚》："只恐双溪舴艋舟，载不动许多愁。"王实甫《西厢记·长亭送别》："遍人间烦恼填胸臆，量这些大小车儿如何载得起。""愁"又是有重量的。"愁"既可以用车载，可以用船载；又可以是春江，也可以是海水，是宫漏，这样就把"愁"写活了，让"愁"真实可感。

虚实相生，就是借助可见、可感、可触摸、可想象的形象，把愁思、孤独和无助这些无形的感知表达出来，从而形成情感遥深、形象鲜明的艺术境界。王国维将意境分为两种：一是有我之境，二是无我之境。虚实相生，就是把物和我结合到一起，既写物，又写我，达到物我浑融。

温庭筠《梦江南》："山月不知心里事，水风空落眼前花。"是有我之境与无我之境的结合。表面上写山月，实际却蕴含着深情。山月每天升落，水面上的风，把眼前的花都吹落了，它们哪知道我心里的惆怅呢？表面上是在埋怨山月、水风不知道我的悲欢，似乎不带感情，但这种抱怨，却更见愁思之甚。这是无理之恨。山月、水风、眼前花是实的，但是"山月不知心里事"，完全把山月当成自己的主观情感来对待，这是虚。在这样大片的虚的景致中，对以"水风空落眼前花"这样特别具体可感的形象描写，由虚转实，虚实相得益彰。

叶绍翁《游园不值》："春色满园关不住，一枝红杏出墙来。""春色满园关不住"是想象，是虚景，因为"应怜屐齿印苍苔，小扣柴扉久不开"。诗人没有看到真正的满园春色，但"一枝红杏出墙来"是亲眼所见，是实景。若用现代的相机拍摄，镜头之中，一枝红杏外，是模模糊糊的一片红色，反衬一枝红杏之美，便是采用了虚实相生的手法。

虚实相生，不仅是意象与情感的结合，还包括意象与意象之间的虚实结合。李商隐《嫦娥》："嫦娥应悔偷灵药，碧海青天夜夜心。"在后一句中，"碧海青天"是真实可感的境界，而"夜夜心"则是嫦娥的悔恨之情。在两句之中，后一句是形象鲜明的实写，是远景；前一句则是叙述性的虚写，是近景；远近与虚实结合，拉伸了诗歌的境界。再比如，刘禹锡《酬乐天扬州初逢席上见赠》："沉舟侧畔千帆过，病树前头万木春。""沉舟侧畔"是具体的形象，"千帆过"是非常辽阔的境界。一棵枯萎的老树后面，是全部发芽的树林，着眼点一定在病树上，后面的"万木春"是做背景的。"沉舟""病树"是实景，"千帆""万木"是虚景。虚与实、远与近、开与合相组合，便形成了意境内部诸要素之间的有机统一。

谢榛《四溟诗话》有言：

>　　写景述事，宜实而不泥乎实。有实用而害于诗者，有虚用而无害于诗者。此诗之权衡也。

诗之景实，不要仅粘在实景上，而是要用情思将实景融化开。诗歌过分写景而不写情，过分写秀而不写隐，就容易"搁"，就像船搁浅了。贯休《春晚书山家屋壁二首》："庭花濛濛水泠泠，小儿啼索树上莺。""水香塘黑蒲森森，鸳鸯鸂鶒如家禽。"景物写得太过密实，就变得景实而无趣了。李白《北风行》："燕山雪花大如席，片片吹落轩辕台。"写得虚而有味，运用了夸张想象，燕山的雪花大得像席子一样，写得不很真实，里面却寄足了豪情，写尽了燕赵之地的苦寒。

将虚写和实写专门提出来加以讨论，主要是为了说明诗歌在抒情、议论时，常常借助景物、历史，甚至传说来蕴含情感、观点，不是单纯按照情感的逻辑或生活的逻辑，而是结合内心的情绪、生活的流程和客观的事理，采用虚幻和真实相融合的手法，在诸多叙述素材的交汇点上寻求情感、思考的诗性叙述。有些诗歌在按照故事的逻辑进行叙述时，常常兼顾观点的浸入。朱熹《水口行舟》："昨夜扁舟雨一蓑，满江风浪夜如何？今朝试卷孤篷看，依旧青山绿树多。"黄檗、李忱《瀑布联句》："千岩万壑不辞劳，远看方知出处高。溪涧岂能留得住，终归大海作波涛。"都是利用真实可感的物象和与生活同构的故事，来叙述被虚化的情感。

　　虚写与实写，并不是简单的抒情与写景的关系，而是强调诗人建构艺术世界时，对于素材的加工和整理，是按照生活的逻辑来描绘现实的世界，还是按照情感的逻辑去展开想象。在这里，想象、现实和理想，不是现实主义和浪漫主义的分野，而是诗人在叙述时，对诗性因素的把握倾向。如在《孔雀东南飞》《琵琶行》等叙事诗中，诗人采用的是写实的手法，进行的是与生活逻辑同构的艺术世界，其中有真实可感的人物性格。这是按照客观生活逻辑建构起来的叙述结构。同样，也有相当多的诗歌，通过情景交融完成了既具有情感特征，又具有形象感的艺术表达。如王禹偁《村行》的"万壑有声含晚籁，数峰无语立斜阳"，杜甫《发潭州（时自潭之衡）》的"岸花飞送客，樯燕语留人"，李商隐《楚宫二首》（其二）的"暮雨自归山峭峭，秋河不动夜厌厌"，秦观《踏莎行》的"郴江幸自绕郴山，为谁流下潇湘去"，王实甫《西厢记·长亭送别》的"晓来谁染霜林醉，总是离人泪"等，都是典型的以实为虚，化景物为情思，按照主观情感的逻辑来形成艺术世界。在这类诗歌中，生活中"虚幻"的情感，常常被化成"真实"的艺术形象，成为看得见、摸得着、听得清的艺术真实。

二、形神

形是可视、可感、可触的形体，神则是寄托在形之中的内在精神气质。形神，便是强调外在的物象与内在精神气质之间的关系。

在这样的认知中，形泛指一切可为人类感知的事物。《周易·系辞上》所言的"在天成象，在地成形，变化见矣"，便是日月星辰、大江大河之类的自然物象。《庄子·天道》所言的"视而可见者，形与色也"，是人类可以感知的万事万物。其中包括人的形体与精神，《庄子·在宥》有："目无所见，耳无所闻，心无所知，女神将守形，形乃长生。"神，是人的生命力所体现出来的精神气质，而形，则是人的精神寄托之所。就人本身而言，形是血营而成的生命体，神是气营的生命力，二者相辅相成，是对生命的理解。

《淮南子·原道训》言：

> 夫形者，生之舍也；气者，生之充也；神者，生之制也。一失位，则三者伤矣。

在养生理论中，形神合一的要求，是将有形之体与内在神明合二为一，这才是人的全部。嵇康说："修性以保神，安心以全身。……又呼吸吐纳，服食养身，使形神相亲，表里俱济也。"[①]在这样的视域中，

[①] [西晋]嵇康著，戴明扬点校：《嵇康集校注》，北京：人民文学出版社，1962年，第146页。

对人的观察，不仅局限于有形之体，也更注重内在的精神气质。

从艺术观感来理解，形还指情感、审美体验所带来的感知和想象，如乐音引发出来的想象和体验，是更高层面的形，人通过乐音感知其中寄托的情志，则是体会到其中的神。钟子期、俞伯牙为知音，是能够在琴声中，理解对方寄托的情感。《荀子·乐论》："乐则必发于声音，形于动静。"在音的高低、长短、起伏变化中形成的音乐形象感，寄托着更深的情志，听乐不是听其声，而是听其神。《庄子·人间世》中也说：

> 无听之以耳而听之以心，无听之以心而听之以气！听止于耳，心止于符。

听之以耳，听到的只是乐音；听之以心，感知的是乐象；听之以气，感知的便是精神气质、内在修养。放在艺术创作的视域中，形指纳入作品中的艺术形象，陆机《文赋》："笼天地于形内，挫万物于笔端。"形内，便是将天地外物可知可感的物象，纳入艺术表达之中，形成文学形象。钟嵘《诗品》中说"岂不以指事造形，穷情写物，最为详切者邪"，其中的"造形"，就是塑造文学形象。无论是音乐、绘画还是诗歌，都是通过艺术形象来表达作者对自然万物内在精神气质的理解的。

神，指的是贯通于宇宙之中的运行之气。《周易·系辞上》说"阴阳不测之谓神"，便是形容阴阳二气流传变化所形成的无穷力量，人类难以把握，并无法全部感知。《素问·阴阳应象大论》："阴阳者，天地之道也，万物之纲纪，变化之父母，生杀之本始，神明之府也。"使得"神"成为一个未知力量的代名词。《淮南子·兵略训》："见人所不见,谓之明;知人所不知,谓之神。神明者,先胜者也。"人的形体可以感知,但内在的生命力却无法描述;人的外貌可以描绘,但内在精神气质却难以刻画。《淮南子·说山训》又言及画人之法,说:"画西施之面,美而不可说;规孟贲之目,大而不可畏;君形者亡焉。"认为给西施作画,如果只画出美人容貌的漂亮,则不能令人感到可爱和动人,便失去了吸引力;为武士孟贲作画,如果把眼睛画得牛眼般大,则不能让人感到他的威严,这也是没有抓住人物的精神气质。失去了精神气质主宰的形象,即便形象美丽、英武,也不是最好的艺术创作,因为其只注重形的刻画,而失去了对神的关注。

艺术要借助于有形的形来刻画无形的神,由此便形成了形神论的命题,即关注有形之物和无形之精神气质的离合统一问题。《管子》《荀子》《韩非子》《淮南子》《论衡》《抱朴子》等著作,都不同程度地涉及相关问题,司马迁、桓谭、郭象、范缜、慧远等人,也曾有过论述。这些论述,主要集中在形与神的哲学思考上,要点集中在形与神主导关系的讨论上,或主张形在神在,或主张神在形在,或主张形神相互作用。从学理上来看,大致分为以形写形、以形写神、形神兼备、离形得似四种认知。

以形写形,是艺术创作的初级阶段,主要是着力描绘事物的外形。史前的岩画、商周的青铜器、战国的壁画及两汉的画像石等,很多都绘制在日常器具、祭祀用品、宫殿建筑等日常生活设施中,有记录的实用功能。秦汉墓葬里出土的描绘车骑出行、庖厨宴饮、乐舞百戏、田猎农事、城郭衙署、庄园楼阁等现实生活场景的作品,除了记录墓主生平功业、生活之外,还有期望他们死后也能继续过着画面上描绘的生活的愿景。汉魏六朝作家多重形似,《文心雕龙·物色》所言"自近代以来，文贵形似，窥情风景之上，钻貌草木之中"，沈约《宋书·谢灵运传论》所说"相如巧为形似之言"，钟嵘《诗品》评张协"巧构形似之言"。

以形写神，是艺术创作的更高阶段。顾恺之在《画论》《魏晋胜流画赞》中提出了"以形写神"的基本法则，要求绘画者在刻画对象形体时，要着力表现其精神面貌与个性特征，应抓住人物形象的典型特征，来表现人物的内在精神。他在实践中，把"神似"与"传神"的关键放到了眼神的刻画上。据说，顾恺之画人像，有时数年不点眼睛，人问原因，他回答说："四体妍蚩，本无关于妙处；传神写照，正在阿堵中。"[1]顾恺之说的"阿堵"，正是眼睛。这个故事，证明了画师对眼神刻画的重视和能达到的精密程度。在顾恺之看来，只有眼睛才是传导人物内心神情的关键，而其他形体，则退到了次要地位。顾恺之画人物重在"点睛"，"传神写照，正在阿堵中"，这一理论，充分抓住了眼神是人的面部中最能体现人物内心世界的器官这一关键。在顾恺之看来，要想表现出人物的个性特征，必须选择最能表现人物神情、精神的形体特征来刻画，这样才能描绘出人物的内在气质。选择的过程，实际上就是艺术构思的过程。顾恺之提出"悟对神通"，就是强调人物绘画中，画家要能与所画的对象、与所绘成的画像，保持一种精神上的默契和交融。只有对所画对象的神态相貌、精神气质有着深入的理解和观察，才能够准确把握其神态，用简要的笔触勾勒出来；也只有在充分思考和精确提炼之后，画家才能绘出如谋其面的人物画

---

[1] ［南朝·宋］刘义庆著，余嘉锡笺疏：《世说新语笺疏·巧艺》，北京：中华书局，1983年，第849页。

像。顾恺之十分重视绘画之前的艺术构思,他在画裴楷时,在面颊上添三毛,认为尤能传神;在画谢鲲时,他把人置于岩石之中,认为最能见其精神。

形神兼备,强调以形写神,注重形体与精神的高度统一。宗炳在慧远"形尽神不灭论"的影响下,提出了"山水质有而趣灵""山水以形媚道"的观点,认为山水形象所具有的形、色、貌是与人生的趣味、神理相通的,通过欣赏山水画,可以达到"澄怀味像""应目会心""应会感神,神超理得"的艺术享受。[1]宗炳把山水画的作用,归结为"畅神",是比顾恺之更进一步的观点,指明了山水画的审美趣味。在此基础上,王微的《叙画》把山水画的"形",归结为能引起人们心灵感受的微妙细节,是蕴含在普通山水间,若隐若现的组合和搭配,是一种需要用心体察的艺术表象。绘画要表现这些东西,而欣赏者也正是通过这些"融灵"的形体,来达到"神飞扬""思浩荡"的审美境界。宗炳和王微关于山水画的论述,实际是把形神关系拓展到了整幅图画的构思中,不仅追求局部的传神写照,更是注意到了全部物象之间的协调,通过具体的"形",来传达使人精神愉悦的审美享受。在他们的理论体系中,"神"不仅体现在画面之中,还表现为画家与作品、欣赏者与作品之间的共鸣。

离形得似,是在一定程度上忽略对物象的写实,常采用夸张的手法来凸显精神气质。书法中的草书、绘画中的大写意,都不注重形,而强调神。《文心雕龙·夸饰》中言:

---

[1] [南朝·宋]宗炳《画山水序》,引自[清]严可均《全宋文》,北京:商务印书馆,1999年,第191-192页。

> 神道难摹，精言不能追其极；形器易写，壮辞可得喻其真。

创作之难在于传神，为了突出精神，对形貌的描写甚至可以通过夸饰来实现。司空图在《二十四诗品·形容》中，描述了这种艺术倾向的特征是：

> 俱似大道，妙契同尘。离形得似，庶几斯人。

他把顾恺之"以形写神"的观念，发展到了一个新的阶段。顾恺之强调神似重于形似，但顾恺之认为，"神"不能离开"形"。司空图的"离形得似"，则是强调"神"相对"形"的独立，虽然不是完全脱离"形"，但提倡艺术表达不受"形"的束缚，打破对于"形"的拘泥，更加大胆、自由地进行艺术创作。"超以象外，得其环中""不著一字，尽得风流"[1]，均与"离形得似"思想相汇通。苏轼《书鄢陵王主簿所画折枝二首》（其一）所云"论画以形似，见与儿童邻。赋诗必此诗，定非知诗人"，也有重神轻形的倾向。

离形得似的做法，把"神"强调到了至高无上的地位，有助于强调精神的流露和情志的表达，但狂草、泼墨写意之类的艺术创作，在放弃形似之后，容易流为没有基础、没有形象、没有边界的变形、扭曲和涂鸦，艺术便失去了内在的约束。李贽在《读史·诗画》中，主张要回归到形神兼备的路子上来：

> 卓吾子谓改形不成画，得意非画外，因复和之曰："画不徒写形，正要形神在；诗不在画外，正写画中态。"

---

[1] [唐]司空图著，郭绍虞集解：《诗品集解》，北京：人民文学出版社，1963年，第3、21页。

强调形神兼备是艺术的内在要求,体现了物与我、文与质之间的辩证统一。

三、言意

言,是言辞。意,是需要表达的内容。儒家认为,语言能够表达所有的内容,概括起来是"言能尽意",孔子曾说:"辞达而已矣。"[①]甚至说:"有德者必有言,有言者不必有德。"[②]言为心声,有德之人的言论,可以让人口耳相传,而有言论的人,却未必有与之相配合的德行。孟子认为,文辞之间存在着对应关系,通过文辞,可以理解作者之意:"故说诗者,不以文害辞,不以辞害志。以意逆志,是为得之。"[③]这便是"以意逆志"的观点。

孔子说辞能达意,孟子说以意可以推知作者的志趣,都是肯定语言能够充分表达作者的情感、思理和德行。言能尽意认为语言可以把所有的意思表达清楚,名家极力探讨表达的方式,对语言的表达技巧、策略进行了约束、归纳、提炼。

道家认为言不尽意,认为言语不过是此时此刻此地的表述,相对于无处不在、无所不包的宇宙,是难以把规律、状态、形态表达清楚的。《周易·系辞上》中说,圣人想表达大道理时,语言是表达不清楚的,

---

① 《论语·卫灵公》,《十三经注疏》(标点本),北京:北京大学出版社,1999年,第218页。
② 《论语·宪问》,第183页。
③ 《孟子·万章章句上》,《十三经注疏》(标点本),北京:北京大学出版社,1999年,第253页。

于是就用八卦、六爻之类的象数，推演天地，敷衍八方，把天地万物的情况全部演绎出来。正因如此，庄子便说，要想把意思真正体会清楚，就要做到"得鱼而忘筌""得兔而忘蹄""得意而忘言"[①]。也就是说，不要着力探求字面意思，而要理解文字所要表达的真正含义，不要为文字本身所障。

魏晋时期，言不尽意成为主要的学术认知，强调只要能准确领会或表达出意思，语言的优美工巧与否，似乎显得不再重要。落实到诗歌中，便不再过分强调诗歌的细致描摹，反而重视利用暗示、象征等手法，点到即止。这在很大程度上压缩了语言铺陈的必要，更重视语言本身的象征性、多义性和虚拟性。

言意之辨对诗歌的影响，主要体现在三个方面：

一是认定了文学语言只能尽可能接近，却无法完全表现出自然、人生和社会的美感。对创作者来说，需要精心提炼、组织语言，以形成尽可能完美的语言进行表述。语言表述的相对性和宇宙美感的无限性，为文学的表述和进步提供了开阔的空间。诗歌由乐府到近体，由唐诗到宋词、元曲，形式内容之外，诗歌的叙述方式和叙述风格也在不断演进，文学虽然精确而优美地展现了各时代的人文情怀，但都是立足于可知、可现的时空中。人文的演进、世风的转移是永恒的，而文学语言总无法穷尽一切事件、事理和情感，从而催生出一代又一代不同的文学。

二是肯定了诗歌语言的多义性和模糊性特征。由于诗歌语言的有限性，文论重视言内之意与意外之味，强调诗歌首先要能创造具有美感的

[①] ［清］郭庆藩集释：《庄子集释·外物》，北京：中华书局，2012年，第944页。

艺术境界,来表达作者的情感、经历和思致,还要具有能引人联想、令人涵泳不尽的诗外意味。滋味说、妙悟说、神韵说等,正是立足于诗歌讲求言外之意、弦外之音、象外之趣、境外之象,用有尽含无尽,以一点览其余。引而不发,贵在含蓄;点到而止,意在启发。

　　三是促成了诗歌的形象感和主情性。诗歌所塑造的艺术形象,无论是人物还是风景,都讲求形象本身具有的多重意味,而以自然风景为主导的意境理论,本身就是主体情感和客观景致的交融。想象的空间和蕴含的意味,往往使诗歌具有浓郁的抒情性。即便是以人物刻画为主的诗歌,也常有深厚的文化寄托和情感的导向,如曹植《白马诗》中慷慨赴国难的少年,鲍照《拟古八首》(其三)中的幽并少年,陶渊明《咏荆轲》中的燕赵壮士等,都寄托了诗人的志向和情感。传统人文的悠久传统,使自然景物、社会现象及特定历史时期的人物形象,在人文的层累中不断凝聚升华,逐渐成为带有象征意味的符号,成为后代诗歌创作的模式。如以月写相思,以柳言赠别,以菊花代隐逸,以翔鸟言执着,以长剑喻壮志,以冯李言不遇等,这些看似普通的词汇中,蕴含着丰富的文化背景,使诗歌具有强烈的情绪指向,蕴含着丰富的情感色彩。

　　从这个意义上说,诗歌的"言",本身就蕴含着无穷意味,而由无穷的言组成的叙述单元,则更能包容无限丰富的情感和思致,使读者能在使用或接受诗歌语言的同时,自觉或不自觉地思考到这些被深厚人文传统浸润出来的词汇所具有的无穷情味。

第八章
诗的构思

构思是建构诗歌空间、流淌个人情志的艺术创作过程。诗歌的构思有两种基本的心理状态，一是虚静，一是兴会。虚静是一种内敛的、发掘诗人内心的艺术形成过程；兴会则是依托灵感，兴之所至，再进行激情写作。虚静注重内心世界和意趣的深度发掘，兴会更注重艺术创作的直觉流露。

一、虚静

虚静本是道家学说。老庄谈"虚静"，其本意主要不在文学或文艺，而是讲哲学的认识论。人作为认识的主体，在体认和把握认识对象，特别是玄妙的大"道"时，极不容易，必须排除一切外来干扰，诸如功名、利禄、情爱、死生等世俗观念，即精神上要彻底解放，心灵世界应做到极度虚无空明、一尘不染。

《老子》第十六章中提出了"致虚极，守静笃，万物并作，吾以观

复",用以描述修"道"时进入的空灵、无我的精神状态,并在这种状态下,来观察万物的规律。《庄子·天道》中言:

> 夫虚静、恬淡、寂漠、无为者,天地之平而道德之至,故帝王圣人休焉。

可见,虚静是与天地万物合一的生命境界。

> 夫虚静、恬淡、寂漠、无为者,万物之本也。

这种生命境界,必须使主体的一切有碍于道的私心杂念清除干净,才能对客观世界有最全面、最深刻的认识。由此来看,虚静指的是人在认识外界事物时,主动采用静观的一种体认方式。

庄子的虚静说,主要用来形容人忘却后天的干扰、排除在社会中形成的杂念,让自己能够物我合一、与天地合一。那么,如何才能虚静呢?《庄子·人间世》中说:"气也者,虚而待物者也。唯道集虚。虚者,心斋也。"虚,排除所有的成见,让自己与道合二为一,达到自然的状态。静,放弃所有的杂念,把神凝于一点,"万物无足以铙心者"[1],不受外界万物的干扰方为静,"用志不分,乃凝于神"[2],让自己专心致志。虚静,就是心灵的空明宁静。

道家对虚静描述得神乎其神,不易把握,"静"相对容易理解,"虚"则更不好把握。所谓虚,是一种比喻的说法,形容"目无所视,

---

[1] [清]郭庆藩集释:《庄子集释·天道》,北京:中华书局,2012年,第457页。

[2] 《庄子集释·达生》,第641页。

耳无所听，心无所图"①，让自己心神凝一，对自然万物保持赤子一般的真纯，提高艺术敏锐，在创作的过程中，不要让先入为主的事物去妨碍自己的直觉，达到"天地与我并生，而万物与我为一"②的状态，来完成常人所不能及的艺术创造。如庖丁解牛、轮扁斫轮、津人操舟、吕梁丈夫蹈水、痀偻者承蜩等，都是忘却尘俗、世俗之念，方能达到出神入化的超高水平。

庄子的"物化"观念，便是主张作为主体的人，在体认客观事物之"道"的过程中，在心灵"虚静"的状态下，最后要达到、也能够达到一种物我同构、与道合一的最高境界，即彻底泯灭认识的主、客体之间的界限：

> 昔者庄周梦为胡蝶，栩栩然胡蝶也，自喻适志与！不知周也。俄然觉，则蘧蘧然周也。不知周之梦为胡蝶与，胡蝶之梦为周与？周与胡蝶，则必有分矣。此之谓物化。③

物我同一的认知，在神话时期就已经产生了，神话中许多精灵怪兽，都具有人的基本特征，万物有灵，与人一样具有情感。《周易》把人与世间万物进行关联，雨落沙洲、老树开花等现象，都是对人、事的某种暗示，侧重在人与物质之间找到某种契合，来揭示人伦世界。这种"物化"观念，强调人与物之间的同构。

但是，庄子的"物化"思想，夸大了事物之间的相对性，取消了它

---

① ［东汉］严遵著，王德有点校：《老子指归》，北京：中华书局，1994年，第105页。
② 《庄子集释·齐物论》，第79页。
③ 《庄子集释·齐物论》，第112页。

们各自的质的规定性。在审美领域和文艺创作领域,这无疑是一个相当精辟的理论,因为在真正的高级审美和文艺创作中,主、客体之间必须做到异质同构,泯灭彼此界限,这也就是后世许多文论家常说的神与物游、情景交汇、意境融彻。

庄子的虚静论,着重强调艺术创造时的心神合一,不为外部干扰。后被荀子吸收,成为对"虚一而静"的阐释:

> 人何以知道?曰:心。心何以知?曰:虚壹而静。心未尝不臧也,然而有所谓虚;心未尝不满也,然而有所谓壹;心未尝不动也,然而有所谓静。……未得道而求道者,谓之虚壹而静。作之,则将须道者之虚则人,将事道者之壹则尽,尽将思道者静则察。知道察,知道行,体道者也。虚壹而静,谓之大清明。万物莫形而不见,莫见而不论,莫论而失位。坐于室而见四海,处于今而论久远,疏观万物而知其情,参稽治乱而通其度,经纬天地而材官万物,制割大理,而宇宙里矣。[①]

荀子的《劝学》,是注重后天的努力,而虚一而静,则是试图发掘人的先天灵性。在他看来,人要体道,要能够让自己内心不自满、不自是,要能够虚心、清心、静心、安心地体察万物之间的关系,从而将之分门别类地洞察清楚,形成自己独到的认知。这段文字虽然说的是认识过程,但却成为对虚静论的逻辑建构。其中的"坐于室而见四海,处于今而论久远,疏观万物而知其情,参稽治乱而通其度,经纬天地而材官

[①] [清]王先谦:《荀子集解·解蔽》,北京:中华书局,1988年,第395-397页。

万物"，放在文学构思的视角中，便是陆机所谓的"玄览"。

陆机在《文赋》中说：

> 伫中区以玄览，颐情志于典坟。遵四时以叹逝，瞻万物而思纷。悲落叶于劲秋，喜柔条于芳春。心懔懔以怀霜，志眇眇而临云。咏世德之骏烈，诵先人之清芬。游文章之林府，嘉丽藻之彬彬。慨投篇而援笔，聊宣之乎斯文。

"玄览"就是静观，就是虚一而静，是对天地万物的体察。"典坟"指知识学问，是要把自己的情志与经典相通。陆机的这种认知，秉承荀子的虚静说，承认人能够在静观中，借以妙悟和学问，而达到至境。

刘勰在《文心雕龙·神思》中认为，虚静是文学构思的方式："陶钧文思，贵在虚静，疏瀹五藏，澡雪精神。"他又明确提出，这种虚静不是向空凿壁，而是建立在"积学以储宝，酌理以富才，研阅以穷照，驯致以怿辞"的基础上的，这就把儒家主张的后天学习和道家提倡的先天才性相结合了。

佛教强调"心"在认知世界、观察万物时的基础性作用，对虚静之说有了更深入的阐释。《菩提心论》中有"妄若息时，心源空寂"、《止观论》有"心源一止，法界同寂"的说法，强调心源是体察外物、感受世界的本原。倘若没有心的作用，客观世界只是一种普通的外在表象。在这种观念的影响下，很多艺术家都将"心"作为观象和写意的艺术源泉。

王维在《绣如意轮像赞并序》中，提出"原夫审像于净心，成形于纤手"，认为心境是成就艺术品的基础。他在《山中与裴秀才迪书》

中，描绘了自己的创作状态：

> 辄便独往山中，憩感配寺，与山僧饭讫而去。比涉玄灞，清月映廓，夜登华子冈，辋水沦涟，与月上下。寒山远火，明灭林外，深巷寒犬，吠声如豹，村墟夜舂，复与疏钟相间。此时独坐，僮仆静默，多思曩昔，携手赋诗，步仄径，临清流也。

外物的宁静与诗人的安逸相呼应，经过心的体察和关照，原本各自独立的物象，形成了一个富有深层联系的境界。王维的"独坐""多思"，正是"审象于净心"的过程。

刘禹锡在《董氏武陵集纪》中也说："心源为炉，笔端为炭。锻炼元本，雕琢群形。"他把笔比喻为炭，把心比喻为炉，形象地说明了自然万物只有经过心灵的过滤和熔铸，才能形成审美的意象。

白居易在《记画》中也提出："学在骨髓者，自心术得；工侔造化者，由天和来。"他说的"自心术得"与张璪的"中得心源"是一个道理，也是强调"心"在诗歌创作时的作用。

韩愈在《送高闲上人序》中，描写书法家张旭的创作时说：

> 往时张旭善草书，不治他伎。喜怒、窘穷、忧悲、愉佚、怨恨、思慕、酣醉、无聊、不平，有动于心，必于草书焉发之。

把张旭草书的成就，归结为心绪的自由书写。在这种观念的影响下，"心源"成为与外物对应的一个艺术范畴，被加以广泛讨论。颜真卿《五言月夜啜茶联句》："流华净肌骨，疏瀹涤心源。"权德舆《奉和李大夫题郑评事江楼》："心源齐彼是，人境胜岩壑。"元稹《放言五首》（其四）："安得心源处处安，何劳终日望林峦。"皎然《偶然五首》（其二）："偶然寂无喧，吾了心性源。"在这些诗词中可以看出，他们认为，心源是艺术创作的支柱，如果没有心作为源泉，就不可能创造出具有生命力的作品。

二、神思

陆机在《文赋》中，论述艺术构思时的状态：

> 其始也，皆收视反听，耽思傍讯，精骛八极，心游万仞。其致也，情曈昽而弥鲜，物昭晰而互进。倾群言之沥液，漱六艺之芳润。浮天渊以安流，濯下泉而潜浸。于是沈辞怫悦，若游鱼衔钩而出重渊之深；浮藻联翩，若翰鸟缨缴而坠曾云之峻。收百世之阙文，采千载之遗韵。谢朝华于已披，启夕秀于未振。观古今于须臾，抚四海于一瞬。

他强调，构思前要具有玄览、虚静的精神状态，要能站在天地之间，细腻宁静地体察天地万物，要能以古代典籍陶冶滋养情志。然后排除纷扰，全神贯注地进入创作状态。一旦进入到构思活动中，作者的思绪超越时间，精神驰骋于四方，思想飞腾于天地，不断将个人情感与自然外物融和起来，寻找到最适合的物象来传达情感，用最精彩的艺术语言来塑造意象，使语言像涓涓醇酒随笔倾吐，经籍典故如芳菲雨露，滋润笔端。

刘勰在《文心雕龙·神思》中说：

> 古人云："形在江海之上，心存魏阙之下。"神思之谓也。

文之思也，其神远矣。故寂然凝虑，思接千载；悄焉动容，视通万里。吟咏之间，吐纳珠玉之声；眉睫之前，卷舒风云之色；其思理之致乎。故思理为妙，神与物游。神居胸臆，而志气统其关键；物沿耳目，而辞令管其枢机。枢机方通，则物无隐貌；关键将塞，则神有遁心。

神思的特征是神与物游，是作者把自己的情感、心志、兴趣、思理与外在物象相融通，是作者通过情感体验和艺术理性，把客观物象主观化的过程。然后，把物象通过艺术手法表现出来，努力使物象组合传达出足以给读者、观者带来艺术愉悦的审美体验。

王维的《鸟鸣涧》：

人闲桂花落，夜静春山空。
月出惊山鸟，时鸣春涧中。

单纯从物象来看，这是一首纯粹的写景诗，但我们却可以读出作者独特的体验。"人闲"二字直接点出作者的情绪特征，正是由于心闲，外物便不能扰于胸，为全篇奠定基调。在静夜，又是在春天，时间、空间顿时因心闲而显得格外辽远。但诗人并不是单纯写自我，而是把个人感受和桂花、春山结合起来，一近一远两个物象，形成一种真实可感的艺术形象。

春山之"空"，也是由"人闲"这一特殊心境产生出来的，把春夜写得安逸优美。在这静寂之中，忽然有月升起，有鸟惊动，顿时打破了原来沉寂的画面，使原先营造的艺术境界迅速失衡，生出动态美。最后，以山鸟时断时续的空谷元音，逐渐消散了刚才似乎激烈的躁动，山谷又逐渐恢复到空寂灵动的状态，原先的滞景全被盘活。

这首诗表面是在写景，其实全是诗人敏锐艺术直觉的体现，除了诗人本身的闲、空等感觉之外，还采用动静互衬、声色杂陈、真幻相间、时空交错的艺术手段，将看似无关的桂花、春山、月、鸟等形象组合起来，形成优美深邃的意境。诗歌的着重表达，有了超出简单物象之上的更深意趣，这意趣蕴含着诗人丰富的情绪体验。这个构思过程，就是陆机和刘勰所言的"神思"。

王维诗歌的构思，常充分利用色彩搭配的技巧，形成清新明媚的艺术境界，苏轼"画中有诗，诗中有画"的评价，包含了对其诗歌中灵活运用色彩的赞许。贺贻孙在《诗筏》中说："盖摩诘之洁，本之天然，虽作丽语，愈见其洁。"如王维的《红牡丹》：

绿艳闲且静，红衣浅复深。
花心愁欲断，春色岂知心。

在绿色、红色的对比中，显示出盛唐特有的浓烈情韵，在大红大绿之间有黄色的花蕊，则显得相对消瘦、冷落。诗人看到花蕊，便想到了愁苦，还戏谑春风怎么不把花蕊也染上浓浓的色泽。红、绿、黄是牡丹原有的色彩，诗人通过对比，展现了一幅斑斓的牡丹盛开图。

王维的《山中》：

荆溪白石出，天寒红叶稀。
山路元无雨，空翠湿人衣。

同样是以色彩取胜。溪水清澄莹澈，潺潺流动；秋叶残红冷落，静挂枝头，一动一静，在白石、青山的映衬下，在雾气的弥漫中，显得清冷夺目。我们翻开王维的作品集，这样的句子不胜枚举。或色彩强烈对比，给人以难以磨灭的印象，如《田园乐七首》（其六）："桃红复含宿雨，柳绿更带朝烟。"《辋川别业》："雨中草色绿堪染，水上桃花红欲然。"或色调协调一致，画面清新自然，如《积雨辋川庄作》："漠漠水田飞白鹭，阴阴夏木啭黄鹂。"《新晴野望》："白水明田外，碧峰出山后。"或冷暖对比，境界深远，如《春园即事》："开畦分白水，间柳发红桃。"《白石滩》："清浅白石滩，绿蒲向堪把。"这些色彩的处理，既注意到了色相的对比，又关注到了彼此的协调，明暗结合，浓淡相间，形成了丰富的层次感。

王维诗歌中对色彩的使用，除了形成鲜明的观感外，在这些姹紫嫣红的形象中还寄托了丰富的情感，使"景语"因渲染情感而成为"情语"，让诗情画意融合起来。如《皇甫岳云溪杂题五首·萍池》：

> 春池深且广，会待轻舟回。
> 靡靡绿萍合，垂杨扫复开。

春池、绿萍、垂杨都是绿色，但存在相当大的色差，在这和谐优美的艺术氛围里，有一枚轻舟荡开湖面、穿过绿萍，既富于动感，又打破了绿色的沉闷，形成清朗、明净的境界，寄托了诗人宁静愉悦的情思。王维善于运用画面色调，营造一种幽静、澄澈、空明、冲淡的氛围。其写山水，特别喜欢形成冷静遥深的意境，以寄托幽远的思绪，如《斤竹岭》："檀栾映空曲，青翠漾涟漪。暗入商山路，樵人不可知。"《青溪》："言入黄花川，每逐青溪水。"《崔濮阳兄季重前山兴》："千里横黛色，数峰出云间。"多以青绿色为基调，画面清新遥远，与当时流行的青绿山水画的色调极为相近。

苏轼则多用清新的色彩，构思成脱俗的意境。如其《赠刘景文》：

荷尽已无擎雨盖，菊残犹有傲霜枝。
一年好景君须记，最是橙黄橘绿时。

用"橙黄橘绿"来写冬季，色彩独特，给人以强烈的观感。
如其《六月二十七日望湖楼醉书五首》（其一）：

黑云翻墨未遮山，白雨跳珠乱入船。
卷地风来忽吹散，望湖楼下水如天。

黑白搭配写阵雨，意象独特。
如其《东栏梨花》：

梨花淡白柳深青，柳絮飞时花满城。
惆怅东栏二株雪，人生看得几清明。

青白对比写春色，落笔清新脱俗。
如其《游金山寺》：

微风万顷靴文细，断霞半空鱼尾赤。
是时江月初生魄，二更月落天深黑。

残红深黑交织，画面瑰丽斑斓。
如其《饮湖上初晴后雨二首》（其二）：

水光潋滟晴方好，山色空濛雨亦奇。
欲把西湖比西子，淡妆浓抹总相宜。

并不直接着色,而是利用晴、雨、淡、浓等引人想象的感受,及西子这一令人遐想的具体形象,来写杭州的水光山色,在看似平淡的描写中,却蕴含着一幅山清水秀、色彩协调的画卷。与王维诗歌多直接临摹自然色彩不同,苏轼善于抓住自然中独特的、不同凡响的色彩变化,选取平常不令人注意的色调用笔,画面奇警,意象奇特,给人以强烈的陌生感,显示出诗人独特的思致。

唐诗的自然清新,得之于天然的感发;宋诗的韵味深醇,来自思力的运用。唐人画山水,以青绿见长,色彩斑斓温润,给人雍容饱满的感觉;宋人写山水,以笔墨为意,画面萧疏遥远,给人以沧桑飘逸的体验。

三、兴会

"兴会标举"是沈约对谢灵运诗歌特征的赞美。见《宋书·谢灵运传论》:

> 灵运之兴会标举,延年之体裁明密,并方轨前秀,垂范后昆。

谢灵运作诗,触目所见,皆可入诗,且诗中总有惊喜之感。如《过始宁墅诗》的"白云抱幽石,绿筱媚清涟",《登江中孤屿诗》的"云日相辉映,空水共澄鲜",《石壁精舍还湖中作》的"林壑敛暝色,云霞收夕霏",《登池上楼》诗的"池塘生春草,园柳变鸣禽"等,都是六朝诗歌中难得的名句。这些句子,试图在物象的组合中,寄托更深广的情绪感受,其中的景物不是被简单地描绘出来,而是经过诗人的选择、取舍等,带着诗人对自然的体悟。这些句子是诗人在这些物象之外,寄寓着某些更深的情感体味,是谢灵运人生感受和生命体验的外化,带有明显的艺术直觉。

这种艺术直觉,钟嵘称之为"直寻":

> 至乎吟咏情性,亦何贵于用事?"思君如流水",既是即目;"高台多悲风",亦惟所见;"清晨登陇首",羌无故实;"明月照积雪",讵出经史。观古今胜语,多非补假,皆由直寻。①

直寻,是用自己的心直接触景,不加思虑,脱口而出。诗歌讲究天工之美,是极目所见,开门见山,没有更多的构思。如薛道衡的"人归落雁后,思发在花前"(《人日思归》),李白的"危楼高百尺,手可摘星辰"(《夜宿山寺》),杜甫的"两个黄鹂鸣翠柳,一行白鹭上青天"(《绝句四首》其三),情景明朗,读起来毫无隔阂。

直寻是一种感性的东西,与日常所说的理性思考、推理和逻辑是不一样的,或者说是有差距的。在翻译西方文学的时候,总会提到"直觉",普罗提诺就有"直觉说",指的是"审美直觉",直觉(intuition)实际上也是一种直寻。而克罗齐美学强调的直觉,认为"艺术就是幻象或直觉""心灵只有借造作、赋形、表现才能直觉"。"借造作"是借助语言,"赋形"是赋,"表现"类似于比兴为诗。直寻是直观的感悟,实际上是心与物的直接对话,内心与物的相互感应,在这里,是没有逻辑推理做中介的。一旦以逻辑推理做中介,才叫构

---

① [南朝·梁]钟嵘著,曹旭集注:《诗品集注》,上海:上海古籍出版社,2011年,第220页。

思。直寻主要是来自内心的感化,早期的宋词读起来那么美,就是因为直寻,南宋的词读起来累,原因则是其中有构思、有典故。

罗大经认为感兴,差不多是等同于直寻的做法:

> 诗莫尚乎兴。……盖兴者,因物感触,言在于此,而意寄于彼,玩味乃可识,非若赋比之直言其事也。①

罗大经认为,最好的诗歌是比兴。《诗经》时叫起兴,唐诗宋词中叫感兴,都是指由感悟而形成的诗歌创作。所谓"兴",是把情感和景物结合起来,看到景物而引起情感,完全是脱口而出的诗句。杨万里的《小池》先有"泉眼无声惜细流,树阴照水爱晴柔",然后看到"小荷才露尖尖角,早有蜻蜓立上头",眼到、口到、诗到,完全是看到景物而成诗的即兴创作。

方东树认为:

> 又有兴而兼比者,亦终取兴不取比也。若夫兴在象外,则虽比而亦兴。然则兴,最诗之要用也。②

比兴兼用时,兴胜于比。"兴"是触目所见,"比"是自觉类比。如陆游《卜算子·咏梅》:"驿路断桥边,寂寞开无主",开头带有脱口而出的感觉,最后两句越写越深,到最后上升到比德上,"零落成泥碾作尘,只有香如故",便是由"兴"到"比",蕴含了更深的情志。

直寻只是目与景遇,能否形成好的诗作,还需要迁想妙得。迁想妙

---

① [南宋]罗大经:《鹤林玉露》,北京:中华书局,1983年,第185页。
② [清]方东树著,汪绍楹校点:《昭昧詹言》,北京:人民文学出版社,1961年,第419页。

得，出自顾恺之《魏晋胜流画赞》：

> 凡画，人最难，次山水，次狗马，台榭一定器耳，难成而易好，不待迁想妙得也。

画画时闭上眼睛，浮想联翩，不像"直寻"那样直觉，"妙得"是由直寻而形成的艺术构思。由妙得而来的艺术构思，有时也成为妙悟。严羽的《沧浪诗话·诗辩》：

> 大抵禅道惟在妙悟，诗道亦在妙悟。……惟悟乃为当行，乃为本色。然悟有浅深，有分限，有透彻之悟，有但得一知半解之悟。

在他看来，人对自然观照的高下，在于对自然变化体察的深浅。只有透彻把握自然之本真，方可写出传神的作品。

况周颐《蕙风词话》说：

> 人静帘垂。灯昏香直。窗外芙蓉残叶，飒飒作秋声，与砌虫相和答。据梧瞑坐，湛怀息机。每一念起，辄设理想排遣之。乃至万缘俱寂，吾心忽莹然开朗如满月，肌骨清凉，不知斯世何世也。斯时若有无端哀怨，怅触于万不得已，即而察之，一切境象全失，唯有小窗虚幌、笔床砚匣，一一在吾目前。此词境也。三十年前，或月一至焉。今不可复得矣。

在万籁俱寂的时候开始写，写诗的过程中，内心豁然开朗如满月，这个满月就是意象的形成。形成之后，不知是现实的感觉，还是诗中的感觉，仿佛一切都在，又仿佛一切都不在。写完后，原来的那种凄凉之感、虚空之感都没有了，只有诗留了下来，自己又回到了现实中，这就是迁想妙得的过程。

苏轼的《庐山烟雨》：

> 庐山烟雨浙江潮，未到千般恨不消。
> 及至到来无一事，庐山烟雨浙江潮。

苏轼听说，庐山的烟雨非常美，浙江的潮水非常好，没有观赏前是遗恨万千，后来到了一看，真是"庐山烟雨浙江潮"。尤其是最后两句，带有一种妙悟的成分。苏轼并没有完全说庐山烟雨和浙江潮是什么样子，只是先听说景，到后面再看景，到了第三句看完景后，又写了一句，这里是在夸赞庐山烟雨、浙江潮吗？看不出的。实际上，看到的庐山烟雨还是庐山烟雨，浙江潮还是浙江潮，但不同的人读的时候，感悟是不同的。有的人在这首诗里，体验到的是美感，感觉这是对庐山烟雨、浙江潮的赞美之情；有的人看完之后顿悟，原来这是在说，看景不如听说。

吕本中的《题晁恭道善境界图》：

> 畴昔相从三十年，如今休去不逃禅。
> 知君参见法轮老，始知苍苍便是天。

吕本中早年的时候学佛经、佛理，学了三十年，最后才知道，天就是天。实际上是联想到人老、天不老的感受。大部分人看到天就是天、山就是山，诗人却感觉沧桑是天，透露出他对宇宙人生真谛的理解。

龚相在《学诗三首》（其一）中说：

> 学诗浑似学参禅，悟了方知岁是年。
> 点铁成金犹是妄，高山流水自依然。

真正明白了，才发现一岁是一年，这是真正的悟，悟了一岁是一年。这便是写诗、读诗时的迁想妙得。

直寻靠的是才华，迁想妙得靠的是才学，推敲靠的便是死学。杜甫说"语不惊人死不休"（《江上值水如海势聊短述》），也有一种一字一句推敲的感觉。见杜甫的《水槛遣心二首》（其一）：

> 去郭轩楹敞，无村眺望赊。
> 澄江平少岸，幽树晚多花。
> 细雨鱼儿出，微风燕子斜。
> 城中十万户，此地两三家。

叶梦得说："诗语固忌用巧太过。然缘情体物，自有天然工妙，虽巧而不见刻削之痕。老杜'细雨鱼儿出，微风燕子斜'，此十字殆无一字虚设。细雨著水面为沤，鱼常上浮而淰，若大雨则伏而不出矣。燕体轻弱，风猛则不能胜，唯微风乃受以为势，故又有'轻燕受风斜'之语。"[①]两句诗准确把握了燕子飞过的动感，鱼儿跳出水面的欢乐，读起来，总有一种思致的安排在里面。

到了中唐，很多诗人才华、才学不足，只好采用笔补造化的方式来写诗。卢延让的《苦吟》，说出了写诗的万般艰辛：

> 莫话诗中事，诗中难更无。
> 吟安一个字，捻断数茎须。
> 险觅天应闷，狂搜海亦枯。

[①] ［南宋］叶梦得著，逯铭昕校注：《石林诗话校注》，北京：人民文学出版社，2011年，第170页。

不同文赋易，为著者之乎。

这是一个字、一个字在写诗，可见诗思的枯竭。王安石的"春风又绿江南岸"，也是改来改去而成，不知捻断了多少胡须。据洪迈的《容斋随笔》记述，吴中士人家藏有王安石《泊船瓜洲》的草稿，"春风又绿江南岸"中"绿"字的推敲，经历了"到、过、入、满"，最后才定为"绿"。①

---

① ［南宋］洪迈《容斋随笔·容斋续笔》：王荆公绝句云："京口瓜洲一水间，钟山只隔数重山。春风又绿江南岸，明月何时照我还。"吴中士人家藏其草，初云"又到江南岸"，圈去"到"字，注曰"不好"，改为"过"，复圈"去"而改为"入"，旋改为"满"；凡如是十许字，始定为"绿"。

第九章
诗的妙悟

妙悟是诗歌创作和品评时的一个术语，它揭示了诗歌创作、诗歌欣赏过程中独特的心理作用方式，既可以看出诗歌的艺术追求，也可以理解为艺术的审美要求。

一、禅悟

"妙悟"也称"禅悟"，最初见于僧肇的《长阿含经序》：

晋公姚爽，质直清柔，玄心超诣，尊尚大法，妙悟自然。

"质直清柔"是形容姚爽的性格，"玄心超诣"是形容能够体悟自然之道。而"妙悟自然"的"悟"是能感悟到，"妙"是描述其能体会到常人所不能理解的独特意味。佛教追求的是去除人间的一切烦恼、繁杂，能够与自然一草、一木、一花、一果相接近、相融洽，这里说的是"妙悟自然"，便是指能体会到自然的精妙之处。

佛教提倡的妙悟,是用来形容刹那间智慧的获得。《五灯会元》记载:

> 世尊在灵山会上,拈花示众。是时众皆默然,唯迦叶尊者破颜微笑。世尊曰:"吾有正法眼藏,涅槃妙心,实相无相,微妙法门,不立文字,教外别传,付嘱摩诃迦叶。"

其中的"拈花一笑",代表了佛教顿悟的旨趣。人有没有佛教的慧根、佛缘,实际上就是能不能洞察佛法的真谛。佛教最初是讲修行的,通过修行,获得佛教的教义,但佛教最高的教义,不是能够苦学得来的,而是在于刹那间明白了其中蕴含的那些不言之教。在禅宗看来,佛教的法则、佛陀的境界,不是靠修行得来的,只要顿悟了佛学的宗旨,可能在刹那间就明白了一切。因此,佛教的最高境界不是给人讲法,而是教人悟懂。

摩诃迦叶在释迦牟尼还没有说出来的时候,他就笑了,因为他悟到了不用言语表明的教义,就像花的本质,是抛弃了花的颜色、香味、形象的,对花的精神、气质有一个根本的了解,不在于一花一叶的差别。真正的佛法,是直指人的内心的,人的本性成佛,人也就成佛了。所以说,妙悟并不是靠文字、靠学说来传的,而是在文字言语之外获得的直觉。魏晋时期有一个佛教宗派,认为佛法传承,不是靠经文,而是靠妙悟获得的。

妙悟自然,就是心与自然瞬间结合在一起,不通过别人的介绍、不通过文字,只通过自己的内心就完全能体悟到自然、社会、宇宙和人生的妙处。"妙悟"是般若的直觉体验。般若,是智慧,也是一种直觉的体验。艺术与佛教在这一点是相通的,都认为获取最美好、最有哲理的东西，要靠内心的把握和灵光一现的理解，是只可意会不可言传的。

《华严经》里有这样一句话：

> 妙悟皆满，二行永绝，达无相法，住于佛住。

真正对佛法的理解，靠的是妙悟。《坛经》中也说：

> 一刹那间，妄念俱灭。若识自性，一悟即至佛地。

真正用智慧来观照佛法、观照人生的话，那么，在一瞬间，你就能妄念俱灭。佛教解决的是人的心灵与外物的联系，很多人烦恼、伤感的原因是欲念太多、妄念太多，真正的佛法是让你抛去一切妄念，然后万物归于寂，不再想人间的财富、名誉、恩怨、诱惑，直接把心收拢。

僧肇在《涅槃无名论》中说：

> 然则玄道在于妙悟，妙悟在于即真，即真则有无齐观，齐观则彼已莫二，所以天地与我同根，万物与我一体。

这两句很像《庄子·齐物论》中的话："天地与我并生，而万物与我为一。"玄道在于妙悟，真正的、最高层面的"道"的体认在于妙悟。《庄子·田子方》中说："物无道，正容以悟之使人之意也消。"物无道，万物的表象中并没有"道"，只有能体道之人，才能体悟到其中蕴含的"道"。这种妙悟，不仅要用于对佛经的解读，也要用于对宇宙、对人生的理解。妙悟在于即真，"即真"就是探讨真理、探讨真性。如果把天地万物等齐来观照的话，就会发现，你和万物没有区别。所以，天地与我同根，万物与我一体，万物的盈亏和你是一样的。

受佛教影响，妙悟在文学中成为一个基本认知，对诗歌产生了很大的影响。谢灵运既受道教的影响，也受佛教的影响，他在写诗时，就已经用"悟"来体现宇宙人生的哲理了。

谢灵运的《从斤竹涧越岭溪行》：

> 情用赏为美，事昧竟谁辨。观此遗物虑，一悟得所遣。

这首诗并不是谢灵运最好的诗，但其在描写中提出了一种思考的方法。"情用赏为美"是说，天地万物的形状，只有用精神的眼光去观察，才能发现美。"事昧竟谁辨"，很多事情看着不明白时，就说明是没有好好分辨它，"观此遗物虑，一悟得所遣"，观察事物时，要思考、感悟物中的趣味与哲思，这是个人直觉式的体验。有了这种体验后，才能感受到天地万物独自蕴含的美感和原理。

魏晋时期，一些很难懂的思理被称为玄学。这些很玄的思理，是融合在天地万物之中的大规律、大境界和大思考。因为一般语言很难把它表达清楚，一般的读者很难体悟到，所以用"玄"这个字来概括这些很高的、形而上的理性思考。一个真正的思维敏锐的、情感丰富的、哲思深刻的人，看到天地万物运行的时候，就能悟出天地万物的哲理。同样是登楼，王安石能说出"不畏浮云遮望眼，自缘身在最高层"（《登飞来峰》），也是一种理性认知。同样是西湖，苏轼看的时候是："水光潋滟晴方好，山色空濛雨亦奇。欲把西湖比西子，淡妆浓抹总相宜。"（《饮湖上初晴后雨二首》（其二））他能体悟到西湖所展现出的独特美感。杨万里也是如此，"毕竟西湖六月中，风光不与四时同。接天莲叶无穷碧，映日荷花别样红。"（《晓出净慈寺送林子方》），看到的是满池的荷花，勃勃的生机。

读这样的诗，觉得写得很美，是因为这样的诗，一边抓住了物的表象，一边写出了在表象之外蕴含的更深的生命力。这种生命力，实际上是对景物、景色的一种最完美的概括。一方面，这种诗妙悟到了自然之美，妙悟到了山水之美，妙悟到了人情之美。如"盈盈一水间，脉脉不得语"（《古诗十九首·迢迢牵牛星》），如"两情若是久长时，又岂在朝朝暮暮"（秦观《鹊桥仙》），如"但愿人长久，千里共婵娟"（苏轼《水调歌头·明月几时有》）。另一方面，从这些表象里，可以感受到一种勃勃的生命力。这些句子所蕴含的，不仅是诗人个人的情感，更是人所具有的普遍情感。

妙悟，是艺术的基本法则。虞世南《笔髓论·契妙》指出：

> 故知书道玄妙，必资于神遇，不可以力求也。机巧必须心悟，不可以目取也。

要想真正体会到书法的妙处，一定要靠观察书法之中所体现的神韵。神韵，不是靠外力能获得的。真正在书法和绘画中所体现出的技巧，也是要用心才能感受到的，不能仅用目取。

妙悟不仅是书法艺术的表现方法，还是绘画艺术的一种总结。张彦远在《历代名画记》中说，看画的时候应该：

> 遍观众画，唯顾生画古贤得其妙理，对之令人终日不倦。凝神遐想，妙悟自然，物我两忘，离形去智。身固可使如槁木，心固可使如死灰，不亦臻于妙理哉？所谓画之道也。

张彦远看到顾恺之画的人物，对着这个人物不停地观察，凝神遐想，就会发现，这个人物画得栩栩如生。"离形去智"是在观察绘画的时候，不只是看他的形象，而是观察这个画所表现的神韵。张彦远说绘画最主要的就是气韵生动。人物画讲的是传神,山水画讲的是意境,花鸟画讲的是趣味、情趣。因此,欣赏绘画时的关键,是要体会到画里所追求的神韵,这个神韵,需要依靠外形来加以表达,但我们欣赏绘画的目的,又不仅在它的外形,这就要求我们能够对其中的艺术技巧做到真正的把握,而这种把握,靠的就是"妙悟"。

到了宋朝,诗人开始意识到,写诗也应该注意"悟"。吴可在《藏海诗话》里说:"凡作诗如参禅,须有悟门。"真正的参禅是闭目养神,心旷神怡,能够通过自己的意识、感觉,去彻悟佛理。所以,作诗就像参禅一样,必须有悟门。范温在《潜溪诗眼》中说:"识文章者,当如禅家有悟门。夫法门百千差别,要须自一转语悟入。如古人文章,直须先悟得一处,乃可通其他妙处。"所以读文章也是如此,必须得悟到其美感。

二、神通

妙悟是诗人体物入诗的法门。孟浩然《来闍黎新亭作》中说:

八解禅林秀,三明给苑才。
地偏香界远,心净水亭开。
傍险山查立,寻幽石径回。
瑞花长自下,灵药岂须栽。
碧网交红树,清泉尽绿苔。
戏鱼闻法聚,闲鸟诵经来。
弃象玄应悟,忘言理必该。

静中何所得，吟咏也徒哉。

最后四句，像是在总结自己写诗的技巧，诗要写得好，必须靠形象，但形象中寄托的思理和情感，却要靠自己对自然景物的体悟。孟浩然之所以能成为盛唐山水田园诗的代表，之所以能被人们誉为创造宁静秀美境界的诗人，原因就在于"弃象玄应悟"，即写诗的时候，不把目光集中在表象上，而是表达其中悟到的玄应。"气蒸云梦泽，波撼岳阳城"（孟浩然《望洞庭湖赠张丞相》），并不是写岳阳城和云梦泽，而是写洞庭湖浩瀚的气势，以及流淌在洞庭湖内的阔达之美、壮大之势。所以，"弃象玄应悟"就是说，写诗的目的，是要悟透表象中蕴含的生命力。"忘言理必该"，指的是写诗的目的，是要"忘言"，赋予每一个句子以情感和哲理的表达。因此，写诗时要重视语言，但更应该在意美的语言要表达的东西是什么。苏轼用"十年生死两茫茫"（《江城子》），表达对亡妻的深挚情感；元稹用"曾经沧海难为水，除却巫山不是云"（《离思五首》其四），以多种形象来比喻出悼亡时的切肤之痛；李商隐的"沧海月明珠有泪，蓝田日暖玉生烟"（《锦瑟》），表达了他丧偶之后的无奈和思考。

中唐诗人注重妙悟，在诗歌中常有体现。柳宗元《晨诣超师院读禅经》说：

> 汲井漱寒齿，清心拂尘服。
> 闲持贝叶书，步出东斋读。
> 真源了无取，妄迹世所逐。
> 遗言冀可冥，缮性何由熟。
> 道人庭宇静，苔色连深竹。

> 日出雾露余,青松如膏沐。
> 澹然离言说,悟悦心自足。

"澹然离言说"就是说,读佛经的目的不是把佛经的意思记住,而是要非常淡然地将佛经中的字字句句抛掉,悟透其中的人生哲理。"悟悦心自足",是说悟透佛理以后,那种喜悦所带给人的满足感。

宗密《禅源诸诠集都序》中说:

> 且心不孤起,托境方生;境不自生,由心故现。心空即境谢,境灭即心空。未有无境之心,曾无无心之境。

言妙悟之说的生成。境不自生,景致年年如此、代代如此,这些景真正能表达出来,是因为心中有景。景的好与坏、美与不美,完全与心境有关。元杂剧里面有一部戏叫《单刀会》,写关公单刀赴会,看到长江水,想到的是:"这也不是江水,是二十年流不尽的英雄血!"

同样,在杜甫心中,国破家亡时,看到的是"感时花溅泪,恨别鸟惊心"(《春望》);高兴时,看到的是"两个黄鹂鸣翠柳,一行白鹭上青天"(《绝句四首》(其三));闲适的时候,看到的是"黄四娘家花满蹊,千朵万朵压枝低。留连戏蝶时时舞,自在娇莺恰恰啼"(《江畔独步寻花七绝句》(其六));忧国时,看到的是"武侯祠堂不可忘,中有松柏参天长。干戈满地客愁破,云日如火炎天凉"(《夔州歌十绝句》(其九))。景年年如此,但诗人心境不同,看到的便千差万别,"心空即境谢,境灭即心空",眼中无景,实际上是心中无景,在诗歌中表达的景,都是内心思绪的产物。诗人对自然景物的体验和感悟靠的是心,形成有体悟、有妙得的艺术创造;读者对自然景物和对作品表达的情感，也是靠心感悟，在阅读时与诗人心心相通。

诗人们普遍意识到，读诗就像参禅一样，靠的是妙悟。吴可在《学诗诗》中曾说：

> 学诗浑似学参禅，竹榻蒲团不计年。
> 直待自家都了得，等闲拈出便超然。

学诗就像参禅一样，整天打坐。学了这么多年，很难学会。突然有一天明白了，这时候便超然了。苏轼也说："暂借好诗消永夜，每逢佳处辄参禅。"（《夜直玉堂携李之仪端叔诗百余首读至夜半书其后》）漫漫长夜要读好诗来消磨，尤其是读到妙处的时候就反复吟唱，像参禅一样，让人去妙悟。

韩驹的《赠赵伯鱼》：

> 学诗当如学参禅，未悟且遍参诸方。
> 一朝悟罢正法眼，信手拈出皆成章。

我们没有悟到诗歌的真正美感和写诗的真正方法的时候，整天都在寻找技巧，但突然有一天，当真正悟明诗歌的宗旨、真谛，就一下学会了写诗。

吕本中说："悟入之理，正在工夫勤惰间耳。"[①]要想悟通大道，必须肯下狠功夫，莫名其妙地想是想不明白的。凡事要先学会积累，然后才是悟。惠洪在《冷斋夜话》里也说：

---

① 引自［南宋］胡仔：《苕溪渔隐丛话前集》，北京：人民文学出版社，1962年，第333页。

> 大率才高意远，则所寓得其妙，造语精到之至，遂能如此。似大匠运斤，不见斧凿之痕。不知者疲精力，至死不之悟，而俗人亦谓之佳。

真正的好诗，应该看一篇，而不应该只看一句，好的诗歌才高意远，读完时，能体悟出其中所蕴含的哲理。好多诗歌，整篇是一个统一的整体，一句动起来的时候，全篇都神采飞扬。真正意义上的名篇，没有一个字、一句话是突兀出来的，都是由字形成句、由句形成篇，形成统一有机的整体。

悟，也包括对艺术规律的掌握。杨万里在《诚斋荆溪集序》中说，自己便是突然有一天，悟到了作诗的技巧：

> 予之诗，始学江西诸君子，既又学后山五字律，既又学半山老人七字绝句，晚乃学绝句于唐人。学之愈力，作之愈寡。……戊戌三朝，时节赐告，少公事。是日即作诗，忽若有窹。于是辞谢唐人，及王、陈、江西诸君子皆不敢学，而后欣如也。……自此每过午，吏散庭空，即携一便面，步后园，登古城，采撷杞菊，攀翻花竹。万象毕来，献予诗材。盖麾之不去，前者未雠而后者已迫，涣然未觉作诗之难也。

诗人自述自己学诗，最开始学江西诗派，后来又学习陈师道五字律，以及王安石的七字绝句。自己学得越勤奋，创作的诗就越少，直到有一天，即兴作诗时，才"忽若有窹"，知道了作诗要心与物合，而不是一味模仿他人，于是不再盲目学习江西诗派、陈师道、王安石及唐代诸诗人的作品了。

以前，杨万里写诗的时候，完全是学着别人写的。写完了后，发现自己的诗作超越不了他们。有一天，他突然悟到了，真正的好诗不是在别人的句子里面找句子，而是用自己的感情去写，你的眼睛看到什么，心里想什么就写什么。他的《小池》：

> 泉眼无声惜细流，树阴照水爱晴柔。
> 小荷才露尖尖角，早有蜻蜓立上头。

里面没有一句是从古人那里学来的，完全是自己的眼里所看、心里所想，再用自己的思想去写。写诗，要靠心与物的结合；读诗，也是靠心与诗的结合。诗人能够与自然神会，读者能够与诗人神会，这就是妙悟的两种境界。

严羽在《沧浪诗话》中，总结了从唐朝和宋朝以来的诗歌传统，并提出了自己的诗学主张。《沧浪诗话》围绕三个问题写：什么是好诗，怎么才能写出好诗，怎么品评诗的好坏。

什么是好诗？严羽认为，诗是别趣，是一种独到的艺术追求，它与道理、说理是有区别的。怎么才能写好诗？严羽认为，写诗是一种"别材"，是一种独到的才学，不是靠议论、说明就能表达出来的。怎么品评诗的好坏？一是靠妙悟，一是靠兴趣。好诗能体现出兴趣，品诗则需要妙悟。严羽借鉴了佛教的"禅悟说"，认为"妙悟"近于"禅悟"：

> 禅家者流，乘有小大，宗有南北，道有邪正。学者须从最上乘，具正法眼，悟第一义。若小乘禅，声闻辟支果，皆非正也。[1]

---

[1] ［南宋］严羽著，郭绍虞校释：《沧浪诗话校释》，北京：人民文学出版社，1961年，第11页。

真正对禅、禅宗、佛法最高层面的顿悟，靠的是最高境界的意趣，而不能拿最下层的意思来理解。读诗也是如此，悟诗的高下，关键在于能否抓住最高层面或最本质的艺术特征，这样才能真正了解诗的本意。禅道最高的境界，完全要靠自己的妙悟。要想真正读懂一首诗，一方面要艺术积累，另一方面要独特体悟。

悟诗的最好方法，就是自己写。心手响应，悟对神通，自然有无穷灵感。有的诗人写得多，悟得少，写诗便是文字游戏，进步很慢；有的诗人是悟得多，写得少，缺少训练，写的诗读起来别扭，这样也不行。只有悟诗、写诗结合起来，才能做得好。严羽认为：

> 孟襄阳学力下韩退之远甚，而其诗独出退之之上者，一味妙悟而已。惟悟乃为当行，乃为本色。

从学问上说，韩愈的学问要超过孟浩然，但韩愈的诗却比不上孟浩然，原因就在于，孟浩然能体悟到诗歌的自然之美，能够用自己的心性来写诗。读孟浩然的诗，能体会到他对自己的欣喜之情和对田园生活的赞誉之情。而韩愈在诗歌中过分卖弄自己的才学，无论想到的兴趣思理有多深，读起来都多为文字障碍，缺少通透之感，流传便不如孟诗广，质量也不如孟诗上乘。

三、妙悟

怎样才能达到妙悟的境界？严羽在《沧浪诗话》中的理解，是以才识为基，即要有一定的诗才，才能谈得上妙悟。其中包含两方面的含义。

一是入门须正,是"看诗须着金刚眼睛,庶不眩于旁门小法"[①]。写诗的时候,一定要像读佛法一样,要从最高层面了解诗的本质,知道什么是好诗,然后再去作好诗。好诗就是有情、有景、有意、有境界、有格调。不要刻意去写什么拗句、回文诗,沉浸在文字游戏之中,卖弄文字技巧,显摆自己的学问。基本的平仄懂了以后,就不要在平仄上花费更大的功夫,倒是可以先试着写一首完整的诗。好好琢磨一首五言绝句,一共是二十个字,二十个字先不用达到太高的境界,能达到"远看山有色,近听水无声"的境界就行。

此后,要知道基本的诗歌技法:"辨家数如辨苍白,方可言诗。"[②]需要读一些诗,才能体味到诗歌的意趣、境界。刘勰说:"操千曲而后晓声,观千剑而后识器。"[③]要有诗才、诗识,才能知道什么是诗。严羽还说:"作诗正须辨尽诸家体制,然后不为旁门所惑。"[④]旁门,就是旁门左道,不是学诗的正路。作诗一定要走正道。有些人不会作诗,一下笔就一定用典故,结果写出来的诗,自己读起来都别扭。

作诗、作文,首先要能把意思表达清楚,把情感表达清楚。严羽说:"入门须正,立志须高。"[⑤]做学问也好,写诗也好,读诗也好,要从正门进去,才能真正学会。立志须高,既然作诗,就要作一流的

---

① 《沧浪诗话校释》,第134页。

② 《沧浪诗话校释》,第136页。

③ [南朝·梁]刘勰著,范文澜注:《文心雕龙注·知音》,北京:人民文学出版社,1958年,第714页。

④ 《沧浪诗话校释》,第252页。

⑤ 《沧浪诗话校释》,第1页。

诗,"以汉魏晋盛唐为师,不作开元天宝以下人物"①。学作诗,要跟着最好的诗歌学,不要找一本不入流的集子读,那样,是写不出好诗的。只要走的是正道,即使目的地没有达到,我们也还可以加快脚步;如果走了错路,就会越走越远,南辕北辙了。

二是遍参熟参。真正要读懂诗、读好诗的话,就要遍参熟参,严羽的理解是:

> 先须熟读《楚辞》,朝夕讽咏以为之本;及读《古诗十九首》,乐府四篇,李陵、苏武、汉魏五言皆须熟读,即以李杜二集枕藉观之,如今人之治经,然后博取盛唐名家,酝酿胸中,久之自然悟入。②

想写好诗的话,要读《楚辞》,然后读《古诗十九首》,读《汉乐府》,读李陵、苏武、汉魏五言诗,须熟读。读熟以后,再拿着李杜的集子来读,从诗歌演进的角度看,就能明白什么是好诗,好诗是怎么形成的。然后,博取盛唐名家酝酿胸中,久之自然悟入。

三是以趣为的。"的"是箭靶子的意思,就是说,学诗要以"兴趣"为追求。严羽说:

> 诗者,吟咏情性也。盛唐诸人惟在兴趣,羚羊挂角,无迹可求。故其妙处透彻玲珑,不可凑泊,如空中之音,相中之色,水中之月,镜中之象,言有尽而意无穷。③

---

① 《沧浪诗话校释》,第1页。
② 《沧浪诗话校释》,第1页。
③ 《沧浪诗话校释》,第26页。

严羽认为，盛唐写诗讲究兴趣。"兴"是触物起情，"趣"是情趣意味，唐诗情思绵长、兴趣盎然，就在于唐人有闲心、有兴致去描写自然之美、人情之美、宇宙之美。这样的诗歌，兴趣是具有可感悟而不可言传的美感的，意境超脱、不着形迹，仿佛琴和古筝响过后，在空中传播余音，若重若轻，若远若近，若存若亡，引人深思，令人回味。

严羽认为"诗有词理意兴"，将唐以前人作诗，与宋人作诗做了比较。词理，是词的文理；意兴，是意趣和感情。严羽认为，齐梁陈时人作诗，追求的是辞藻，很难令人体会到一种理趣。谢灵运、谢朓、庾信等人的作品，辞藻华美，却缺乏一条诗思的脉络。宋人写诗时，非常注重诗中的理性思考，但有时过分执着，缺少了感性的成分，冷静有余，而感兴不足，读后缺少一种感动。而唐人作诗，不仅注重感兴，还注重理趣。这种理趣，正是对自然万物规律的体验、对人生哲理的思考，这种思考，是寄托在感兴之中的，与宋人不同。宋人注重表达理，却又不重意兴，不重情感。因此，严羽非常推崇汉魏古诗，他说，"汉魏之诗，词理意兴，无迹可求"[1]，汉魏以前的诗，没有办法考察它们的词理和意兴，完全出于自然和天成。

严羽的"妙悟"说，指出了唐诗和宋诗的区别。严羽反对宋诗的不重感兴，认为写诗靠的就是一种直觉。他说：

> 近代诸公乃作奇特解会，遂以文字为诗，以才学为诗，以议论为诗。夫岂不工，终非古人之诗也。盖于一唱三叹之音，有所歉焉。且其作多务使事，不问兴致。[2]

---

[1] 《沧浪诗话校释》，第148页。
[2] 《沧浪诗话校释》，第26页。

宋人是拿着文字来写诗，诗歌中运用大量典故，希望以此来"点铁成金、脱胎换骨"，试图从前代诗歌的语言中寻找灵感，注重表面文字的雕琢，而忽略了诗歌在形成过程中，感情对文字的调遣作用。以自己的才华写诗，用了很多典故。兴趣是一种形式化的情趣体验，这种情趣体验是寄托在诗歌的表层之中、借助于诗歌的形式所形成的。妙悟正是对这种情趣体验的内在性、直观性和整体性特点，进行比喻式的说明。

这种情趣体验，是一种内在的感悟，是诗人在看到外物时所产生的感觉，通过形象表达在他的诗作中。情感的表达，必须借助于可视的、可以想象的情感，如"沧海月明珠有泪，蓝田日暖玉生烟"（《锦瑟》），李商隐很迷茫、很无奈、很惆怅的情感，借助两个可视的形象表达出来了，这就是诗的直感。因此，妙悟于诗，不在于对其中的一个字或一句话的体悟，而在于对诗歌整个意境、整体情感特征的把握。

妙悟的"妙"，也是一种直感，诗评中常常用"妙"作为诗歌点评中的最高概括。谢榛说：

> 体贵正大，志贵高远，气贵雄浑，韵贵隽永。四者之本，非养无以发其真，非悟无以入其妙。[1]

艺术的真正美感，靠的是自己独到的艺术体悟、独特的艺术感觉，在感悟、感应之中，体味人与物、人与自然、人与天地和人与社会之间的关系。谢榛觉得："诗固有定体，人各有悟性。夫有一字之悟，一篇之悟，或由小以扩乎大，因著以入乎微，虽小大不同，至于浑化则一

---

[1] ［明］谢榛著，宛平校点：《四溟诗话》，北京：人民文学出版社，1961年，第10页。

也。"①诗是一样的,不同的人读诗的感觉,却是不一样的,不同的人读诗的阶段,也是不一样的。因此,诗有了高下之分,诗才也有了大小之别。

胡应麟认为,自己对诗歌的理解,从严羽那得到很大的教益:

> 汉唐以后谈诗者,吾于宋严羽卿得一悟字,于明李献吉得一法字,皆千古词场大关键。二者不可偏废,法而不悟,如小僧缚律;悟而不法,外道野狐耳。②

他认为,汉朝以后,真正会谈诗歌的人很多,自己从严羽那里学会了一个"悟"字,算是明白了诗的高下之分;从李梦阳那里学会了一个"法"字,算是知道了作诗的深浅。"悟"是领会诗歌的最关键之处,是知道什么是好诗;"法"是诗歌创作的结构和技巧,是知道怎么作好诗。"悟"与"法",是作诗的关键,只有知道了妙悟,才能眼高;知道了诗法,才能手高。

因此,读诗、学诗、写诗,要知道诗歌的格律、声情,要知道诗歌的内在技巧,要懂得诗歌的平仄怎么搭配,诗歌的韵律怎么搭配,不要光靠单纯的感悟。

在此基础上,再熟读诗。夏敬观《蕙风词话诠评》中说:

> 读词不成腔,不能知词之韵味,不能知腔调音节之要处,故必得读之诀而后可。韵味在表者,见词之字句可知。韵味在内者,非读不悟也。音节之要处,在平仄及四声,在句豆,如一领二、二领

---

① 《四溟诗话》,第118页。
② [明]胡应麟:《诗薮·内编》,北京:中华书局,1979年,第100页。

一、一领三等等。又凡文义二字相连者，不可离而为二。一领二，不可连而为三，诸如此类是也。平上去入四声，自有分别，音须分清。此非谓填词必墨守四声也，但读词时必须四声不混耳。

读得多了，就能养成对诗歌的敏锐感知，知其妙，还要知其所以妙，能把诗的妙处说出来。既有灵感，又有学养，才能写出一等的好诗来，才能看出一等的好诗来。

第十章
诗的滋味

滋味，本用于形容饮食的口感，后借来形容阅读诗歌之后的审美体验，是诗歌品评常用的术语之一。

一、滋味

《尚书·说命》言"若作和羹，尔惟盐梅"，要想做出非常好喝的羹，就要把盐和梅放在一块儿熬，这样喝起来咸咸的、酸酸的，有营养，味道好！和羹的"和"，是把很多滋味要素放在一块儿，形成调和之美。《礼记·月令》里讲，君子斋戒的时候，要"薄滋味，毋致和"，并不追求酸、苦、甘、辛、咸五味的调和，粗茶淡饭即可。

传统文化强调"滋味"，并非只有一种味道，而是多种味道的相互搭配，形成一种优美的口感。《吕氏春秋·本味》言：

> 调和之事，必以甘酸苦辛咸，先后多少，其齐甚微，皆有自起。

要想把味道调好，要掌握甘、酸、苦、辛、咸五味。五味中，先放什么、后放什么，放多、放少，都是非常讲究的。因此，滋味是形容酸、甜、苦、辣、咸五种味道兼而有之，通常指各种要素综合以后，所形成的美感。

"味"可以形容音乐合奏之美。《尚书·舜典》里说："声依永，律和声。八音克谐，无相夺伦，神人以和。"古代音乐中，声有五：宫、商、角、徵、羽；律有十二：黄钟、大吕、太簇、夹钟、姑洗、中吕、蕤宾、林钟、夷则、南吕、无射、应钟；音有八：金、石、丝、竹、匏、土、革、木。五声与八种乐器配合起来，以不同的声情形成优雅协调的听觉效果，以求达成人与神的交互和鸣。《诗经·周颂·有瞽》形容这种效果是"肃雍和鸣"，"和"正是强调音乐的综合之美、和谐之美。

《左传·昭公二十年》里，记载晏婴对和、同的理解：

> 和如羹焉，水、火、醯、醢、盐、梅，以烹鱼肉，燀之以薪，宰夫和之，齐之以味，济其不及，以泄其过。君子食之，以平其心。……声亦如味，一气、二体、三类、四物、五声、六律、七音、八风、九歌，以相成也；清浊、大小、短长、疾徐、哀乐、刚柔、迟速、高下、出入、周疏，以相济也。君子听之，以平其心。

其认为，"同"是追求事物的齐一性，"和"则是将不同属性、不同特征的事物协调起来，使之各自发挥功能。用饮食和音乐举例，说明了音乐之美和滋味之美的原理是一致的。真正好的音乐，就像鲜美的羹汁一样，有这种的味道，也有那种的味道，搭在一起口感会更好。这种调和五味而形成的口感可以平其心。音乐将一气、二体、三类、四物、五声、六律、七音、八风、九歌等要素组织起来，形成清浊、大小、短长、疾徐、哀乐、刚柔、迟速、高下、出入、周疏等听觉效果，相互补充，相互协调，形成了和谐优美的音乐。

《论语》记载孔子听过韶乐之后，居然三个月不知道肉的味道。这个描述，显然是把音乐之美和肉羹之美相比较。在孔子心中，韶乐带给自己精神上的愉悦，要远超过肉羹带来的满足口腹之欲的快乐。也就是说，韶乐的调和之美，是值得反复体味、不断感悟和深入思考的，以至于孔子三月未能忘怀。这种调和之美，是周乐的内在要求。《周礼·春官宗伯·大司乐》载大司乐"以乐德教国子：中、和、祗、庸、孝、友"，便是让贵族子弟理解音乐中蕴含的乐德。其中的"中"，是立身做事不偏不倚；"和"，是能够协调各方，求同存异。

把音乐美感称之为"滋味"，重点是强调"和"。"和"，又从形容口感转化成形容听觉。荀悦在《申鉴·杂言》中，就这个话题说过："夫酸咸甘苦不同，嘉味以济，谓之和羹。宫商角徵不同，嘉音以章，谓之和声。"饮食也好，音乐也好，都在追求"和"，都是协调综合而成的整体之美。

在这样的语境下，也常用味觉来形容语言之美。在《左传·昭公十一年》中，郤芮说："币重而言甘，诱我也。""币重"是贿赂之货多，"言甘"是语言之甜美，也就是现在常说的"甜言蜜语"。《国语·晋语一》中，申生说："又有甘言焉。言之大甘，其中必苦。""甘言"是甜美的话，让人听着非常舒服。《孟子·告子上》里，用滋味比喻义理："圣人先得我心之所同然耳，故理义之悦我心，犹刍豢之悦我口。"许慎《说文解字》解释："牛马曰刍，犬豕曰豢。"孟子是形容所听闻的义理爽心，就像牛肉、马肉、猪肉、狗肉吃起来那样舒服,这是用口感形容读书思考之后的感觉。《周易·系辞上》里,用嗅觉形容语言表达的效果:"二人同心,其利断金。同心之言,其臭如兰。"两个人心心相印时说话,就像兰花一样香。

这种语言表达效果,是要让人能够回味无穷。东汉人常说:"文必丽以好,言必辩以巧。言了于耳,则事味于心。"[①]王充也借用过,以形容文章要写得美,语言要准确精美,话说过之后,其中的事理,要能够让人反复体味。班固在《答宾戏》中,描述自己的委屈时说:"慎修所志,守尔天符。委命供己,味道之腴。""委命供己",是听天由命,不强求,不攀附。班固说,自己这样去做,最能体会到人生的况味之厚。"腴",是形容自己味道的丰厚、醇厚。自己听天由命的做法,在别人看来很苦、很傻,在他看来,则别是一番滋味。蔡邕在《辞郡辟让申屠蟠书》里,推荐申屠蟠任职,用"安贫乐潜,味道守真"来称赞其安贫乐道。其中的"味道守真",是说申屠蟠品味、体味天地之大道,坚持操守。

魏晋南北朝时期,"味"不仅用于形容语言表达的效果,也用于形容对人生的感悟、对义理的探寻。尚书郎徐苗,"作《五经同异评》,又依道家著《玄微论》,前后所造数万言,皆有义味"[②]。"义味",就是其中蕴含的思理,"味",便是形容义理的追寻、解读之后所形成的体验。陆云称赞陆机的文章,"兄前表甚有深情远旨,可耽味高文

[①] [东汉]王充著,黄晖校释:《论衡校释·自纪篇》,北京:中华书局,1990年,第1199页。
[②] 《晋书·徐苗传》,第2351页。

也"①。兄长写上奏的表，值得好好品味。袁宏作《北征赋》，王珣读后，"味久之"②，诵完之后，回味良久。赵柔的解注、经论，"为当时俊僧所钦味焉"③，书注解得好，让人读起来很有味道。

再如，郭文深通玄理，与人论学，"于时坐者咸有钩深味远之言，文常称不达来语。天机铿宏，莫有窥其门者"④。其中的"味远之言"，强调说话要让人余味无穷。这是魏晋论玄的特点，如别人问，《老子》和《论语》相同吗？有哪些相同、哪些不同的地方？有人回答说："将无同。"大概没什么不同。看起来很滑头，这是什么意思啊？据《世说新语·文学》记载：

> 《庄子·逍遥》篇，旧是难处，诸名贤所可钻味，而不能拔理于郭、向之外。

《庄子·逍遥游》是庄子用寓言和卮言写成的，读起来很有味道，但却很难理解其中说的是什么意思，也就是说，不知道玄意何在。大家纷纷讨论，钻研其中的义理，但只有郭象、向秀的解释最为精妙，诸家不能超越。

后来，"味"不再单指义理，也指美感。宗炳在《画山水序》里说：

> 圣人含道应物，贤者澄怀味象。

---

① ［西晋］陆云《与兄平原书》，引自［清］严可均《全晋文》，北京：商务印书馆，1999年，第1082页。
② 《晋书·文苑传》，第2398页。
③ 《魏书·赵柔传》，北京：中华书局，1974年，第1162页。
④ 《晋书·郭文传》，第2441页。

澄怀味象，不再是对艺术效果的概括，而是对艺术形成的理解。"澄"，用现在的话来说，是把心灵打开，让阳光进来，把自己的心怀与自然融合起来，与天地对话。"象"，是天地之间的各种物象，既包括自然形象，也包括人心营造之象。老子言："大音希声，大象无形。"[1]最高远的"象"，无形无状。"味象"，便是能够体味天地万物之间的有形之象，也能够体味无形之象。

"味"用来形容文章的义理、文法、情调和给人的艺术感受，成为诗人的共识。《文心雕龙·明诗》中，刘勰评论张衡的《怨》篇"清典可味"，"清"是清怨，"典"是典雅，这样的诗作，值得细细品味。在《声律》中，刘勰形容声律之美，是"吟咏滋味，流于字句"，声律相谐，读起来流畅优雅，情味隽永。《情采》中言："繁采寡情，味之必厌。"那些只注重辞采而忽略情感的诗作，看起来很美，却不能动心，让人读之生厌。因此，刘勰主张"左提右挈，精味兼载"[2]，要有文辞之美；"深文隐蔚，余味曲包"[3]，又要有深厚情致。文辞之美，不在于辞藻，而在于用笔："物色虽繁，而析辞尚简；使味飘飘而轻举，情晔晔而更新。"[4]写文章时，构思的景致非常多，但不能把景致一个个罗列出来，而是要选取最简洁的词，把景致的特质、美感表达出来，点到即止，含而不露，达到耐人寻味的效果。如果能在这样的景致

---

[1] ［三国·魏］王弼撰，楼宇烈校释：《老子道德经注校释》，北京：中华书局，2008年，第113页。

[2] ［南朝·梁］刘勰著，范文澜：《文心雕龙注·丽辞》，北京：人民文学出版社，1958年，第590页。

[3] 《文心雕龙注·隐秀》，第633页。

[4] 《文心雕龙注·物色》，第694页。

描写中，体悟到宇宙人生的机趣，就能够使文章更意味无穷："数逢其极，机入其巧，则义味腾跃而生。"①

刘勰的《文心雕龙》，是就文章总体而言；钟嵘的《诗品》，则专门针对诗歌的艺术效果做了分析，认为诗歌是最有"滋味"的文体：

> 五言居文词之要，是众作之有滋味者也，故云会于流俗。岂不以指事造形，穷情写物，最为详切者耶！故诗有六义焉：一曰兴，二曰比，三曰赋。文已尽而意有余，兴也；因物喻志，比也；直书其事，寓言写物，赋也。弘斯三义，酌而用之，干之以风力，润之以丹彩，使咏之者无极，闻之者动心，是诗之至也。

钟嵘认为，诗歌中最能表达滋味的是五言诗。五言诗继承了《诗经》赋、比、兴的传统，将四言扩充为五言，经过建安风骨的洗礼，经过太康文风的滋润，形成了既有充实内容，又注重修辞技法的，南朝时最令文人倾心、最令读者品味的文学样式。按照风力、丹彩作成的诗，能够精致地表达人类深挚的情感，能动人心、导人情，让人读后回味不尽。

钟嵘将这种感觉称为"滋味"，他批评玄言诗的无味："永嘉时，贵黄、老，稍尚虚谈，于时篇什，理过其辞，淡乎寡味。"②玄言诗读起来没有味道，像喝白开水一样，虽然离不开，但没有口感。玄言诗的理论大于形象，缺少情感的植入，一般读者读起来感觉枯燥乏味，没有什么意思。钟嵘认为，好诗作应该"文质并重"，既要有文采之美，

---

① 《文心雕龙注·总术》，第656页。
② ［南朝·梁］钟嵘著，曹旭集注：《诗品集注》，上海：上海古籍出版社，2011年，第24页。

又要内容充实、情感充沛。在这样的认知中，滋味便成为诗歌品评的术语。

二、韵味

魏晋诗歌重视意象，唐代诗歌重视意境。滋味说强调的"干之以风力，润之以丹彩"，实际是注重文与质的统一，形式与内容的相辅相成。唐人言诗，重在情、事、理的融通。王昌龄在《诗格》说：

> 理入景势者，诗不可一向把理，皆须入景，语始清味。理欲入景势，皆须引理语，入一地及居处，所在便论之。其景与理不相惬，理通无味。

景是客观物象，理是情理义理，不但包括抽象之理，还包括感性体验。在诗歌中，无论思想多么深刻，都不能脱离形象的使用。如果只写景，没有理、情感、思考与之相合，只能视为自然之景，不能成为诗之景。真正有意味的诗歌，是要景与意合，一切景语皆情语、皆义语、皆理语，这样的诗才有味道。

皎然《诗式》中开始用形象来形容诗味：

> 夫诗工创心，以情为地，以兴为经，然后清音韵其风律，丽句增其文彩。如杨林积翠之下，翘楚幽花，时时间发。乃知斯文，味益深矣。

诗歌由心而发，以情感表达作为内在的要求，通过感兴来表达。

其中的风力、音律、修辞，只是对情感的描述，而不能替代心声，不能超越感兴。好的诗歌，要能够在字句之中，时时透露出诗人的心绪、情感、思致，才会耐读，才能有味。相对于钟嵘的滋味说，皎然增加了对声律音韵的强调，认为其与辞采一样，是构成诗味的关键。

晚唐学者论诗，更加清晰地意识到诗歌审美效果的形成，是情景交融、文质统一、音韵和谐等诸多要素整合在一起而形成的协调之美，这种美体现在文辞之中、体现在情景之中、体现在音韵之中。司空图在《与李生论诗书》中，做了系统的表述：

> 文之难，而诗尤难。古今之喻多矣，而愚以为辨于味而后可以言诗也。江岭之南，凡足资于适口者，若醯，非不酸也，止于酸而已；若鹾，非不咸也，止于咸而已。中华之人所以充饥而遽辍者，知其咸酸之外，醇美者有所乏耳。彼江岭之人，习之而不辨也，宜哉。诗贯六义，则讽谕、抑扬、渟蓄、渊雅，皆在其中矣。然直致所得，以格自奇。前辈诸集，亦不专工于此，矧其下者耶！王右丞、韦苏州，澄澹精致，格在其中，岂妨于道学哉？贾阆仙诚有警句，然视其全篇，意思殊馁，大抵附于蹇涩，方可致才，亦为体之不备也，矧其下者哉？噫！近而不浮，远而不尽，然后可以言韵外之致耳。

他用酸、苦、甘、辛、咸等不同的味觉，来观察诗歌的旨趣，认为好的诗歌，是把各种要素调动起来，形成整体上的观感。在他看来，最能调和各种要素，而形成让人涵泳不尽的感受的诗人，是王维和韦应物。他们的诗"澄淡精致，格在其中"，澄澈、淡然、精致，体现了"近而不浮，远而不尽"的中和之美，有"韵外之致"。韵外，就是在诗歌音韵之外，还有让人浮想联翩的审美体验，意境深远，含蓄隽永。因此，司空图所谓的韵味，是意、象、味的结合，是把诗歌所有的美感，都调动起来所形成的整体上的艺术感觉。

司空图的韵味说，得到了苏轼的高度赞扬。苏轼在《书司空图诗》里说：

> 司空图表圣自论其诗，以为得味于味外。

苏轼所谈的"味外之味"，是诗歌在文字本义之外，要有能引人联想的启示。其在《书黄子思诗集后》中引司空图论诗曰："梅止于酸，盐止于咸，饮食不可无盐、梅，而其美常在咸、酸之外。"认为吃饭时，必须要有咸和酸，但是吃饭不是为了吃咸和酸，而是享用食物经过调和而形成的既不是酸，也不是咸的口感，是在酸、咸之外的口感。司空图所主张的韵外之味，便是说，诗歌表面意思之内，还有话外之音，引人联想。如晏殊的"昨夜西风凋碧树，独上高楼，望尽天涯路"（《蝶恋花》），原本是写男女相思之苦，经过王国维的联想，变成了写人生的孤独感，又引申到做学问的境界。

《师友诗传录》中有记载，王士禛、张实居答郎廷槐之问诗味，王士禛以宴席菜肴作答，言滋味、韵味说之形成，重申口腹之感与诗之滋味的关系；而张实居所答，则体味到了司空图、苏轼所言的韵味之妙处：

> 唐司空图教人学诗，须识味外味。坡公常举以为名言。若学陶、王、韦、柳等诗，则当于平淡中求真味。初看未见，愈久不忘。如陆鸿渐品尝天下泉味，杨子中㵎为天下第一。水味则淡，非

果淡，乃天下至味，又非饮食之味所可比也。但知饮食之味者已鲜，知泉味者又极鲜矣。

诗之真味，不在味之中，而在味之外。若就酸、苦、甘、辛、咸而言，是滋味，但其调和起来，并非是品味其中任何一味，而是要体味五味之外形成的独特口感。这是苏轼的原意。但张实居认为，后人喜欢读陶渊明、王维、韦应物、柳宗元的诗作，恰恰在于他们并不追求调和五味，而是在五味之外，寻求淡而无味，这种不追求俗人口腹之欲的无味，恰恰最有真味。这一真味，与道家所言的"大音希声，大象无形"类似，是"至味无味"。表现在诗歌中，是彻底放弃了对景色、情思等外在观感的描述，直接洞察天地运行的精微之处。这是舍筏登岸的体悟，是超脱殊相之后的洞彻。

韵味，体现在写景中，但不尽言其景，也不尽言其情，而关键是在情、景之外，能否流露出一种动人的情致，让人理解诗人所云、所思、所感，甚至在文辞之中，生成比诗人还要强烈的情感体验。

潘德舆在《养一斋诗话》中，言及如何获得韵味，以写梅花为例，言诗之优劣：

> 必求名句，惟老杜"山意冲寒欲放梅"，坡公"竹外一枝斜更好"，释齐己"前村深雪里，昨夜一枝开"，逋仙"雪后园林才半树，水边篱落忽横枝"，及放翁"孤城小驿"一联耳。晚宋张泽民有"才放一花天地香"句，似夺胎于晦翁"数点梅花天地心"句，而脱去道学门面，语便可诵，然韵味终未深也。

举杜甫、齐己、林逋、苏轼、陆游等人的名句言之，包括陆游的

"孤城小驿初飞雪,断角残钟半掩门"(《十二月初一日得梅一枝绝奇戏作长句今年于是四赋此花矣》),皆道出梅之精神气质。

翁森作《四时读书乐》,写梅花:

> 地炉茶鼎烹活火,一清足称读书者。
> 读者之乐何处寻,数点梅花天地心。

写出早春时节,春寒料峭时梅花数点,预报春信已来。数点梅花,将梅花与天地寒热的情怀写了出来,其诗眼正在"数点"中。但张道洽的《梅花》中,有"已枯半树风烟古,才放一花天地香"。在潘德舆看来,虽有画意,写出了梅的嶙峋之状,但"一花天地香",写梅花怒放,却失去了令人想象的空间,过于质实,缺少韵味。

诗的韵味,还体现在声情上,词格律谨严,声情格调皆在字句之中,读词要品其韵致,方能读出诗味。夏敬观《蕙风词话诠评》言:

> 读词不成腔,不能知词之韵味,不能知腔调音节之要处,故必得读之诀而后可。韵味在表者,见词之字句可知。韵味在内者,非读不悟也。

认为韵味在音律之中。贺贻孙在《诗筏》中,评论李白和杜甫的诗歌时,也说:

> 李、杜诗,韩、苏文,但诵一二首,似可学而至焉。试更诵数十首,方觉其妙。诵及全集,愈多愈妙。反覆朗诵,至数十百过,口领涎流,滋味无穷,咀嚼不尽。乃至自少至老,诵之不辍,其境愈熟,其味愈长。

读诗只读几首，似乎认为他们的诗写得不过那样，自己仿佛用心也能写出。但读得多了，才发现，原先看到的不过是涓涓细流，而李白、杜甫的诗才、诗情实则汪洋大海，即目成诵，入眼成诗，下笔有神，情调韵致饱满，非一般才力者能仿之。

三、远味

诗的滋味和韵味，是形容诗歌带给读者的悠长绵远的阅读体验。作为令读者回味无穷的远味，主要体现在四个方面。

一是内外统一。内，指诗人在诗歌创作时情感、思理的安排；外，指诗歌蕴含的想象空间和情感思致给读者的审美体验。内外统一的审美效果，是把诗歌自身的艺术特征，与社会的审美判断结合起来。

孔子论诗的作用有四：兴、观、群、怨，正是以诗的审美和社会功能结合起来讨论。"兴"是作诗的感情和想象，能否引起读者的艺术共鸣；"观"是诗歌的内容，能否对读者形成认知作用；"群"是诗歌是否能够担负起交流的功能。先秦时期，诗、乐和舞三者合一，诗歌是被整个纳入"乐"的体系之中进行观察的。"礼别异"，用于区分尊卑秩序；"乐合同"，用于沟通心志，团结教育大家。"怨"是诗人不能伸张的情志得以书写，以泄导人情，引导人的情绪，得以正常抒发。所谓"怨"，在《诗经》中有"刺"，有变风变雅；《楚辞》中多为骚怨，发愤抒情；汉乐府和文人诗中，有时光流逝而不得的哀怨、夫妇离别而不见的哀伤、有人对生命的无限眷恋等。唐诗虽哀怨少一些，但诗中失落、伤感、无奈、叹息的情绪依然弥漫。曲子词形成后，大量的怨情书写入词，多写若有若无的伤感、时轻时重的愁绪，更有家国之恨和壮志难酬之痛。词是宜怨而不宜喜，宜雅而不宜俗，也正是因为怨情而产生的书写。因此，当讨论滋味、韵味时，首先要理解诗歌引发读者心理活动的基本功能，在于其中包含了感发、判断、认知和教育等功能。

诗言志、诗缘情、诗缘事，道出了诗歌的发生与人的情志密不可分，与社会环境密不可分。诗人之情，虽为一己之私情，然发之于心，成之于口，付之于诗，便成为人人可以感知的文字，能令读者想其所想、怨其所怨、恨其所恨。在这样的情感交流中，诗言是为己言，诗情是为己情，作者与读者的共鸣，使得读者以切身之体验，体悟作者之情景，其中的人生况味、生活体味，便成为彼此之间息息相通的感受，"滋味"便由此形成。

《诗经》与汉乐府中的大多数诗歌，多口耳传唱，其字句乃千锤百炼而成，因而，其情感与想象代表着群体认知，如琢如磨，很容易引起群体的共鸣。楚辞与文人诗是个人所作，更侧重于个体情感的表达，审美意识偏向于个性化。但文人诗在形成之初，却是在模拟中发展起来的，屈原改《九歌》，汉人拟骚体、拟乐府、拟古诗，使得文人诗在形成过程中，赓续着《诗经》以来形成的文学风尚和抒情传统，使得文学并没有完全滑向自说自话的境地，而是有一个内在的约束，那便是，作者所要抒写的情感，必须符合群体的价值取向，才能为读者所接受，才能引起读者的共鸣。

二是物我双观。"物"是诗歌中用于引发想象的意象、景物和境界，"我"是附着于景物或驱动景物的人生体验。诗歌必须通过形象来表达情感，这是诗歌的本质特征。这就需要诗人能够将情感与景物有机融合在一起。

宗炳提出了"澄怀味像",描述物我之间生发感应的机制。"澄怀",是经过沉淀之后的内心清静,要求作者以澄澈的内心,去体味自然之美,体会天地运行之中所蕴含的所有细节,体验自然之中蕴含的勃勃生机。"味象",是体味自然之中所有的物象,能够赋予自然物象以更深的联想、更美的观照和更广的生命体验。

在诗歌中,我们不能看山是山、看水是水,而要能体悟到山水背后所蕴含的生命力,体会到描述山水的作者的人格修为、艺术感知和文化底蕴。葱茏的山,表现出欣欣向荣的美感;飞流而下的瀑布,表现着恢宏的气势;涓涓溪流,表现的是宁静致远。诗歌中的每一个景物,都是在经过诗人的选择之后,才成为了有意味的形式,是诗人生命、情怀、修为的整体呈现。诗中的所有意象,都是诗人独特的创造。司空图提出,"辨于味而后可以言诗"[①],就是说要懂诗中的每一个物象,体会诗人为什么去选这个作为物象,而不是其他,体味诗人把物象组织起来的安排和思致,理解诗歌中每个意象背后的情感寄托,才能最大限度地体会到诗人的安排,体会诗歌中的余味。

作者与读者之间的共鸣,其一是会其意,只可意会,不可言传。"意会"是体会到作者的情思的安排,能感觉到美妙之处。

其二是自得,读者能够体会到作者自然而得之趣味。有时写诗,并不都是事先勾勒好的,而是妙手偶得。也许一开始,并没有要刻画什么意象,只是单独做成数句,前后加上开头、结尾,便成为了一首完整的诗。如谢灵运写一首诗,最后总要发表一下人生的感叹,或进行一下思

[①] [唐]司空图著,郭绍虞集解:《诗品集解》,北京:人民文学出版社,1963年,第47页。

致的总结,这两句是他匠心独运的地方,也是他的弊病。相反,有些他不在意的句子,如"池塘生春草,园柳变鸣禽"(《登池上楼》),却成为最亮眼的创造。这些句子对谢灵运而言是自得,对读者而言却是最值得玩味的。

其三是心会,就是心领神会,特定的人、特定的人生体验或者特定的场合,那些诗歌中蕴含的情思意象,让人一看就明白。如李商隐写《无题》,常常是送给特定的人的,因此不用留题目,只有意象组合即可,也不能说破,更不必说明白,作者和读者心有灵犀。但后世读者不知道诗歌是写给谁的,也不知道说的是什么事,诗歌中蕴含着一些复杂而细微的情感体验,一般读者不理解,但那种欲说还休、举言又止的情感表达,却是我们都有过的境地,其中多义性的情感书写,恰恰可以引发多元化的联想,使得这类有些伤感的诗,意象精致、意境朦胧、意趣盎然,更能引起读者的共鸣。

三是含蓄蕴藉。含蓄蕴藉,是"言有尽而意无穷",能够给读者无穷的联想。如李清照的"花自飘零水自流。一种相思,两处闲愁。此情无计可消除,才下眉头,却上心头"(《一剪梅》),写人的惆怅,既有爱情的欲得而不可,又有相思的相见而不得,还有人生的相聚而不舍,所有的情感,附着在"花自飘零水自流"的意境中,情可以说尽,但意象、意境,却让人难以忘怀。花之飘零是空间感,无限的流水和无尽的花开花谢之中,有限的个体生命,却无声无息地消失了,红颜易老,时光蹉跎,让人伤感。"一种相思,两处闲愁",用相思之苦把想象空间拓展开来,你思念着我,我思念着你,夫妻之间的绵绵相思,两处生发,词句简单,情感深挚。

含蓄蕴藉的叙述效果,刘知几在《史通·叙事》中做了概括:

言近而旨远，辞浅而义深，虽发语已殚，而含意未尽。使夫读者望表而知里，扪毛而辨骨，睹一事于句中，反三隅于字外。

不仅要看表面字词，更要看蕴含的深意。诗歌如此，叙事散文也是如此。司马迁在《史记》中，经常运用这种言浅而意深的叙述，来刻画人物性格。如《高祖本纪》与《项羽本纪》的互见，刘邦和项羽都看到了秦始皇南巡，刘邦说："嗟乎，大丈夫当如此也！"项羽说："彼可取而代也。"同样的场景中，不同性格的人，说出来的话不一样，刘邦含蓄理性，项羽直爽得近乎鲁莽。司马迁用两句话，就显出了两人的性格，也暗示了两人的不同结局。

诗歌追求的"言近旨远，含味未穷"，是要求诗歌在表层意象之外，要寄托更深的情致与思理。皎然说：

> 两重意已上，皆文外之旨。若遇高手如康乐公，览而察之，但见情性，不睹文字，盖诣道之极也。[1]

好的诗歌，至少要蕴含两重以上的深意，这是意外之意、象外之象、味外之味。如苏轼的《定风波》：

> 莫听穿林打叶声，何妨吟啸且徐行。竹杖芒鞋轻胜马，谁怕？一蓑烟雨任平生。
>
> 料峭春风吹酒醒，微冷，山头斜照却相迎。回首向来萧瑟处，归去，也无风雨也无晴。

---

[1] ［唐］皎然著，李兆鹰校注：《诗式校注》，北京：人民文学出版社，2003年，第42页。

表面上是在写下雨时自己在山上散步淋雨了,淋雨之后,没有着急慢慢走。但如果结合苏轼的生平,就能发现,苏轼一生磊落,却处处倒霉,漂泊无定。既然不愿意委屈自己的心志,那就任其自然吧,人生不过如此,世事变化无常,风吹雨打又何妨。"回首向来萧瑟处,归去,也无风雨也无晴。"表面上是说,刚才下了那么大的雨,回头一看,太阳又出来了。"萧瑟"是自己被雨淋的地方,也是自己的倒霉之所、不得志之处,现在居然阳光普照。风雨也罢,阳光也罢,回首往事,算不上风雨交加,也算不上艳阳高照,人生就是在起起伏伏、坎坷不定中度过的。这首词中的风雨,既是自然界的风雨,也是人生的风雨。这首词虽是"沙湖道中遇雨"而作,实际却蕴含着苏轼的人生感慨。

四是意味绵长。谢榛《四溟诗话》言:"诗有辞前意、辞后意。唐人兼之,婉而有味,浑而无迹。"诗歌有辞前意,这是没读之前的一种预设,但读后,却让读者能够对诗歌的意境有了新的解读。

王湾的《次北固山下》:

客路青山外,行舟绿水前。
潮平两岸阔,风正一帆悬。
海日生残夜,江春入旧年。
乡书何处达?归雁洛阳边。

写的是自己行旅时,江水涨满,风行水上,期待早日归家。其中的"潮平两岸阔,风正一帆悬",意境开阔,给人以一种积极、刚健、饱满的感觉,后人常用来形容事业的蒸蒸日上,一帆风顺。原本写景的句子,兼而有味,浑而无迹,成为后世常读常新的名句。

梅尧臣推崇的诗歌创作,要能"状难写之景如在目前,含不尽之意见于言外"①。好的诗人,应该是把难写的景致写出来,三言两语,就能给读者以鲜明的观感,写杭州景致,柳永写"有三秋桂子,十里荷花"(《望海潮》);写满园春色,叶绍翁有"一枝红杏出墙来"(《游园不值》);写夜晚山村的宁静,辛弃疾有"七八个星天外,两三点雨山前"(《西江月·夜行黄沙道中》),他们不是一片一片地写,而是一点一点去写,动人颜色不需多,万绿丛中一点红,正在于"一点红",能引起读者无穷的想象。

绘画也讲求经营位置,计白当黑,即通过留白,让读者想象在无穷的空间之中。诗歌不写满园春色,常常是用一点春意来写花满园,一叶飘零来写满眼秋色。好的诗歌,不是自己说尽说完,而是要能引发读者的想象。

王安石的《登飞来峰》:

飞来山上千寻塔,闻说鸡鸣见日升。
不畏浮云遮望眼,自缘身在最高层。

宋人写诗,开始注重思理的安排,他们把想说的情感,常放在词中表达。这首诗写诗人登山远眺,山越高,看得越远,"不畏浮云遮望眼",自己站在高高的塔上,即便有浮云也遮挡不住,因为自己已站到了最高层,就不担心那些浮云会遮挡自己。诗中写的是人人可感的体验,但比"欲穷千里目,更上一层楼"(王之涣《登鹳雀楼》)更开朗。可以说,王安石的诗中,含有一种高度的自信。其做过宰相,位极人臣,又是著名的"拗相公",不会因为人世间的纷纷扰扰而改变自己

---

① 《宋史·文苑列传》,北京:中华书局,1985年,第13091页。

的主张，也不会因为庸俗的事情而改变自己的志向，自信之中自有一种坚韧。这首诗之所以能够引起读者的共鸣，在于其中蕴含着王安石的人生感悟，蕴含着有坚持、有操守的人对世事的态度，让有过相同或相似体验的人，读到此处，不由得释卷涵泳。

第十一章
诗的气韵

　　诗歌将"气韵"作为最高的审美追求,分别用来描述、评价那些令人涵泳不尽的优美诗篇。魏晋时期,常用"韵"来形容审美的感觉,最早用于人物品藻,《世说新语》就用"拔俗之韵""天韵""风韵""雅正之韵"等,形容当时的名士。"气韵"最初用于形容人物的精神气质,随着人物审美向艺术审美转移,"气韵"便被用来形容艺术创作所蕴含的内在气质。萧子显《南齐书·文学传论》中说:"文章者,盖情性之风标,神明之律吕也。蕴思含毫,游心内运,放言落纸,气韵天成。"认为文章创作的最高境界,在于"气韵"天成。陈善的《扪虱新话》:"文章以气韵为主,气韵不足,虽有辞藻,要非佳作也。""气"主要指人的精神气质,"韵"是精神气质中体现出来的协调的、优雅的感染力量,能达到让人赏心悦目的审美效果。气韵生动,就是要求艺术家能够把握住所描绘对象的精神风貌、内在气质、独特个性等,在形与神、意与象的结合中,传达出生命的律动。

一、文气

在较早时期讨论文学创作时，提到"气"的是曹丕，他在《典论·论文》中说：

> 文以气为主，气之清浊有体，不可力强而致。……虽在父兄，不能以移子弟。

把"气"归结为与生俱来的一种精神气质，正是气质的不同，才使文学创作出现了斑斓多彩的风格。这种"气"论的哲学基础，在于认为天地之中充盈的"气"，是形成不同个性和特质的根本力量，它在不同作家身上的表现不同，因而呈现出禀性各异的气质，这些气质恰是形成不同创作风格的基础。

诗歌也用"气韵"进行审美评价，如敖陶孙的《诗评》："魏武帝如幽燕老将，气韵沉雄。"方东树《昭昧詹言》说谢灵运："谢诗力厚思深，语足气完，字典句浑，法密机圆，气韵沉酣。"徐增《而庵诗话》说："太白以气韵胜，子美以格律胜，摩诘以理趣胜。"都将气韵作为诗歌最高的艺术境界。

王士禛在《艺苑卮言》中说：

> 人物以形模为先，气韵超乎其表；山水以气韵为主，形模寓乎其中，乃为合作。若形似无生气，神采至脱格，皆病也。

强调气韵是山水诗和山水画的内在要求。王国维《人间词话》说：

> 诗人对宇宙人生，须入乎其内，又须出乎其外。入乎其内，故

能写之。出乎其外，故能观之。入乎其内，故有生气。出乎其外，故有高致。

优秀的诗歌，正是在遗貌取神中表现出了贯穿宇宙人生的力度。无论是山光水色、松风月影，只要注入个人对宇宙、人生、生命的感触，就能达到"妙谛微言，与世尊拈花，迦叶微笑，等无差别"①的境界，使读者获得强烈的审美愉悦。

曹操是汉魏之际具有转折意义的诗人，沈德潜《古诗源》："孟德诗犹是汉音，子桓以下，纯乎魏响。"又说："子桓诗有文士气，一变乃父悲壮之习矣。"以悲壮为曹操诗歌的重要特征。黄侃《诗品讲疏》也同意这一看法："魏武诸作，慷慨苍凉，所以收束汉音，振发魏响。"指出曹操诗歌具有慷慨悲凉的特点。

读曹操的诗歌，时常能被他沉痛的感情基调所感染。他的诗歌，常瞩目于社会最惨烈的场景，《蒿里行》中"白骨露于野，千里无鸡鸣"的书写，几乎让我们听到了一位充满社会责任感的志士在沉痛呼号，"军合力不齐，踌躇而雁行"的感慨，使我们感受到了一位竭力报国者的焦虑心情。曹操在《步出夏门行》中发出"老骥伏枥，志在千里；烈士暮年，壮心不已"的呐喊，让我们体会到了一位迟暮英雄不甘命运摆布的进取精神。曹操的诗歌，了无顾忌，往往脱口而出。心怀天下的抱负，使他的诗歌雄壮慷慨；一生征战的惨烈，使他的作品苍凉悲愤。钟嵘《诗品》称其："曹公古直，甚有悲凉之句。"刘熙载《艺概·诗概》也说："曹公诗气雄力坚，足以笼罩一切。"将沉雄作为曹诗的风

---

① ［清］王士禛著，张宗柟校点：《带经堂诗话·微喻类》，北京：人民文学出版社，1963年，第83页。

格，是看到了曹操个性禀赋中独特的英雄气质，以及这种气质所催生出来的对社会的关切，对苦难的体验和对理想的坚持。因为有了强烈的社会责任感，曹操的诗歌才有了骨梗豪迈的英雄气概，又因为受时代的局限，他的诗歌才会时常充满壮志未酬的艰辛和痛楚。"沉"是深沉、沉着、沉郁，"雄"是果敢、是英雄气度。这两个字，精确地概括了曹操诗歌的本质特征。在曹操这里，我们看到的是英雄的慷慨之气，推动了诗歌语言的自由奔流，所谓的气韵，则更多地体现在粗犷豪迈的审美取向中。

南朝的宋初文坛，"庄老告退，而山水方滋"[①]，山水开始成为独立的审美对象。谢灵运大量创作山水诗，成为晋宋之际这一风气的代表人物。王士禛《带经堂诗话》称他"始创为刻划山水之词"，沈德潜《说诗晬语》也说"游山水诗，应以康乐为开先也"。谢灵运喜游山水，诗歌多刻画游览过程中的各种景色。他常写荒寒幽深之景，如《登石门最高顶诗》《入华子冈是麻源第三谷五言》《登庐山绝顶望诸峤》等，以幽谷、峭壁、山路、险滩作为描写的对象，引物奇险，造语峭刻，流露出一种傲岸不群的独立人格。他还喜欢铺叙绵延山水之间的深邃体验，在自然中，寻找流动卷舒的生命力量。王夫之《姜斋诗话》说："谢灵运一意回旋往复，以尽思理。"便是看到了谢灵运诗中贯穿着的自然山水间的流动气韵。谢灵运常细腻地体察自然界微妙的变化，用华美的辞采，将自然山水的千姿百态表现出来，如在《于南山往北山经湖中瞻眺诗》中，用了六个对句来写初春时节万物勃发的神态。先写

---

① ［南朝·梁］刘勰著，范文澜注：《文心雕龙注·明诗》，北京：人民文学出版社，1958年，第67页。

出了山间小路、水流、树木的变化，描绘出郁郁苍苍的景象，意境深远；最后突然把笔荡开，展现出辽远开阔的水畔风光："初篁苞绿箨，新蒲含紫茸。海鸥戏春岸，天鸡弄和风。"原先幽深浓重的重山叠嶂，顿时变成了清新明媚的水畔风光。

晋宋之际的诗歌，有三个显著的变化：一是玄言诗向山水诗转变，山水诗开始独立；二是注重声色的渲染，强调诗歌意趣与画境的结合；三是作者创作时，受诗论和画论等构思理论的影响，明显开始注重思力的安排。我们可以感受到，这一时期的诗人们在有意识地探索诗歌的表现技巧。

谢灵运在诗歌中，除了按照山水行旅的过程描写外，还有意识地转换空间，或仰望，或俯视，或近睹，或远眺，采取玄览、流观等方法，把触目所见的意象，一一排列在诗歌中，这些意象尽管描写得很细致，但过于紧密，总给人一种局促之感，倒是那些没有过多思力安排的句子，宛若天成，最令后人激赏，如《登池上楼》："池塘生春草，园柳变鸣禽。"除了描绘出早春自然界的细微变化之外，还敏锐地传达出诗人细腻的心理感受，形成了清新洒脱之美。

谢灵运那些富于色彩美感的句子，最能体现出他对自然变化的独到理解。如《晚出西射堂诗》："连鄣叠巇崿，青翠杳深沉，晓霜枫叶丹，夕曛岚气阴。"藏青的远山、苍白的石崖、深红的枫叶、明丽的晚霞，不仅形成了绚丽的色彩对比，而且明暗相映、远近呼应、虚实相衬，完全可以作为一幅动人的山水画卷来欣赏。他这样的句子很多，如《入彭蠡湖口》："春晚绿野秀，岩高白云屯。"写出了山水的动态美。《石门岩上宿》："鸟鸣识夜栖，木落知风发。"写出了自然的声情美。我们仔细体味就能看出，谢灵运充分借鉴了此前诗歌、辞赋中的句法和语言，用缜密的构思和繁复的意象，来描写他对山水的细腻体察，努力把自然的每一个角落都描绘出来，把每一次旅行都写到了穷尽。这既是他的优点，也是他的缺点，虽然山水很美，我们读他的诗时，却总会有一种被挤迫的感觉。

方东树在《昭昧詹言》中，用"沉酣"来形容谢灵运的诗，既是在总结其诗歌的优点，如意象绵密、用笔细腻、辞采富丽、刻画准确等，也是论其把本来很轻松愉悦的山水诗，写得过于深沉，有语足气尽、不留余地的弊端。方东树采用"气韵"一词，也正是读出了谢灵运在诗歌中对天地万物生机的充分展现，他看到了充盈在宇宙之间的那股流动的气息，并用自己全部的身心，去体现、去表现那种流淌不息的活力。

李白诗歌中的气韵，也是这种流淌不息的生命活力的自由奔涌。如果说曹操、谢灵运乃至王维、杜甫等诗人，常常借助形象来寄托情感，传达生命体验，那么李白则完全让充沛的情感驱动物象，在饱满、激越的情绪流淌中，展现丰富多彩的社会现实，了无顾忌地表现出个人的情感遭遇。他的笑，是开怀大笑，"仰天大笑出门去，我辈岂是蓬蒿人"（《南陵别儿童入京》），"大笑同一醉，取乐平生年"（《叙旧赠江阳宰陆调》）。他的哭，是无尽恸哭，"平生不下泪，于此泣无穷"（《江夏别宋之悌》），"哭向茅山虽未摧，一生泪尽丹阳道"（《自溧水道哭王炎三首》其二）。

李白的诗句，脱口而出，率直真纯，充盈着饱满的张力，任由情感倾泻而出。《宣州谢朓楼饯别校书叔云》开篇便是情感的奔涌，"弃我去者，昨日之日不可留；乱我心者，今日之日多烦忧"。《将进酒》直抒胸臆，"君不见黄河之水天上来，奔流到海不复回。君不见高堂明镜悲白发，朝如青丝暮成雪"。选取常人容易见到的黄河之水、明镜白发起兴，形成波澜壮阔的恢宏气势。黄河源远流长，一泻千里，如从天而降，排山倒海，不可抵挡，给读者以宽广的空间感；明镜、白发更是言简意赅地道出了诗人对人生历程的反思，给读者以绵长的时间感。二者一开一合，一纵一横，拓展出了一个饱满的情感空间。在这个空间中，李白的追求、理想、失落、无奈，及喜怒哀乐，得到了淋漓尽致地展现。我们读李白的诗，感觉他毫无掩饰，从没有刻意的安排，完全由着性子去歌唱、去诉说、去高喊、去痛哭。李白情气充沛，天分极高，脱口而出，韵味无穷，读之宛然天成，非格律、思致安排所能达到。

诗歌讲求气韵，是要求诗人能够体察到自然、社会和人生中流转不息的生命力，能够把自己的情感、思考和经历，用鲜明的意象表现出来，使诗歌成为灵魂舞动的载体，成为生命历程的记录。这就需要用情感去带动诗句的表达，把一个个鲜明的形象转化成心灵跳动的音符。从这个意义上说，诗歌更强调隐藏在艺术品中与生命体验贯通着的艺术感染力，要求艺术家能够体察到自然万物中的勃勃生机、无穷韵味，并结合自己的情感体验、生命意识和理性思考，最大可能地展现出充溢于宇宙万物间的饱满力量，用最具有美感的艺术形式表现出来，给读者以最强烈的感发作用。

二、韵致

韵，是一种和谐自如的美感，是诗歌中的内在生命力与外在艺术形式完美统一后，所达到的协调、流畅、空灵。

诗歌不仅要有意象，而且，意象中要流露出生命力。文学就是人学,不管写自然山水、人的社会生活,还是自己的情绪体验,都要有生命的观照。写诗最忌讳枯寂,为什么我们读晚唐诗,有时候觉得消散之中只有感慨而没有感动,是因为它们太枯寂了。尤其是有些诗僧的诗,读起来觉得没有滋味,也是因为他们消磨了烟火色,万事不关心,只有空与寂。从正面来说,这是大彻大悟之后的宁静;从反面来说,这是缺少赤诚地面对生命、参与生活的活力。没有生命感动的诗歌,即便文化积淀很深厚,也不能成为最耐读的作品。

王维的诗歌之所以好,是因为他即便写空寂,也是抱着一种"活在当下"的态度,对生命、生机有着发自内心的体察,因而,能够体会到生命的律动,能够在笔触之中写出令人欣悦的感动。

诗歌要有内在的生命力,就要有完美的艺术形式与之相辅相成。真正完美的诗歌,是把人的情感理性地抒发,让它充盈到自然界、宇宙之中。陈子昂的《登幽州台歌》之所以让我们感动,便是因为他有洞彻古今的不遇感,有与天地万物呼应的大情怀。诗中没有任何的景物,完全是在叙述个人的情感,大情怀、大境界融合为一,我们就能体会到他那天大的委屈,喊出了自古以来多少怀才不遇者的心声,也成为后世无数才子得以产生共鸣的原因。这样的诗,是独创的,更是首创的,只能有一首,不可能再有第二首,因此,无论如何仿写,都不可能超越其上。

李贺诗中的生命力,体现在他对意境惊心动魄地安排上,让意象染着主观的色彩,体现了他独到的生命认知。《李凭箜篌引》中说:

昆山玉碎凤凰叫,芙蓉泣露香兰笑。
十二门前融冷光,二十三丝动紫皇。
女娲炼石补天处,石破天惊逗秋雨。

梦入神山教神妪，老鱼跳波瘦蛟舞。

吴质不眠倚桂树，露脚斜飞湿寒兔。

连用神话传说进行想象，选取日常生活中不能见到的意象，描摹他听到李凭弹箜篌时的身心体验。用诗歌来写乐音，关键是要形成通感，也就是要把听觉感知转化为视觉感知，付诸文字，形成斑斓多姿的艺术境界。因此，观察描写音乐、绘画体验的诗作，最能看出作者的艺术修养和语言天赋。音乐、绘画、诗歌的相通之处，在于它们都是浸润着作者全部生命体验而形成的、具有想象寄寓和情志寄托的创造，是作者生命律动的体现。

李商隐的诗，虽然空蒙而迷茫，但我们能被他的生命体验感动，如"相见时难别亦难"（《无题》）的执着，"锦瑟无端五十弦"（《锦瑟》）的迷茫，"昨夜星辰昨夜风"（《无题》）的无奈，都是他生命体验的艺术表达。读诗，是要读出诗歌中的生命律动，观察作者是如何让自己的情感随着国事、家事而波动，让自己的生命随着天地万物的变化而律动的。陆游的"早岁那知世事艰，中原北望气如山"（《书愤五首》其一），辛弃疾的"栏杆拍遍，无人会、登临意"（《水龙吟·登建康赏心亭》）等，是对家国的关注，也是对自己无力回天的激愤。同样，李清照的"佳节又重阳，玉枕纱厨，半夜凉初透"（《醉花阴》），伤感也伤感不起来，想消除却又消除不了，若有若无的惆怅和苦闷，随着时间的流逝而流淌，每一寸柔肠，都合着外物的变动而感动，这也是生命的体验。

诗歌所推崇的超越具体物象之外的韵致，称为"韵外之致"。司空图《二十四诗品》中列举了二十四种诗风：

雄浑　冲淡　纤秾　沉着　高古　典雅　洗练　劲健　绮丽
自然　含蓄　豪放　精神　缜密　疏野　清奇　委曲　实境　悲慨
形容　超诣　飘逸　旷达　流动

司空图最推崇的，是具有韵致的诗歌，并将之视为诗歌美感的极致。苏轼将之称为"超以象外"，实际是要求诗歌能够给人留下无限的遐想空间和回味余地。

苏轼推崇司空图的《独望》：

绿树连村暗，黄花出陌稀。
远陂春草绿，犹有水禽飞。

也推崇杜甫的《倦夜》：

竹凉侵卧内，野月满庭隅。
重露成涓滴，稀星乍有无。
暗飞萤自照，水宿鸟相呼。
万事干戈里，空悲清夜徂。

两首诗写出了诗人对自然界独特的感受，前者从光影的变化和物象的多寡入手，体现着诗人对自然细微变化的体察，其中蕴含着宇宙运行的内在规律，是静观；后者写初秋夜晚细微的变化，凉意、野月、重露、稀星形成了透彻心脾的寒意，而流萤之孤独和宿鸟之和鸣，则构成他对自然物象的独特体验。

苏轼推崇王维诗歌有韵外之致，认为其诗中有他人难及的远韵。如王维的《山中》：

荆溪白石出，天寒红叶稀。
山路元无雨，空翠湿人衣。

不仅写鲜明的视觉感受，而且描摹出浸透雾气的触觉，更展现了略带寒意的身心体验，把读者带到了空灵悠远的艺术空间里，使人产生一种飘逸出世的心灵快感。这三首诗，都有得之于形象、浸润着情感，而又超越出意境之外的韵致。

宗白华在《美学散步》中说："气韵，就是宇宙中鼓动万物的'气'的节奏、和谐。"所谓的气韵生动，是诗人通过形体表现出的蕴藏在天地万物中的生机和动感，这种生机，既体现在单一形象的刻画中，也隐藏于全部物象的组合里；动感，既包括运动形象中存在的内在张力，也包括静止形象中蕴含的生命活力。在诗歌中，个体形象与整体布局的统一、静止与运动的协调，以及画面中体现出来的呼应、衬托、对比等关系，都能表现出这种生机和动感。形成这种生机和动感的最终根源，是形象的精神气质和思想情感。可以这样说：要达到气韵生动，就是要求诗人把握住所描绘对象的精神气质，掌握其内在韵律，表现出形象蕴含的生机和活力。

三、韵外

司空图在《与李生论诗书》和《与极浦书》中，提到了诗歌要有"象外之象"、"景外之景"、"味外之旨"和"韵外之致"。

"象外之象"和"景外之景"说的是诗歌的形象感，主张诗歌的意象、景物蕴含着更多的形象感，能引发读者的多重联想。象外之象、景外之景,是看山不是山,看水不是水。是把山当作作者的主观情绪的写照,"登山则情满于山,观海则意溢于海"①,意象和景物被诗人改造为有意味的形式,是情感的寄托,是思理的安排。

"味外之旨",诗歌要能留给读者涵泳不尽的艺术感受,其美感产生于诗歌的联想义。我们看到鸟,就会产生无穷的联想,这些联想是对生命状态的关注,如"众鸟高飞尽,孤云独去闲"的自由,"孤鸿号外野,翔鸟鸣北林"的无奈,"拣尽寒枝不肯栖,寂寞沙洲冷"的高傲,这些意象都是自然物象,但在诗歌之中,成为诗人境遇的书写,成为人人可以感知的生命体验。有些看似普通的物象,组合在诗歌意境之中,也让人产生独到的阅读体验,如《天净沙·秋思》中的"枯藤老树昏鸦,小桥流水人家,古道西风瘦马",一个一个意象铺排,是诗人残留在脑海中萧瑟而沉闷的印象。这六组意象,是随后"小桥流水人家"的衬托,正因为眼前看到的无聊的北方景致,"小桥流水人家"这样的南方情调一下跳了出来,是诗人的想象,由这样的想象,自然生发出"断肠人在天涯"的情思。在这种视角下,看山还是山,看水还是水,山水之中有玄意、有情意,山和水不过是媚于道而已。

"韵外之致",是在书写自然、宇宙、景物体悟时,要能写出生命的律动,蕴含着无穷的思理和情绪,引发读者永恒的思考。怎么实现呢?借用司空图的理论,我们可以做以下概括:

一是触兴冥搜。练习书法,开始一定要临帖,临到一定的时候,就能自成格局。练武术,也是要从一招一式练起,一个步骤一个步骤地走,最后达到无法之法。写诗,首先要把各种技法,如平仄、格律、

---

① 《文心雕龙注·神思》,第493—494页。

对偶、用典等弄清楚,然后再学会表达技巧,如虚、实、秀、隐、意、象,对什么是好诗有一个整体的把握,把滋味、声情、节奏、韵律等熟练运用。

当我们有了表达的需求,有了内心的感动,有了创作的冲动时,要能够把自己理解的、掌握的、熟悉的各种诗法组织起来,寻求到最好的表达方式。《文心雕龙·总术》:"数逢其极,机入其巧,则义味腾跃而生,辞气丛杂而至。"掌握了基本的写作技巧,就能从偶然的感兴中,建构出有意趣、有情趣、有韵致的诗歌意境来。

钱振锽《谪星说诗》:

> 味新为上,意新为次,句新次下,字新为下。道理长,志趣新,然后有味。

"味新为上",一是说诗歌要能读起来有滋味,二是说形象之外要有韵致,也就是在其所具有的韵味中有多重意旨。意新是指立意独特。王安石《明妃曲》:"君不见咫尺长门闭阿娇,人生失意无南北。"王昭君出塞,大家为她鸣不平,认为若她留在汉宫,汉元帝应该会宠爱她。但王安石举出汉武帝曾经宠爱的陈阿娇被幽闭冷宫的例子,认为历史不能假设,有时回头来看,换一种选择未必就好。王安石进而引申,如果人生失意,无论在哪里,都是一样的伤感。这样就把失意之感,作为一种普遍的情绪进行概括。阿娇作为历史典故,在诗中被赋予了新的含义,以意新,实现了味新。

在诗歌中,要能表达人普遍的情感体验、审美体验,把社会、自然、人类所共同具有的生命力联动起来,让自己的感兴能够代表人类共同的感性认知,能担荷人类全部的情绪,能说出常人所不能言,这便是"道理长"。《诗经·邶风·击鼓》中的"执子之手,与子偕老",《古诗十九首》中的"盈盈一水间,脉脉不得语",李商隐《无题》中的"身无彩凤双飞翼,心有灵犀一点通",秦观《鹊桥仙》中的"两情若是久长时,又岂在朝朝暮暮"等,都是能言人所不能言,说出了常人的生命体验,非常有感染力,就容易打动人。

"志趣新",是写诗的时候,一定要有与众不同的人生追求和审美情趣。龚自珍在《己亥杂诗(其五)》中说:"落红不是无情物,化作春泥更护花。"我们常说"花自飘零水自流",仿佛春天很无情,但这里的落红不是无情的,它化作春泥,是为了让明年的花开得更好,充满了哲理的思考。

二是赋象缘情。钟嵘认为:"文已尽而意有余,兴也。""意有余"靠的是感情的植入。《文心雕龙·神思》解释情感在写作中的基础性地位:

> 夫神思方运,万涂竞萌,规矩虚位,刻镂无形。登山则情满于山,观海则意溢于海,我才之多少,将与风云而并驱矣。

为什么会没有诗思,一是读书少,二是心懒了。书是人类生活经验的积累,也是人类情感思理的表达,读书少,就只能凭借直接经验生活,少了很多优雅的情调。心懒了,对万事万物不再关心,既没有欣喜,也没有伤痛,感情只是平面的直来直去。刘勰说,要想写出好作品,就需要用自己的真情去面对自然,或者在面对自然时,以真性情相付出,带着艺术的眼光去看山,会发现山都充满了情趣体验;去观海,大海的汹涌开阔,也会让情感起伏波动。

李白的《子夜吴歌·秋歌》:

> 长安一片月，万户捣衣声。
> 秋风吹不尽，总是玉关情。
> 何日平胡虏，良人罢远征。

秋夜朗朗，长安城中家家户户都在捣衣，声声入耳。这是诗人看到的象、听到的声。捣衣是唐人置办寒衣的必要程序，年年如此，人人可见，但李白想到的是什么？是他们这么紧急地置办寒衣，这么晚还在捣衣服，其实是要送给远征的亲人。由近景想到远方，秋之寒意，把思妇与征夫关联起来，进而生发出所有思妇的共同心声，"何日平胡虏，良人罢远征"，这便是赋象缘情的做法。

胡应麟在《诗薮》中说："情真为得体，调古则韵高，情真则意远。"情，是诗歌内在的驱动力，是诗歌韵致形成的基础，物象之间有了情的植入，物象才能够活起来。如杜牧的《秋夕》：

> 银烛秋光冷画屏，轻罗小扇扑流萤。
> 天阶夜色凉如水，坐看牵牛织女星。

非常凄冷的深秋，感觉百无聊赖，女子坐在台阶上，却看到了牵牛织女星。表面上看，这首诗句句写景，而且尽量客观，不露声色，但却句句都在写情。银烛、秋光、画屏、轻罗、小扇显示出女性的身份和教养，冷、凉透露出人的孤独，寒自心出，实际是独坐无偶。满天星斗，却只看到牵牛织女星，一下子把女子的心理活动透露了出来，那就是，她在思念着自己的心上人。牛郎、织女每年相会一次，宫女们却连心上人都找不到，她们羡慕牛郎、织女至少还有一个可以牵挂的人，自己却什么都没有。诗在清凉、淡漠的语境中展开，处处写客观物象，处处流露出一种深深的同情和无尽的伤感。

三是意与境会。诗歌的所有构思，都要以感性的物象展现出来，情感、思理都要寄托在意境之中呈现。司空图《与极浦谈诗书》中提到："诗家之景，如蓝田日暖，良玉生烟，可望而不可置于眉睫之前也。"诗歌表现人的感兴认知，是人与人、人与自然、人与宇宙之间的息息相通，那就要用"蓝田日暖，良玉生烟"这样优美的境界，呈现出跃然纸上的物象。

那么，怎么将诗思与境界融合，从而形成情深意厚韵长的作品呢？刘勰用"隐秀"做了概括：

> 隐也者，文外之重旨者也；秀也者，篇中之独拔者也。[①]

秀，是诗中鲜明的物象；隐，是隐藏在形象背后的意趣。物象典型独特，不在于物象本身，而在于其中隐藏着一种情感，情感是在形象和作者表露出来的意境之外的，是话中有话，有弦外之音。

王寿昌《小清华园诗谈》中，谈到诗有三深："情欲深，意欲深，味欲深。"情感要深，写诗最忌讳敷衍了事，情感不执着、不真挚，写出的诗就不能动人。意趣要深，是要意味深长，能让人有多重想象。味道要浓厚，不能太显露，要能让人涵泳。

贺铸的《青玉案》：

> 凌波不过横塘路，但目送、芳尘去。锦瑟华年谁与度？月桥花院，琐窗朱户，只有春知处。
>
> 飞云冉冉蘅皋暮，彩笔新题断肠句。若问闲愁都几许？一川烟

[①]《文心雕龙注·隐秀》，第632页。

草，满城风絮，梅子黄时雨！

　　这种若有若无的闲愁，淡淡的、若即若离。上阕写景，春天给人的感觉是最短暂的，还没来得及品味，花就落了。只有春天知道自己何去何从。下阕写情，表面是自己在新写断肠句，实际是在写自己的离愁别恨刚刚发生。最后三句是点题，也是千古名句。闲愁，不是真正的家国之愁，而是每年到暮春时候，莫名其妙的闲愁。人在相聚的时候是快乐的，大部分时间是独处的，独处的时候，就会有一种莫名其妙的惆怅。那么，这种惆怅是什么呢？"一川烟草"，烟草满地的时候，显然是暮春了，密密麻麻的草，长得非常茂盛。"满城风絮"是柳絮飞扬，空中弥漫着烟雾的气息，也是暮春的时候。"梅子黄时雨"，是六月份梅子下雨时。诗人说，这三个时间是最令人惆怅的，一种是"一川烟草"，烟草茫茫的感觉；一种是"满城风絮"，让人感觉非常伤感。陆时雍说："古人善于言情，转意象于虚圆之中，故觉其味之长而言之美也。"[①]贺铸的这首词，正是用精致的意象，构成了一个开阔而虚静的境界，把自己的闲愁装进去，形成了空灵而又惆怅的艺术空间。

　　什么样的诗是最好的诗呢？"搜求于象，心入于境，神会于物，因心而得。"[②]作诗的最好境界，是要"搜求于象"，反复地于万物之中，提炼出一种可感的物象。"心入于境"，是在搜寻的过程中，要完全靠心来体悟。"神会于物"，在表达的过程中，突然有神来之笔，不

---

① ［明］陆时雍《诗镜总论》，引自丁福保编《历代诗话续编》，北京：中华书局，1983年，第1403页。
② 张伯伟：《全唐五代诗格汇考》，南京：江苏古籍出版社，2002年，第173页。

仅从中体会到情感，更从中领悟到人生的哲理。所以，我们在读真正的好诗时，不仅会被它的美感所感动，更会为其中表达出来的深挚情感所折服，为它表达出来的深意而叹服。这些的形成完全是靠心，靠的是对自然万物的体悟、感悟和欣赏。

第十二章
诗的叙述

诗歌中具备叙事意味的作品，通常具有相对完善的人物形象、故事情节和深广的社会背景，如《羽林郎》、《孔雀东南飞》、"三吏"、"三别"等。但多数以事件为线索的作品，如《长恨歌》《琵琶行》《连昌宫词》《秦妇吟》《庆州败》《买马词》等，却不以事件的叙述为目的、以塑造个性鲜明的人物为诉求，而是借助事件来生发议论，或借助生活片段来抒写感伤之情，从而使最具有叙事表层特征的叙事诗带有强烈的抒情倾向。因此，我们有必要分析诗的叙述特质，对诗歌的叙述问题进行总结，以建构起适合解析中国诗学的理论体系。

一、叙述基础

诗歌以赋、比、兴为叙述基础，重视诗歌表述中的铺陈、寄托和讽谕，模糊了叙事和抒情的界限，也使客观叙事中常有主观情感的渗入和表露。赋、比、兴是诗歌技法的源头，奠定了诗歌缅邈情致的整体风格。"比者，以彼物比此物也"①，意在尽抒其情而畅达其旨，如《卫风·氓》以"桑之未落，其叶沃若"言女子韶华正值，以"桑之落矣，其黄而陨"喻指女子的容光不再。"兴者，先言他物以引起所咏之辞也"②，意在引事、引言不致唐突，起接吻合浑然无痕，如《周南·关雎》以"关关雎鸠，在河之洲"引出君子淑女之恋，《卫风·淇奥》以"瞻彼淇奥，绿竹猗猗"言及君子之德。

或者说，"比"是通过对物形或物性的把握，来征验或描述未知事物和陌生客体。与"兴"相比，物我关系比较疏朗，这种把握包含着一些判断、思考、分析、比较的因素，即所求的不仅是外在的形似，而且还有意神上的相通或相应。这种人与自然物性的同构、人与自然物态相印的心理意识，极大地增强了诗歌的文化内涵，对兴寄遥深的风格起了推动作用。

汉魏时期，随着对天人关系认识的深入，艺术视角逐渐拓展到自然环境、古今演变、天地万物和人际异同，在这些诗歌叙述中，自然不再是一个独立于人的外在，也不仅是为人所利用的客观，而成为诠解人类行为的"非异己的存在"，与人、事件之间存在着必然的联系，进一步强化了诗歌重视感发、融汇情景的艺术特征。③

出于对政治、社会和人生的强烈关注，古典文学非常强调艺术创作的现实功用，主张利用诗歌进行讽喻、赞美及抒写怀抱，并在诗歌叙

---

① [南宋]朱熹撰，赵长征点校：《诗集传》，北京：中华书局，2011年，第6页。
② 《诗集传》，第2页。
③ 曹胜高：《论〈古诗十九首〉的浑雅之美》，《兰州大学学报》，2000年第6期。

述深层蕴含着或隐或现的创作动机。《论语·阳货》记载,孔子论诗:"《诗》,可以兴,可以观,可以群,可以怨。迩之事父,远之事君,多识于鸟兽草木之名。"代表了儒家乃至先秦时期,学者对以诗歌为代表的文学功用的经典评论。同时或稍后,《左传》的"诗以言志",《国语》的"献诗讽谏说",都强调了文学反映现实、服务政治的作用。此后,庄子的"诗以道志"、荀子的"诗以明道"、韩非子的"以功用为之的彀"、《淮南子》的"怨刺"说、《乐记》的"教化说"、《毛诗大序》的"讽谏说"等,都将诗歌的讽喻作用作为评价的首要标准。①

可以说,先秦经典对诗歌功用的强调,决定了诗歌重视寄托和讽谏的创作特征。胡应麟的《诗薮》以"语断意属,曲折有余而寄兴无尽"评《青青河畔草》,意在赞许其中深厚的感情寄托。沈德潜的《古诗源》评阮籍诗"兴寄无端"。历代诗论,多以能寄托者为上,陈廷焯的《白雨斋词话》:"托喻不深,树义不厚,不足以言兴。深矣厚矣,而喻可专指,义可强附,亦不足以言兴。"正是对诗歌叙述客观功用的强调。

从客观上说,寄托是讽谏意识和美刺观念对文学的要求;从主观上看,寄托是比兴手法在诗歌叙述时的内在追求。为了充分表达情感、志向和见解,诗人必须选择那些具有譬喻、象征意味的自然风物、人情世态,来形容自己的内心感受。这就自觉或不自觉地要求,诗人在"言事"时采用委婉曲折的方法,言近旨远地流露出所要表露的真实意图,

---

① 曹胜高:《论汉赋在诗歌史上的地位》,《湖北师范学院学报》,2005年第1期。

使阅读者能在比喻和寄托中,体悟到所要表达的内容。

即便在叙述事件的作品中,诗歌也并不在意情节的完整,而常采用片段式的描写,遗貌取神地刻画人物,如《诗经·大雅·公刘》乃"周民族史诗",其刻画公刘,不以主人公行止为线索,这与典型叙事诗以情节塑造人物的手法迥异。《九歌》言诸神灵,也无明显之情节;汉乐府记罗敷、刘兰芝故事,也带有浓郁的抒情倾向。[1]《古诗十九首》更是选取生活之感遇,直抒其情,个人命运的叹喟、思想情绪的流露,与外在景物浑然无间。曹植《种葛篇》虽托词夫妇,却言"往古皆欢遇,我独困于今"的人生感慨。蔡琰《悲愤诗》在叙事中注入了个人深切的情感体验,带有强烈的主观色彩,实现了情事的水乳交融。此外,杜甫的《北征》、白居易的《长恨歌》、吴伟业的《圆圆曲》等,都在叙事时融合着浓郁的情感体验和主观意识,实现了客观叙述与主观情感的内在统一。我们当然可以将之归为叙事诗,但它们又与西方诗歌全知全觉的客观叙述存在着较大的差异。

很多叙事诗介于叙事和言情之间,有的在叙事的同时又不断注入强烈的抒情成分,如白居易在《琵琶行》中,自觉不自觉地三次提到了"江月",既点明了时间的变换,又烘托了诗人的感情。"别时茫茫江浸月",写别离之凄凉;"惟见江心秋月白",写琵琶声之引人入胜;"绕船月明江水寒",言孤独的体验。有的则假托叙事,实则抒情,如刘过的《沁园春·斗酒彘肩》:

斗酒彘肩,风雨渡江,岂不快哉!被香山居士,约林和靖,与东坡老,驾勒吾回。坡谓西湖,正如西子,浓抹淡妆临镜台。二

---

[1] 曹胜高:《论古典诗歌叙述口吻的模糊性》,《齐鲁学刊》,2001年第2期。

公者,皆掉头不顾,只管衔杯。白云天竺飞来。图画里、峥嵘楼观开。爱东西双涧,纵横水绕,两峰南北,高下云堆。逭日不然,暗香浮动,争似孤山先探梅。须晴去,访稼轩未晚,且此徘徊。

虚幻出自己与白居易、苏轼、林逋的对话,表达了他对辛弃疾的倾慕之情。这类作品中的抒情只是片段式的,或者是隐含的。

但在另一些诗歌中,叙事的目的是抒情或议论,如《长恨歌》《秦妇吟》《圆圆曲》等,诗人虽然安排了叙事的结构,有叙述者及故事,但诗人叙事的目的,不是完成一个故事,以情节来塑造人物性格,而是借助故事来发表对社会弊端的见解,对爱情的反思,对兴衰的思考等,其中的故事叙述,是服务于情感和见解的表述,而不是为了完成典型意义上的叙事。

如果把叙事诗和抒情诗区分讨论,似乎有一定的界限,但同时必须注意到它们之间存在着相当大的模糊区域,也就是说,叙事和抒情不是截然分开的,而是呈现出一种混融的状态。叙事一极的顶端,是具有人物、情节和环境的"经典叙事";抒情一极的末端,也是具有浓郁情绪宣泄的"经典抒情",大量的诗歌都是在非经典的叙事和抒情中,完成了诗歌的叙述。

二、叙述动机

中国文论在肇始时期,曾注意到了诗歌描写志向、抒写情感和叙述事件的功能,分别形成了"诗言志""诗缘情""缘事而发"三种诗歌发生说,但"言志"和"缘情"得到了充分的发展,而"缘事"的传统则逐渐被摈弃,更促成了诗歌将抒情、言志作为主要的叙述动机。

"诗缘事"强调的是诗歌是对事件的表述。《汉书·艺文志》:"自孝武立乐府而采歌谣,于是有代赵之讴,秦楚之风。皆感于哀乐,缘事而发,亦可以观风俗,知薄厚云。"注意到了在言志、言情之外,诗歌具有强烈的叙事纪实功能。王运熙认为,乐府诗"叙事纪实(作者的评判意见参与其中)是乐府诗的重要特征,这与其他诗体一般以抒情言志表现诗人个性为职能有着比较明显的区别"[1]。如果我们了解这种强调诗歌叙事功能理论的产生和消解的背景,就能深刻理解其在叙事诗中的价值,更有助于加深对诗学传统的理解。

"劳者歌其事",主要来自对《诗经》,特别是"国风"内容的总结。《诗经》存在少数带有叙事成分的诗篇,如《卫风·氓》《郑风·女曰鸡鸣》《召南·野有死麕》等,还有被称为"周族史诗"的《生民》《公刘》《绵》《皇矣》《大明》等,大多数诗歌常采取生活中某个片段,如《豳风·七月》《邶风·静女》《郑风·溱洧》等,或书写生产流程中的感受,或采撷日常生活中的细节歌唱成诗。正由于这些来自民间的诗歌中记录着下层百姓的生活,抒写着他们的悲欢离合,寄托着他们的期望渴求,上古才立采诗之制,才可以以此观风俗,知薄厚。

在先秦诗歌中,具有叙事纪实倾向的诗歌,除了《诗经》,还有屈原的《九章》。与《离骚》《九歌》借助象征比喻所形成的浓郁的抒情特征不同,屈原的《九章》采用纪实的手法,抒写自己流放江南的沿途见闻,通过叙述所见引发的情感,实现了叙事与抒情的混融。汉代最具有代表性的诗歌是乐府诗,而乐府诗恰以叙事见长,如《陌上桑》《孔

---

[1] 王运熙、邬国平:《汉乐府风格论》,《楚雄师专学报》,1995年第4期。

雀东南飞》《东门行》《妇病行》《雁门太守行》等，都是通过对话、行为描写，塑造出了具有鲜明性格特征的人物形象，具有相对完整的故事情节。

从汉乐府诗歌以叙事见长的状况来看，班固的描述是准确的。也就是说，两汉诗学除了重视诗歌的政教作用之外，更强调诗歌的叙事纪实功能。班固作《咏史》，叙述缇萦救父一事，清晰描述了时间、故事经过、人物与结局，虽"质木无文"，但具备了叙事诗的基本要素。此外还有辛延年的《羽林郎》也是完整的叙事诗：

> 昔有霍家奴，姓冯名子都。依倚将军势，调笑酒家胡。
> 胡姬年十五，春日独当垆。长裾连理带，广袖合欢襦。
> 头上蓝田玉，耳后大秦珠。两鬟何窈窕，一世良所无。
> 一鬟五百万，两鬟千万余。不意金吾子，娉婷过我庐。
> 银鞍何煜爚，翠盖空踟蹰。就我求清酒，丝绳提玉壶。
> 就我求珍肴，金盘脍鲤鱼。贻我青铜镜，结我红罗裾。
> 不惜红罗裂，何论轻贱躯。男儿爱后妇，女子重前夫。
> 人生有新故，贵贱不相逾。多谢金吾子，私爱徒区区。

这说明"诗缘事"的观点，不仅是对汉乐府的总结，也是对诗歌叙述动机的一种探索。东汉是辞赋、散文高度成熟的时期，文人强调用诗歌来叙事，是对诗歌功能的拓展。建安时期，诗人们继续探索，采用乐府来叙事，曹操的《蒿里行》《苦寒行》，王粲的《七哀诗》《从军行》，曹植的《送应氏》《三良诗》，陈琳的《饮马长城窟行》，蔡琰的《悲愤诗》等，都通过叙事来抒写情感，是"诗缘事"创作传统的发展和延续。

可惜这一倾向，在两晋时期逐渐消解。南北朝时，文人创作极少叙事诗，只有民歌中尚有《木兰辞》《西洲曲》等诗歌用以叙事。无论在创作上，还是在文论上，这一时期的诗歌更多倾向于辞采、情感，对叙事的特征日渐忽略。在陆机《文赋》提出"缘情"之后，钟嵘在《诗品》中论述道："感荡心灵，非陈诗何以展其义，非长歌何以骋其情？"把骋情作为诗歌的创作追求。这种重视抒情的诗学观点，在近体诗歌形成的过程中得到强化，并影响到随之繁荣起来的诗歌创作和诗学理论，奠定了诗歌重视抒情的传统。

尽管此后杜甫、白居易、梅尧臣、苏舜钦、王冕、刘基、吴伟业等人也创作叙事诗，但这与其说是对"诗缘事"传统的延续，不如说是当时政治、社会与文化综合作用的结果，是偶然的行为，而不是必然的诗学追求。因为从数量上来看，隋唐以后诗人的作品绝大部分以抒情言志为意，而以叙事为追求的作品所占比例甚微。从质量上来看，大多数诗人的名作也并不是叙事诗。

从时代动因上来看，中唐以后，随着市民阶层的形成，文学的叙事意识逐渐加强，以诗歌来叙事，与当时小说、变文、戏曲等文体重视叙事关系密切，这些文体对诗歌叙事的浸润，远比"诗缘事"的影响明显得多。最能说明这种现象的，是这一时期并无过多的理论主张提倡诗歌叙事，却有大量的诗论反对诗歌进行叙事。如两晋后，诗论多鄙薄言事者，如鲍照擅长乐府叙事诗，钟嵘《诗品》评其为"险俗""颇伤清雅之调"。许学夷《诗源辩体》言：

> 太白《蜀道难》《天姥吟》，虽极漫衍纵横，然终不如《远别离》之含蓄深永，且其词断而复续，尤合骚体。

张戒《岁寒堂诗话》言白居易："其词伤于太烦，其意伤于太尽，遂成冗长卑陋尔。"认为叙事非诗歌之正途。他更是讥讽《长恨歌》，"在乐天诗中为最下"。

这种重视抒情言志的叙述理论，既是诗歌以抒情为传统的总结，也是历代抒情得以强化的原因。中国的叙事诗，尽管在汉魏间得到了重视，但尚未展开，便被魏晋兴起的主情说所代替，从而促成了诗歌以抒情言志见长，以含蓄蕴藉为美的艺术倾向。

三、叙述策略

诗歌的叙述，在时间与空间的交融中，形成了情感和景物的紧密结合；在言内与意外的统一中，完成了情感和思致的结合；在虚幻和真实的交错中，实现了画面的承接与跳跃，从而形成情、事、理浑融的叙述指向。

利用时间流程形成叙述单元，是诗歌的常用方法。韩愈的《山石》，记述贞元十七年（801）韩愈在李景兴、侯喜、尉迟汾等人的陪同下，游历洛阳北面的惠林寺的过程：

> 山石荦确行径微，黄昏到寺蝙蝠飞。
> 升堂坐阶新雨足，芭蕉叶大支子肥。
> 僧言古壁佛画好，以火来照所见稀。
> 铺床拂席置羹饭，疏粝亦足饱我饥。
> 夜深静卧百虫绝，清月出岭光入扉。
> 天明独去无道路，出入高下穷烟霏。

山红涧碧纷烂漫，时见松枥皆十围。
当流赤足蹋涧石，水声激激风吹衣。
人生如此自可乐，岂必局束为人鞿。
嗟哉吾党二三子，安得至老不更归。

作品以黄昏到寺、夜晚食宿、平明游览为线索，描写了夜宿寺院的所见所闻，动用听觉、视觉、嗅觉、感觉，淋漓尽致地渲染了山间的清幽和游历的自在，表达了意欲忘情山水、渴望自由自在的超脱情感。在这类诗歌中，尽管也按时间顺序进行叙述，也有相对完整的事件过程，诗人的视角由寺外到寺内，有与僧人的交流和受僧人的款待，及天亮离寺的经过，但诗人叙述的要点不是夜宿这一事件，更不以刻画人物为主，而是尽情渲染山之幽深、寺之安静、花之繁茂、夜之空灵、溪流之清澈、树木之峻拔，寄托了诗人对安逸生活的向往。本来以时间流程为特征的情节，完全淡化无痕，诗人是按照自己的观察、感受来描写环境，而将陪同的人物完全略去，款待他们的僧人也点到为止，并不以叙述事件作为线索。时间作为叙述的显性脉络被挂起来，而随时间进行的事件，则被作者以景物描写的片段替代了。

以时间为叙述流程的诗歌，能够按照行为的逻辑展开叙述，这与传统的叙事诗有交合的空间。但围绕时间叙述轴展开的，是诗人的感受、想象和议论，并不是一个具有相对完满结构的事件。这是一般诗歌叙述区分于典型叙事诗的特征之一。如谢灵运的《登池上楼》：

潜虬媚幽姿，飞鸿响远音。薄霄愧云浮，栖川怍渊沉。
进德智所拙，退耕力不任。徇禄反穷海，卧疴对空林。
衾枕昧节候，褰开暂窥临。倾耳聆波澜，举目眺岖嵚。

初景革绪风，新阳改故阴。池塘生春草，园柳变鸣禽。
祁祁伤豳歌，萋萋感楚吟。索居易永久，离群难处心。
持操岂独古，无闷征在今。

叙述游览历程，焦点不在过程，而在沿途山水，通过山水的变化来完成叙述。此后，谢朓、王维、李白、杜甫、韩愈等人的山水游历诗、述行诗等，都采用这种移步换景的叙述线索，串联起一个个各自独立却相互关联的叙述单元，按照时间的流程完成叙述。在这里，提出时间流程加以强调，是为了说明存在的时间顺序，并不是叙述事件的必要条件，关键要看围绕时间轴展开的，是事件还是其他，即便有一定的事件片段，如王维、谢灵运等人的游览，但叙述者并不是将游览作为事件来叙述的，而仅将之作为关联景物、情感、议论片段的工具，这与以时间为线索的事件叙述有着明显的区别。

利用空间的转移和变换形成叙述单元，是诗歌构成意境的重要手段。在汉赋中，文学的空间感得到拓展，如用推类建构静态空间，在大类别的罗列中，铺设和拓衍空间，以一点的无限扩展，显示空间的广大，给人以强烈的质感；用环视法，依次罗列四方空间，形成厚密细微、从容不迫的叙述特征；或用流观法，化时间为空间，以散点透视的方式展现景观，形成灵动飞扬、参差错落的叙述意味。

在古典诗词中，空间感得到了更加艺术化的处理，摒弃了辞赋厚重密实的叙述，采用疏落消散的景物构成片段，如欧阳修的《踏莎行》：

候馆梅残，溪桥柳细，草薰风暖摇征辔。离愁渐远渐无穷，迢迢不断如春水。

寸寸柔肠，盈盈粉泪，楼高莫近危阑倚。平芜尽处是春山，行人更在春山外。

以候馆、溪桥、草薰、风暖等景物的描述,来实现空间的转换,又以渐远法点出了征人愈走愈远。词人离家的伤感,随着征辔的远行而愈加浓厚,对家人的想念也弥加刻骨,直到行人消失在山川尽头,仍有守望者在临窗远眺。空间感随着情感的浓烈在不断拓展,形成了辽阔而又缥缈的意绪。

在利用空间感拓展意境的诗篇中,充盈在空间中的,不是具体的故事情节,也不是利用事件塑造的人物形象,而是用景物的转移暗示时间的流逝,以环境的开合来熔铸情感的张力,景物本身所带有文化意味,结合着音律,组成带有强烈情感的叙述单元。如马致远的《天净沙·秋思》,连续运用三组、九个意象,建构起一个冷落萧条的艺术境界,景物之间的变化,又预示着时间的流程,单调的景物,衬托了诗人孤寂的内心。诗歌正是依靠质实的景物和饱满的情感,在二者的融合无间中,形成了带有写意性的抒情空间。

诗歌在实写景物、事件时,常常注意情志的寄托和见解的表达,而在叙述充盈天地之间的情感时,常结合实在的景物、历史和传说等,使诗歌在表述时,非常在意写实和写虚,注重二者的浑融无间。这既是中国艺术如书画、建筑等的审美特质,也是中国文化处理现实物象与审美感觉关系时常见的方法。实在的事物,必须通过想象的方法和情感的介入,才能获得具有审美的体验;而虚拟化存在的情感体验和审美直觉,要借助物象间的疏密、远近、大小、呼应等关系,才能得恰如其分地表达。可以说,诗歌叙述特质的形成,与中国美学的建构同步,其在处理时空、言意、虚实等关系上的法则,正是中国美学审美结构的表现。

第十三章
诗的流变

中国是诗的国度。从第一部诗歌总集《诗经》出现,到民国时期徐世昌组织编纂《晚清簃诗汇》,历代文人留下了数以万计的优美诗篇。这些诗歌,浸润着中华民族丰富的想象力,青山碧水间,渔舟唱晚里,玉门羌笛外,孤鸿哀鸣中,诗人们把自己的经历、情感凝聚成一幅幅栩栩如生的画卷,鲜明而和谐,令我们遐想。这些诗歌,蕴含着汉语无穷无尽的表现力,那顿挫的节奏、那优美的意象、那和谐的声韵、那令人涵泳不尽的韵味,寄托着诗人们的才思和功力,一读成诵,成为我们的话语中最精粹的语言。

一、合乐而歌

《诗经》所收录的,并不是中国最古老的诗歌。因为从语言发生和诗歌形成的规律来看,在四言诗歌形成之前,应有二言、三言诗的存在。由于《诗经》是第一本诗集,所以很多的文学史常从这里开始讲起。但事实上，在《诗经》之前，还有一些资料保存了更古老的诗歌。

在文学史上，常常引《吕氏春秋·音初篇》中的《候人歌》、《吴越春秋·勾践阴谋外传》中的《弹歌》、《礼记》中的《蜡辞》及《山海经》中的《神北行》等，来证明远古歌谣古拙而简朴的特征，说它们采用二言或三言的句式来叙述，但常常忽略了比《诗经》更早的《周易》中也存有一些远古的谣歌。这些谣歌，常被用作象辞，来描述卦的形象特征。假如把这些象辞粘连起来，有的就是一些典型的歌谣，无论在韵律还是在结构上，都与《弹歌》《蜡辞》等有着同样古朴的特征。如《需卦》的"需于郊，利用恒""需于沙，小有言""需于泥，至寇至""需于血，出自穴"，都是情景兼备、意味深长的三言诗。

《诗经》也保存了一些三言诗，如《周南·麟之趾》："麟之趾，振振公子。于嗟麟兮！麟之定，振振公姓。于嗟麟兮！麟之角，振振公族。于嗟麟兮！"用麟起兴，来歌颂公子的仁厚。此外，《采葛》《月出》《螽斯》等，也是采用二言、三言加以叹词的句式。这就说明，在四言诗出现之前，曾存在不少二言或三言的诗。也可以说，《诗经》所收集的四言诗，或是经过了系统的整理，呈现出整齐的特征；或是有选择地收录了相对整齐、规范一些的诗歌；或是收集于四言诗流行的西周至春秋时期，因此留下了大量的四言诗。

应当注意到，二言和三言的出现，不仅为四言诗的成熟做了铺垫，使之成为中国诗歌的源头之一；也在民间为骚体诗和五言诗集聚着经验：当二言和三言、三言和三言、三言和四言用虚词，如"兮"字粘连的时候，骚体句式便出现了。当这些粘连成为习惯，再去掉"兮"字时，五言诗句、七言诗句便得以成熟。而五言诗的形成，正在于民歌对二三言句式的连用；七言诗歌的出现，则与骚体摈弃"兮"字有着密切的关系。

《诗经》大约形成于公元前六世纪前后。它所收录的三百零五篇中，原本惊心的舞蹈失传了，原本动魄的音乐也失传了，我们只能从记载中知道一些零碎的细节，或者从诗歌所描写的场景中，去体味二千五百年前人们的欢乐、痛苦、期望和失落。

《诗经》本叫《诗》或《诗三百》，或许是那时书太少的缘故，很多人都拿它作为教材。孔子曾对孔鲤说："不学《诗》，无以言。"《庄子·天运》和《荀子·劝学》也把《诗》与《书》《礼》《易》《春秋》看作是体现"常道"的书，称之为"经"。任何一本书，如果被赋予了太多的文化判断或价值期待，它就不可避免地被强加上很多的时代标签，被追加许多的政治内涵。在"五经"中，《书》《礼》《易》《春秋》本来就与政治关系密切，叫不叫作"经"，关系不大，唯独《诗》被叫作"经"之后，其中许多原本是写个人情感的作品被演绎成了政治的象征，甚至一些写劳作和风景的歌谣也变成了王道的判断，被附加了讽喻、美刺或赞颂的成分。

《诗经》的广泛传播，促进了春秋各国的政治交流和艺术共享，也促成了礼乐文化的形成。但在外交、政治甚至文化唱和上，士人们总是喜欢"借诗言事"或"以诗代言"，开始演绎诗篇的本义，使之走向政治化；开始探求其中蕴含的某些哲理，不自觉地把诗的地位提高了。《诗经》不再被看作是性灵摇荡、精妙绝伦的艺术品；很多儒生挖空心思地在诗篇中搜寻政治说教，演绎先王事迹、圣人遗训，使之成为一种政治理论教材。当时流行的齐、鲁、韩、毛四家诗，或引诗证事,或引诗证史,或以史证诗,或以事证诗,都存在一定的曲解和演绎的成分。直到今天,有人谈论《诗经》,还是不能避免这种牵强和附会的遗风。

可以说,《诗经》的形成,仅是诗歌发展的一个起点。一方面,《诗经》成为经典,固定了四言的体式,使"经诗"成为汉魏诗歌的一种模仿对象;另一方面,民歌继续随着生产和娱乐在演化,字数在扩展,虚词在增加,在二字句和三字句的组合、三字句与三字句的组合,甚至三字句与四字句的组合中,骚体开始出现。到了战国后期,形成了中国诗歌的另一个高峰:楚辞。

楚辞的出现,既是对"经诗"传统的一种反叛,也标志着上古民歌已经放弃了四言整齐的形式,开始采用杂言来表述情感、叙述故事。而汉乐府民歌,正是在继承《诗经》的叙事精神和《楚辞》的灵活句法中,形成了一种新的叙述模式:在内容上,"感于哀乐,缘事而发";在形式上,采用五言为主、杂言相错的句式,从而将诗歌带入到了一个新时代。

但民歌、民谣是不会消歇的。这种"饥者歌其食,劳者歌其事"的创作特征,决定了民歌的绵延不绝和无限创新。从沈德潜《古诗源》所收集的"古逸"中的民歌来看,其多采用杂言,就是将二言、三言、四言的句式,用"兮"字粘连起来,形成一种相对整齐,但内部更参差错落的新的诗体。如"风萧萧兮易水寒,壮士一去兮不复还"(《易水歌》),"沧浪之水清兮,可以濯吾缨;沧浪之水浊兮,可以濯吾足"(《渔父》),这种新的歌调在民间日益流行,尤其是在楚地,出于祭祀娱神的需要,特别发达。它具有"书楚语,作楚声,纪楚地,名楚物"的内容特征,形成了与《诗经》传统截然不同的新民歌。

秦汉时，出现了管理乐官、整理音乐的官署，叫乐府。1977年出土的秦错金甬钟，钟柄上刻有"乐府"二字，可见，秦朝已经有乐府机构。这也说明，汉代乐府是继承秦制而来的。汉初惠帝时已有乐府令，汉武帝扩大了乐府的建制与职能。西汉末哀帝登基（前6年）后，下诏罢乐府官，汉代再无乐府建制。到东汉，黄门鼓吹署为天子群臣宴乐提供歌诗，实际也就是起到了西汉乐府的作用。东汉的乐府诗，主要是由黄门鼓吹署搜集、演唱，并由此得以保存。

乐府的任务主要有三个：

一是管理乐工。据《汉书·百官公卿表》记载，汉武帝时，乐府由汉初的一令一丞，改为一令三丞，由他们负责招募、培训、组织乐工。至汉成帝时，乐府的人员多达800余人，成为一个规模庞大的音乐机构。

二是采集民歌。一方面继承了先秦时期的民歌采集制度，通过搜集民歌"观风俗，知薄厚"，了解民情；另一方面，也在于汉代音乐人才缺乏，雅乐已经失传，只能通过采集民歌来丰富乐府的曲目。

三是协律作歌。除了将民歌整理出来，供朝廷演奏使用，有时也将帝王、贵族和文士创作的诗篇，制曲谱配乐，组织乐工演唱，服务于朝廷的祭祀、朝会、燕享等场合。

汉代乐府也是多采集民歌演唱，这些经过采集和整理的民歌很多。《汉书·艺文志》："自孝武立乐府而采歌谣，于是有代赵之讴，秦楚之风，皆感于哀乐，缘事而发，亦可以观风俗，知薄厚云。"它收录了三百一十四篇歌诗，如吴、楚、汝南歌诗十五篇，雁门讴、雁门、云中、陇西歌诗九篇，此外，还有邯郸、河间、齐、郑、淮南、左冯翊、京兆尹、河东蒲反、洛阳、河南、周、南郡等地的歌诗。这说明,汉乐府所搜集整理的民歌地域之广;又说明了,当时把这些可以演唱的民歌叫作歌诗,且它们都有旋律、曲调,可以用于歌唱。

可惜的是,这些收集整理的歌诗大部分都散佚了。到了南朝时,沈约在编著《宋书·乐志》时,开始辑录汉乐府民歌。此后,徐陵的《玉台新咏》、王僧虔的《伎录》、智匠的《古今乐录》及唐代吴兢的《乐府古题要解》,南宋郑樵的《通志·乐略》等,都收录了一些汉乐府民歌。但收集最完备的,还是北宋郭茂倩的《乐府诗集》,其中,汉乐府主要保存在"郊庙歌辞""相和歌辞""鼓吹曲辞""杂歌谣辞"中,尤以"相和歌辞"为多。《乐府诗集》还另有八大类,则多收录了从汉代到唐代的各类乐府诗。

乐府不仅是一个音乐机构,还是一种诗歌体裁,最初专指汉代乐府民歌,后来扩展到汉魏六朝模拟、仿写的乐府诗,而变为一类诗歌的称呼。唐代诗人用乐府称名他们的讽喻诗,是侧重表明他们对汉乐府"缘事"精神的继承,在这时,乐府是作为一种文学精神加以提倡。到了宋代以后,由于词、散曲、剧曲有时也被称为"乐府",但这些"乐府",除了配乐演唱的方式与汉乐府有点类似外,其他方面与汉乐府的关系已经很疏远了。

由于中唐教坊制度改革,一批乐工和歌伎流落民间,使原先只供皇家欣赏的教坊曲目流散到了民间。在这些教坊曲目中,有些就是经整理过的曲子词,因而在晚唐时期,形成了一个听"新曲"的热潮。这股热潮推动了曲子词的发展和繁荣。

曲子词成为一种流行的趋势,得益于花间词人的创作,更得益于唐五代帝王高官们的喜爱。南唐二主、韦庄、冯延巳,既是当时著名的词人，也是帝王显相。他们的欣赏和提倡，对曲子词的普及、品格的提纯，有着至关重要的作用。宋初的晏殊、范仲淹、欧阳修、王安石、苏轼等人，都是当时的文坛领袖，他们兼擅诗词；张先、柳永、周邦彦、贺铸、秦观等，是当时有影响力的文人，更以词闻名。宋词就是这样，不是依靠科举的力量，而是靠着名人的提倡和扇扬，成为一代文体。

曲子词是民歌的延伸，最初是合着音乐演唱的，但到了文人手里开始演化，有些精通音乐的人，不仅按谱填词，更不断创制新曲，如周邦彦、姜夔等；另一部分是，词人只按谱填词，最初的词或许能够合乐演唱，但随着词的不断雅化，词合乐的特点逐渐淡化，词逐渐不再被用来演唱，而是用来阅读。词又脱离了音乐，成为一种靠朗诵来传播的文体。

在这种背景下，另一种新的合乐的诗体出现了：散曲。散曲比词更灵活，更通俗，庄谐并出，雅俗共赏，曲风畅达，非常适应宋元以来壮大起来的市民的口味。散曲既是宋代民歌发展的产物，也充分借鉴了词的手法，成为元代文学的代表之一。元代的关汉卿、马致远、张可久、乔吉及明代的沈璟、梁辰鱼等戏曲家，都长于散曲创作。可见，散曲不仅是诗词的新发展，其套数对戏曲的发展更有着直接的推动作用。

二、不歌而诵

文人诗与民歌是有区别的：

首先，文人诗是文人的个人创作，它有别于民歌因传唱而日益完善的特点。

其次,文人诗的构思意识更加鲜明,具有鲜明的个性特征,这与民歌"饥者歌其食,劳者歌其事"的自发性不同。

第三,汉魏之际的文人诗多数没有音乐形式,这与民歌合乐而歌的传播方式是有区别的。

因此,文人诗的兴起,从一定意义上说,是把诗歌从音乐中解放了出来,使之成为一种具有独特审美个性的艺术形式。

文人诗的出现,经历了一个漫长的积累过程。从周代尹吉甫的《崧高》、家父的《节南山》、寺人孟子的《小雅·巷伯》,到屈原的《离骚》《九歌》《九章》等,许多文士都进行了大量的文学创作。但这些作品,更多的是对民歌的模仿,也就是说,采用民歌的形式,用合乐演唱的方式来传播作品,因而个性化的色彩较为薄弱。但这种创作越来越多,到了东汉,随着辞赋将朗诵作为一种新的传播方式推广开来,有些文人开始尝试创作用于诵读,而不是歌唱的五言诗,从而使文人诗得以发展起来。

五言诗产生于民间。远古时期,二言与三言句式的联合,成为五言的形式。如《诗经》中的《行露》《北山》等,即有了五言的雏形。秦代出现的民谣《长城歌》:"生男慎勿举,生女哺用脯。不见长城下,尸骸相支柱。"已是五言诗的形式。

随着时间的推移,汉乐府中五言歌谣越来越多。由于五言诗采用二言、三言组合的方式,一个句子本身可以形成一个独立的叙述单元,不需要像《诗经》四言和《楚辞》那样,两个句式上下相抗、前后呼应,才能说明一件事情,因而增加了诗歌的叙述容量。而且,在同样对举的两个句式中,它既可以采用对偶来渲染场面,也可以直接叙述,形成流畅而自如的叙述风格。因而，这种五言诗一出现，便以参差错落、表述便捷，得到了人们的喜爱。

汉魏文人诗正是在学习乐府诗歌的形式，而摈弃其合乐歌唱的传播方式中形成的。一方面，他们学习乐府的形式，拟作不必或不能演唱的乐府诗，促进了乐府诗歌的文人化。在这一过程中，"诗缘事"的叙述传统一度得到强化，但由于历史的选择，"缘情"逐渐成为新的追求；另一方面，他们直接创作整齐的五言诗，采用朗诵而不是歌唱的形式传播，从而使诗歌与音乐剥离开来，形成了独特的声情和意味。失去了音乐的辅助和旋律的制约，魏晋诗歌呈现出一种徘徊发展的局面。

文人诗在建安时期形成了创作的高潮。《文心雕龙·明诗》说："暨建安之初，五言腾踊。文帝陈思，纵辔以骋节；王徐应刘，望路而争驱。"曹丕、曹植以及建安七子们都纷纷把文人诗作为创作的重要体裁。曹丕、曹植、阮籍等人是用"气"的充盈，来催动诗歌的叙述，气有清浊高下，人有庄谐缓急，这一时期的诗歌因人而异，各呈异彩。他们以大量成熟的五言诗创作，使诗歌取代辞赋，开始成为创作的主流，并奠定了主导地位。而且，文人诗歌充分吸收了乐府民歌和辞赋的养分，将情感的表述作为诗歌创作的主要倾向，并由此奠定了诗歌长于抒情的艺术特点。

激发这种诗歌叙述的时代逝去之后，诗人们开始寻找诗歌新的出路。两晋诗歌所呈现出来的复古倾向、模拟习气及繁缛诗风，正是诗歌抛弃了合乐方式过程中的一段准备。他们向四言诗、向汉魏乐府寻求经验，向《古诗十九首》寻求灵感，模拟了大量的诗歌。这一风气一直延续到南朝，江淹、萧纲、庾信等人，仍用拟古的方式创作。他们甚至向辞赋寻求帮助，将辞赋的题材如山水、田园、述行、歌舞、人体、艳情等——引入诗歌创作中，在丰富诗歌题材的同时，也使"赋化"成为魏晋诗歌叙述最突出的特征之一。这种叙述形态的出现，正在于诗歌与音乐剥离后，诗歌内在的声情结构和外在的美学规范尚未确立，诗歌只能在怀念音乐性、学习辞赋铺陈手法中发展。因而可以说，诗歌与音乐的分离，是诗歌获得独立发展的一个契机。

两晋诗风对诗歌的促进，一是探索诗歌的发展道路，试图在总结汉魏诗风中，开辟出一条新路，使诗歌创作由自发开始走向自觉；二是受制于时代，诗人们在艺术形式上过多模拟汉魏古诗，在艺术技法上过多依赖于辞赋的铺陈，在艺术精神上因袭多而创新少，呈现出一种徘徊中前进的特征；三是诗风开始多元化，太康诗风的繁缛、玄言诗的冲淡、游仙诗的艳逸及陶渊明田园诗的自然，都呈现出不同的创作倾向和艺术情趣。

西晋诗风是沿着建安诗风发展出来的，一直走的是注重辞采的路子，把曹植的"辞采华茂"发展到了繁缛的地步，如陆机、潘岳等人；另一路则重视骨气和情感，继续着建安风骨的情感表达，如左思、刘琨等人，尽管这不一定是他们有意识的追求，但却能看出西晋诗歌继承和发展汉魏诗歌的道路。

东晋诗歌的发展，又走出了两条新路。一条是强化了诗歌的阐释功能，用诗歌来表达玄学和神仙思想，从而促成了哲理诗和游仙诗的发展；二是反思了"繁缛"的诗风，开始向平淡闲远和清新自然的方向努力。陶渊明便是东晋诗风陶冶和培养出来的一位代表诗人，也是晋宋诗风转型过程中出现的关键诗人。其独具特色的田园诗，不仅承接了东晋玄言诗追求平淡的艺术倾向，而且通过传神写意推动了诗歌意象的丰富和意境的发展，为南朝诗歌的发展进行了必要地铺垫。

陶渊明的田园诗，是以平淡自然作为其艺术风格的。平淡是说其诗歌的感情特质，是其用恬静的笔触，去描写自己的所见所闻，没有一丝矫饰，没有一丝勉强。在陶渊明笔下，他所居处的田园中的一草一木，无不充满灵气，与他一起安静悠闲地生活着，一起享受生命的快乐。他在清晨的朝露中种豆，在夕阳的抚慰下锄草，在炎炎夏日里灌园，在习习春风中出游，或交友而饮酒，或读书而赋诗，有那秋菊孤松相伴，有榆柳新葵相对，飞鸟是他的知音，游鱼也能寄托情感。打开南窗，手拿荆扇，漫步东篱，远见南山，一片远村，一缕炊烟，都让他悠然自得。那些外在的景物，不仅是客观存在的物象，也是与他心灵对话的朋友，这不仅激发了他心中的诗意，而且成为他抒写人生的载体。陶渊明把自己的情感倾注入这些景物，通过塑造平淡自然的农舍风光图获得了精神上的愉悦。这种安逸，是超脱了功名、厌倦了凡尘之后才会获得的，因而，它更加深沉真挚。

佛经的翻译和四声的发现，为徘徊中的诗歌注入了新的活力。平仄的搭配，音韵的协调及对偶句式的使用，使诗歌开始向着整齐化发展，杂言诗逐渐让位于五言诗、七言诗。南朝民歌的五言体制，既可以说影响到了南朝文人诗，也可以说是永明体等新体诗推动而成的。二者相互促进，不仅使五言诗逐渐成熟，而且也为七言诗的发展做了必要的铺垫。其次，四声八病等诗歌创作要求的提出，使诗歌在内在的约束中获得了独特的审美情韵，不仅在形式上，而且在声情、结构、技法、美感上，与辞赋、骈文等区分开来，成为一种具有个性气质的艺术形式。

三、文人为诗

　　唐代诗歌的繁荣，正是将南北朝时期形成的这种诗歌声韵、结构和技法发展到了极致，才成为文学史中最绚丽的篇章。盛唐诗歌最具风神情韵，是个性、情采、韵味自然而然的结合。鬼斧神工，自然天成，没有更多矫饰；兴象玲珑，多彩多姿，读不到思致的雕琢和思力的安排。中古以来所积淀的诗情，在唐诗里得到了全面的发挥，传统诗法所能达到的艺术水准得到了高度的展示。

　　到了初唐，仿佛春回大地，各种气质的诗人，纷纷加入诗歌的创作队伍中来：虞世南、上官仪等人的绮错婉媚，初唐四杰的刚健苍茫，沈佺期、宋之问的注重格律，陈子昂的标举兴寄，张若虚的诗情画意，王绩的闲淡疏豁。他们都从不同侧面完善了诗歌的艺术形式，扩大了表达空间，逐渐形成了开朗明丽的艺术气质，为盛唐诗歌的繁荣做好了充分的准备。

　　到了开元年间，以王维、孟浩然为代表的山水田园诗派，抒写隐逸生活的情趣，表现安逸而宁静的人生理想；以高适、岑参为代表的边塞诗派，描绘雄奇壮丽的边塞风光，抒写带有英雄情结的理想气概。与此同时，李白、杜甫等人也先后登上诗坛，他们不仅书写了盛唐士人浪漫自信的个性特征，反映了开元前后的时代气质，也广泛反映了安史之乱前后风雨欲来的社会现实，形成了盛唐气象和诗歌创作高潮。

　　李白的地位，既在于他是盛唐诗歌的代表，也在于他是六朝以来诗歌发展道路的终结者。一方面，李白继承了陈子昂的诗歌革新主张，廓清了齐梁诗风的影响；另一方面，他充分吸收了六朝诗歌的精华，特别是鲍照、阴铿、庾信等诗人和南朝民歌的清新自然，形成了巧夺天工的艺术品格。李白的才力和诗情，是六朝诗歌讲究天工和思力相统一的产物。可以说，李白是幸运的，他成长于一个文化高度发达的时代，经历了一个欣欣向荣、充满乐观精神的时代，从而成为一个伟大的诗人。

如果说，李白是盛唐浪漫精神的体现，那么，杜甫则代表了安史之乱前后大部分士人的忧患意识和写实精神。杜甫敏锐地意识到天宝年间繁荣的背后所隐藏的巨大危机，也遭逢了天下大乱的颠沛流离，品尝到了国破家亡的悲欢离合。他在突如其来的社会动荡面前失去了浪漫的幻想，变得苍老成熟了许多。他不再单凭少年精神去讴歌理想，而是更加现实地思考国家的危亡和百姓的安乐，用充满沧桑感的笔触，去刻画风雨飘摇中的社会和人生。在这种背景下，唐诗发生了变化，开始向着深沉、苍凉的方向发展，仿佛天气由夏入秋，渐渐带有了一丝凉意。

杜甫的诗歌，更多的不是表现飞扬的才性和浪漫的诗思，而带有一种思力的安排。我们常常能够深入到他的诗歌内部，看出他在诗歌意境、声韵、词汇上面的刻意追求。因而，杜甫的诗歌总带有一种思致的、沉淀的和凝重的美感，区别于李白的巧夺天工、无迹可寻。这一方面反映了杜甫在学习前代诗歌、继承盛唐精神的同时，也开始有意识探索并确立了一种新的诗学规范；另一方面，也显示了自谢灵运所开辟的重视思力的诗歌发展道路，得到了更为鲜明地凸现。此后，白居易、韩愈、李贺等，都是沿着这条道路继续探索，试图从各个方向，通过"笔补造化"的方法，寻找诗歌的自新之路。

盛唐琳琅满目的诗篇，似乎把好诗都写尽了。俗话说，极盛难继。一方面，到了中唐，由于藩镇割据、朝政日非等因素的影响，唐朝没有了它早年的开阔和强盛，士人们也缺乏盛唐气象所哺育出来的少年精神，所以，诗歌开始向着冷落萧散的方向发展。另一方面，盛唐诗人靠才气和热情喊出来的诗歌，在中唐难以为继，诗人们不得不另辟蹊径，去寻找新的发展道路。

白居易、张籍、王建等，为适应市民阶层尚俗的口味，开始推动诗歌的通俗化。他们试图重新学习乐府"通俗""缘事"的叙述，形成了写实讽喻的创作潮流。

韩愈、孟郊、李贺、李商隐等，试图打破传统诗歌优美和谐的美感特征，选取奇特险怪的意象，追求幽冷新异的境界，采用散文的结构和句法，在新变中更新诗歌的叙述，形成一种"异化"的美感。

还有的诗人，继续从民歌中吸取养分，注意到隋唐民歌一方面受五言、七言诗的影响，情韵婉谐，清新活泼；另一方面，句式并不固定，长短相见，自由开合。这与已经整齐化、声律化、以朗诵为主要传播方式的诗歌相比，别具声情。他们开始有意无意地模仿创作这种可以歌唱的曲子词，促成了曲子词的文人化。

到了晚唐，一度辉煌强大的唐帝国已经日薄西山，气息奄奄了。许多诗人不再幻想盛世的出现，也放弃了中唐士人试图改良政治的努力，他们虽也有一些个人的理想和抱负，却不能有任何作为，只能用全部的才学留恋诗酒、出入青楼，反复咏叹着时代的悲哀，抒发自己的无奈和感伤，如杜牧、李商隐、温庭筠等。同时，也有另一批诗人用犀利的笔触来写现实生活，如皮日休、陆龟蒙、杜荀鹤等人。所以，晚唐诗歌呈现出两种截然不同的倾向，前者带有向齐梁回归的意味，在内容上多写女色艳情，充满了脂粉气；在艺术上追求细腻工巧，特别是讲求声律对偶、辞藻绮丽。后者则继承了中唐元白的写实讽喻传统，并延续到宋初，与宋初"白体"的发展一脉相承。

北宋时期，欧阳修等人发起诗文革新运动，促成宋诗彻底摆脱了模仿唐诗的创作格局，开始发生较大规模的转型，迅速成熟并繁荣起来。欧阳修、梅尧臣、苏舜钦等诗人，在吸收唐诗，特别是中唐以来的韩孟诗派的创作经验中，致力于寻求诗歌的新变。他们努力矫正晚唐体、西昆体的弊端，不断扩大诗歌的题材，用古淡平易取代典丽华艳，把散文化和议论化等技法引入到诗歌创作中，从而形成了宋诗创作的新局面。

随后，王安石、苏轼登上诗坛，进一步巩固和发展了欧阳修等人的革新成果。王安石注重现实，精于议论，讲求法度，诗律精严；苏轼超迈豪纵，触处生春，开阖自如，格局旷大，使宋诗趋于成熟、完美。后来，又经过以黄庭坚为代表的江西诗派的凝定，宋诗终于以重视筋骨思理的独特风格，区别于唐诗的丰神情韵而卓然立于诗坛，形成了与唐音完全不同的宋调。

北宋的灭亡，一度颠覆了宋人温文尔雅式的沉稳，他们开始用诗歌来表达家国之恨，抒发爱国之情，成为南宋诗歌的主要内容之一。南宋初年，江西诗派的影响很大，陈与义、吕本中、曾几等人，一方面继续延续江西诗派的诗法，另一方面试图对江西诗派过分讲究拗律、喜用硬语的毛病进行补救。南宋中期，随着尤袤、杨万里、范成大、陆游的出现，诗歌创作开始繁荣起来。方回《跋遂初尤先生尚书诗》："宋中兴以来，……言诗必曰尤、杨、范、陆。"后人称之为"南宋四大家"。在这四人中，尤袤诗集失传，其余三人都以独特的诗歌风貌推动了南宋诗歌的艰难转型。南宋后期的诗歌，继续着中兴四大家的诗写自我、崇尚活法的倾向，但却过分讲求灵性和自我，转而使诗歌摈弃了才学，以致诗风表现出有点回归晚唐的意味。

在南宋覆亡前后，还有一批诗人出现，他们有的投身抗元斗争，被执不屈，壮烈牺牲，如文天祥，其诗风接近杜甫的沉郁；有的转徙流离,无限伤感,如汪元量、谢翱、郑思肖等,其诗风接近孟郊、贾岛的奇崛幽峭,表达了一种无可奈何的失落和伤感。他们的这些诗歌和南宋诗歌的整体倾向是一致的,都是在试图摆脱江西诗派的影响,努力自成一体,但却都无一例外地向着晚唐或宋初回归。

这似乎在说明:到了宋代,近体诗好像走到了尽头,因为与此同时兴起的词和此后兴起的曲,不仅分去了诗人们的才情,也更能得到百姓们的喜爱。这似乎又在说明,唐宋之际开始兴起的市民阶层,不再满足于诗歌的抒情言志,他们喜欢歌唱更善于表达细腻情感的曲子词,也更喜欢倾听具有情节意味和人物形象的戏曲和小说。因而,到了元代以后,随着戏曲的兴起和小说创作的繁荣,诗歌这一曾经辉煌了数千年的文学体裁不可避免地衰落了。尽管在数量上没有减少,但在质量上,元明清的诗歌,却再也不能与唐诗、宋诗相媲美了。

四、词为诗余

曲子词的发展,得益于燕乐的形成。燕乐主要是周、隋以来,从西北各民族传入的少数民族音乐。它不仅包含了魏晋南北朝以来流行的清商乐,而且包括了许多当时民间流行的俚曲小调、外国音乐和民族乐曲,如《苏幕遮》《菩萨蛮》《渔歌子》《望江南》等。这些音乐,随着唐代文化的繁荣,逐渐融合起来,形成了特有的燕乐系统。由于燕乐以琵琶为主,而琵琶有二十八调,音律变化错综复杂,传统歌诗的五七言句式很难和它们配合,就只好增减诗的字句来合乐,这样长短句的歌词便应运而生了。

这些长短错落的曲子词的产生，有两种可能：

一是产生于盛唐时期为皇家服务的教坊。唐开元、天宝年间崔令钦所著的《教坊记》记录了当时流行的曲名三百多种，有不少跟后来的词调同名，说明盛唐以前，教坊已有词调流传。

二是产生于民间的加工。现存最早的曲子词是敦煌曲子词，其中有《感皇恩》《献忠心》等反映了国家政治安定、经济繁荣的词作，这说明，至少在中唐前后，民间已经有了比较成型的词作。

到了晚唐时期，词不仅成为民间大众娱乐的需求，而且在流传过程中，既不可避免地渗入市民阶层的思想意识，又因其音乐不断得到加工和丰富，最终形成了词的特质。

从敦煌曲子词来看，词作的内容虽较为广泛，但词在表达人的细腻情感方面更有特长，如《望江南·天上月》：

> 天上月，遥望似一团银。夜久更阑风渐紧，为奴吹散月边云，照见负心人。

用比兴手法，触景生情，来写女子的哀怨和相思。

之所以出现这种情形，很重要的一个原因是，曲子词合乐歌唱的特点决定了它的特质：常是在歌舞欢宴场合中由歌伎来演唱，许多词人出于演唱的需要，常以女子的口吻来写词，实际是替歌伎代拟作品，因而不可避免地使词更倾向于书写男女情感交往的过程，及女子的相思和哀怨。中唐前后，是民间词与文人词交织发展的时期。许多作家借鉴民歌，写了很多书写个人情怀的曲子词，如张志和、刘长卿、韦应物、白居易等。

温庭筠是晚唐写词最多、对后人影响也最大的词家。他精通音律，富于文采，因考场失意而终身困顿，不得不长期出入歌楼妓馆，为歌伎写词谱曲，成为文学史上第一个专业的词人。温庭筠多写妇女的容貌、服饰和情态，其中，最著名的是《菩萨蛮》：

> 小山重叠金明灭，鬓云欲度香腮雪。懒起画蛾眉，弄妆梳洗迟。
>
> 照花前后镜，花面交相映。新贴绣罗襦，双双金鹧鸪。

温庭筠把一位女子早上慵懒而细腻的梳妆过程描写得淋漓尽致。对她华贵的服饰、艳丽的容貌、娇弱的体态的刻画，不仅体现出词的细腻表现力，也传达出温词温香秾软的风格。

五代后蜀的赵崇祚，选录了温庭筠、皇甫松、韦庄等十八家的词，编成《花间集》十卷，除温庭筠、皇甫松、孙光宪外，其他作者都来自西蜀。由于词风一致，所以，后世称他们为花间词人。五代时期的西蜀偏远，受战祸骚扰较少，加上经济富庶，当地官僚、贵族和士人常常歌舞饮宴、佐酒听乐，这些文人便创作了很多歌词交给歌伎演唱。这些词作内容多写女子服饰体态，辞藻雕琢华艳，与温庭筠的词作相比，少了体贴和关怀，多了欣赏和玩弄，只有韦庄的词自然清新，延续了中唐民间词的声情，代表了五代词发展的另一种倾向。

后蜀文人在花间歌舞欢宴的时候，位于金陵、扬州等地的南唐君臣，也常常聚集亲朋同僚，一边听着丝竹歌唱，一边构思着新词，形成了另一个词作的中心。由于南唐国势衰弱，不能像西蜀文人那样乐而无忧，而是始终担心有亡国的危险，但却不能振作图强，只能强颜欢笑，苟且偷安，这无形之中构成了南唐词的感伤基调。这些词人中，最具有代表性的是冯延巳和李煜。

冯延巳的词，多写宾主饮酒作乐生活，反映士大夫们的闲情逸致，词作开始摆脱花间词人过分关注女子形态的特点，着力抒写人物的心绪。其中，《鹊踏枝·谁道闲情抛掷久》向来被认为最能代表他的成就：

> 谁道闲情抛掷久？每到春来，惆怅还依旧。日日花前长病酒，不辞镜里朱颜瘦。
>
> 河畔青芜堤上柳，为问新愁，何事年年有？独立小桥风满袖，平林新月人归后。

词作抓住了人物内心的哀怨愁绪，语言清新流转，特别是对"闲情""春愁"的描写，缠绵悱恻，若远若近地流露了他对南唐国运的关心和对自己命运的感伤，显示了文人词自我写意倾向的继续发展。王国维在《人间词话》中评价，冯延巳的词"不失五代风格，而堂庑特大"。这说明他不仅开启了南唐词风，而且其以词写心绪、写自我的手法深深影响了此后的李煜。

李煜词常用白描手法抒写个人生活感受，也用贴切的比喻将情感高度形象化，其语言明净优美，摆脱了花间词派雕琢华艳的风格，处处体现出五代词的新发展。这对宋词特别是豪放派词风的形成，有着直接的推动作用。而且，这些词作改变了晚唐五代以来，词人多以女子的形象来曲折表达心绪的手法，直接进入到词人的内心世界。如《清平乐》：

> 别来春半，触目柔肠断。砌下落梅如雪乱，拂了一身还满。
>
> 雁来音信无凭，路遥归梦难成。离恨恰如春草，更行更远还生。

李煜意识到国家的危亡和自己无可奈何的命运，流露出淡淡的哀愁，他总能剖白个人的哀怨和伤感，从而使词摆脱了晚唐以来服务于歌舞欢宴场合而形成的浅斟低吟风格，开始成为可供士人们直接抒写自我的新诗体。王国维称赞道："词至李后主而眼界始大，感慨遂深，遂变伶工之词而为士大夫之词。"①

北宋俞文豹的《吹剑录》，记载了这么一个故事：

> 东坡在玉堂日，有幕士善歌，因问："我词何如柳七？"对曰："柳郎中词，只合十七八女郎，执红牙板，歌'杨柳岸晓风残月'。学士词，须关西大汉、铜琵琶、铁绰板，唱'大江东去'。"东坡为之绝倒。

说苏轼把自己的词和柳永比较，有人说柳永的词适合窈窕多情的歌伎拿着檀板去演唱，而苏轼的词适合关西大汉敲着铁板去歌唱。虽然这个故事有讥讽苏轼词不合传统的特点，却道出了北宋词开始分为婉约和豪放两种不同的风格。

所谓的婉约，指词风风流蕴藉，情思细腻悠长，词境曲折幽深，保持了晚唐五代以来词的本色；所谓的豪放，则是指词意气象恢宏，感情豪迈奔放，笔触恣肆纵横，不守常规。自明代张綖在《诗余图谱》中提出，词体有这两种不同风格后，婉约和豪放便成为品评词人的两种分野。一般来说，大家将晚唐五代的温庭筠、韦庄，北宋的周邦彦、秦观、贺铸、晏几道，南宋的吴文英与周密等称为婉约词人；而将苏轼、辛弃疾及陈亮、刘过、刘克庄等人视为豪放词人。这种分法，确实能让我们看到词风之间的巨大差异，但我们也应该注意到，有些词人如苏

---

① 王国维：《人间词话》，北京：人民文学出版社，1960年，第197页。

轼、辛弃疾等，却能兼备众体，他们也有不少婉约之作，其词风刚柔相济。所以，这种分法只是相对的，不是绝对的。

苏轼的词，题材丰富，风格多样，几乎把诗歌的题材全部引入到词中，使词走出了曲折幽深的发展道路，境界一下子被打开了。《江城子·密州出猎》：

老夫聊发少年狂。左牵黄，右擎苍。锦帽貂裘，千骑卷平冈。为报倾城随太守，亲射虎，看孙郎。

酒酣胸胆尚开张。鬓微霜，又何妨。持节云中，何日遣冯唐。会挽雕弓如满月，西北望，射天狼。

这首词是苏轼四十岁在密州所作。词的上阕，写出猎时随从如云、马嘶鹰旋的壮阔场景，下阕抒发自己抵御侵略的雄心壮志。意境开阔，虚实相间，气势充沛，激情澎湃，是豪放词的代表。但他还有很多词，是写离愁绪的，风格也细腻绵长，荡漾着空灵韶秀之美，有一定的婉约特质。如写杨花旖旎之美的《水龙吟·次韵章质夫杨花词》，有"春色三分，二分尘土，一分流水。细看来不是杨花，点点是离人泪"的缠绵悱恻；写女子闲愁的《雨中花慢》，"丹青□画，无言无笑，看了漫结愁肠。襟袖上，犹存残黛，渐减余香。一自醉中忘了，奈何酒后思量。算应负你，枕前珠泪，万点千行"。风情不减柳永。这些婉约清丽的作品，不仅体现了苏词的风格多样，也体现了苏词的开拓是在充分的继承中展开的。

婉约、豪放词风之外，北宋还有讲求格律和技巧的格律词派。周邦彦精通音律。他在大晟府工作期间，凭着自己对词调、音律的丰富知识，将柳永以来形成的慢词进行了定型化、规范化处理，而且还自度新声，创制了很多新的词调，如《浪淘沙慢》《华胥引》《蕙兰芳引》《荔枝香近》《花犯》《玲珑四犯》等。周邦彦创制的这些词调，不仅讲求平仄，而且仄声中，上、去、入三音也不能混淆，从而使词调更加严密，词的声情更趋细腻，因而，其被称为"格律派"的祖师。周邦彦还总结北宋婉约词的技巧，学习了苏轼等引诗入词的手法，大量运用典故，注重语言的锤炼和章法的建构，从而使词更多曲折、回环、沉郁顿挫之美；又融合了晏殊、欧阳修、柳永、秦观等人婉约词的长处，长于比兴，善写意态。

南宋中后期，一部分诗人如姜夔、吴文英等，延续了周邦彦开辟的道路，潜心研究词律、追求词风的高雅清醇。他们吸收了婉约词柔美的特点，又注意到豪放词人的耿介之气，提倡中正和平之音，追求词的典雅纯正，创作出了许多音韵精密清越、格调高雅幽洁、笔力清健冷峻的词作，形成了注重清空和密丽的雅正词派。

姜夔是清空派的代表。这一派词人，有史达祖、高观国、孙惟信、刘镇、吴咏、刘子寰、方岳、翁元龙等。周密、王沂孙、张炎等也可以视为清空派的发展。他们的词作，追求清雅空灵、幽冷疏宕的风格。姜夔的《扬州慢·淮左名都》是代表作：

淮左名都，竹西佳处，解鞍少驻初程。过春风十里，尽荠麦青青。自胡马、窥江去后，废池乔木，犹厌言兵。渐黄昏，清角吹寒，都在空城。

杜郎俊赏，算而今、重到须惊。纵豆蔻词工，青楼梦好，难赋深情。二十四桥仍在，波心荡、冷月无声。念桥边红药，年年知为谁生！

这首词比兴空灵自然，音节谐婉自如，在寄托家国之恨中，表现了作者孤高的气质。

密丽派的代表词人是吴文英。他的词在协律、雅正、高古方面与姜夔类似，但他追求隐秀幽邃的意境，这和姜夔的清空有所不同。这一派注重锤炼句法，讲求典故，善用秾丽博实的语言形成曲折隐深的词风，很类似晚唐的李贺、李商隐。其追随者有尹焕、黄孝迈、冯去非、楼采、李彭老等。如吴文英的《八声甘州·灵岩陪庾幕诸公游》：

渺空烟四远，是何年、青天坠长星？幻苍崖云树，名娃金屋，残霸宫城。箭径酸风射眼，腻水染花腥。时靸双鸳响，廊叶秋声。

宫里吴王沉醉，倩五湖倦客，独钓醒醒。问苍波无语，华发奈山青。水涵空、阑干高处，送乱鸦、斜日落渔汀。连呼酒，上琴台去，秋与云平。

上片写古迹，下片抒怀古之情，意境旷远，情绪低回，虚实结合，真幻相生，比喻奇警，词彩俊爽，代表了梦窗词的典型特征。吴文英的词，讲究句句有典故来历，追求秾丽柔婉的风格。由于吴文英的词作，语言晦涩难懂，内容旨意很难被人了解清楚，张炎的《词源》曾把他的词比作"七宝楼台，眩人眼目，碎拆下来，不成片段"，吴文英的词华美壮观，却让人难以读懂，无法形成完整的印象。

由此可见，词发展到宋末，已因过度雅化，而走向了一条僵化的道路，不再像晚唐五代那样，成为百姓喜闻乐见的艺术形式，而仅作为文人书写自我幽情、显示自己才学的一种工具。宋元以后，小说和戏曲成为文学的主流，诗词开始退居到次要的地位。到了明清，出现了众多的诗词理论著作和诗词选集，对中国古代诗歌进行了全面的总结。如王士祯的《渔洋诗话》，沈德潜的《古诗源》《唐诗别裁集》《明诗别裁集》《国朝诗别裁集》《说诗晬语》，袁枚的《随园诗话》，还有朱彝尊的《词综》、张惠言的《词选》、万树的《词律》、王鹏运辑的《四印斋所刻词》、朱孝臧辑的《强村丛书》、江标辑的《宋元名家词》等，不仅选辑、保存了大量的诗词，使后人能够去芜存菁地阅读诗词的精华，而且还分析了中国诗歌的道德审美特征和艺术技法，有助于我们明晰中国诗歌的艺术范畴，懂得如何去体味那一首首摇曳着性灵和才思的诗词。

第十四章
诗分唐宋

唐诗和宋诗在风格上有很大的区别,故而有"诗分唐宋"的说法。如李白与苏轼在看庐山时的直觉就不一样,李白看到的是"飞流直下三千尺,疑是银河落九天"(《望庐山瀑布》),写的是感觉;苏轼看到的是"不识庐山真面目,只缘身在此山中"(《题西林壁》),写的是思考。表面上是他们两人的视角不同,实际上这代表了唐诗和宋诗两种不同的风格。要想了解中国诗歌史的发展和演进,还要理解唐诗与宋诗这两种写诗方式的不同。

一、唐宋分体

最早意识到唐诗与宋诗不同的是严羽。他在《沧浪诗话·诗评》中说:"本朝人尚理而病于意兴,唐人尚意兴而理在其中。"说宋人写诗追求理致,唐人写诗追求感兴。沈德潜在《清诗别裁集·凡例》中说:"唐诗蕴蓄,宋诗发露。蕴蓄则韵流言外,发露则意尽言中。"宋诗写

得显露,唐诗写得含蓄。如王维的《终南山》:

> 太乙近天都,连山接海隅。
> 白云回望合,青霭入看无。
> 分野中峰变,阴晴众壑殊。
> 欲投人处宿,隔水问樵夫。

完全就是直观的画境,读完之后,感觉山是高山、是远山、是奇山、是深山,终南山之美溢出言外。而苏舜钦的《宿终南山下百塔院》:

> 驱马山前访古踪,僧居潇洒隔尘笼。
> 绕庭石鳖谷间水,入户鸣鸥堆上风。
> 无限老松秋色里,数声疏铎月明中。
> 村鸡坐听三号彻,去去前朝气味同。

相对于王维的直观,苏舜钦对终南山景的描写几乎是自己的旅行日志,在叙述时,自己是独立于风景之外的,总想刻意地写明自己走过的线路、看到的风物、想到的古今变化,其中的"无限老松秋色里,数声疏铎月明中",对仗很工整,但却不像王维的对仗那样脱口而出,体现出不少思致的安排。

吴乔《围炉诗话》中也说:"唐诗有意,而托比兴以杂出之""其词婉而微,如人而衣冠。宋诗亦有意,惟赋而少比兴,其词径以直,如人而赤体。"唐诗多用感兴来写,情景结合得非常好。而宋诗喜欢叙述铺陈,把一件事、一次旅行、一场相会写得头尾完整,叙述、写景、抒情、议论一样不落地放在诗中,为了展示自己的学识,甚至要使用很多的典故。

翁方纲在《石洲诗话》中，也总结了唐诗、宋诗的差异："唐诗妙境在虚处，宋诗妙境在实处""而盛唐诸公，全在境象超诣"，读唐诗要看情感，读宋诗要看景致。"虚"包括两层意思，一是境界博大，二是情感饱满。唐诗要读诗外留白处，宋诗要读文字落笔处。唐诗之美，在于不写什么；宋诗之妙，在于写了什么。宋代人读书很精细，又好议论，写诗时要把自己的才学、议论全放在诗里，这就导致了宋人写诗越写越细密，越来越讲究作诗的技巧。

王闿运在《唐诗选》之序中认为，唐人之诗，常常自出机杼："三唐风尚，人工篇什，各思自见，故不复模古。"写诗从来不模仿古人，完全是自己在写。宋诗之诗，要夺胎换骨、点铁成金，一味模仿古人，用前人的典故、文辞，诗中多了构思，少了感兴，自然读起来就似曾相识，越写得好、写得多，越觉得老熟。

钱钟书在《谈艺录·诗分唐宋》中说：

> 唐诗、宋诗，亦非仅朝代之别，乃体格性分之殊。天下有两种人，斯分两种诗。唐诗多以丰神情韵擅长，宋诗多以筋骨思理见胜。……曰唐曰宋，特举大概而言，为称谓之便。非曰唐诗必出唐人，宋诗必出宋人也。故唐之少陵、昌黎、香山、东野，实唐人之开宋调者，宋之柯山、白石、九僧、四灵，则宋人之有唐音者。

需要强调的是，唐诗并不是完全指唐朝人写的诗，宋诗也并不完全是指宋朝人写的诗。唐诗是一种独特的诗歌表达倾向，宋诗是与唐诗不同的一种艺术追求。钱钟书提出此观点，说明的是唐诗和宋诗，不是以朝代为概念，而是以两种诗歌的追求、风情、艺术特点来加以区分的。

诗分唐宋,并不是说唐朝人写的诗就是唐诗,宋朝人写的诗就是宋诗,而是把唐诗和宋诗作为两种诗歌追求。我们习惯上把盛唐诗人写的诗称为"唐诗",这类诗歌追求兴象玲珑,追求饱满的情感,追求鲜活的直觉。中唐以后的诗人,如韩愈、刘禹锡、李商隐所写的诗,讲求构思、才学、议论,以文为诗,以才学为诗,以议论为诗,后世具有这种倾向的诗,称为"宋调"。所以,唐音中有宋调,宋调中亦有唐音。宋代也有一些人作诗讲求兴象玲珑,如九僧诗人、四灵诗人,他们的诗歌就近于"唐诗"。

钱钟书认为,诗分唐宋,是一种态性之分:"唐诗多以丰神情韵擅长,宋诗多以筋骨思理见胜。"[1]丰,是丰润;神,是神采;丰神,是诗歌中有饱满的情思和神韵。李白的"天生我材必有用,千金散尽还复来"(《将进酒》),我们能感觉到情思饱满,有不尽的韵味。筋骨,相对唐诗的丰润而言,宋诗显得很瘦硬,构思和书写筋脉分明。唐诗,讲求来无端去无迹,有一种感情的跳跃;宋诗,讲究思辨理性,无一字无来处。唐人写诗时用深情,更注重自然风景的外在韵味。宋人舍其表面,更追求事物内在的逻辑,总有一种思考在诗中。

缪钺在论宋诗时,写了这样的一段话:

> 唐诗以韵胜,故浑雅而贵酝藉空灵;宋诗以意胜,故精能而贵深折透辟。唐诗之美在情辞,故丰腴;宋诗之美在气骨,故瘦劲。[2]

---

[1] 钱钟书:《谈艺录》,北京:生活·读书·新知三联书店,2001年,第3页。
[2] 缪钺:《诗词散论》,上海:上海古籍出版社,1982年,第36—37页。

完全可以作为对钱钟书那段话的呼应。唐诗靠着韵味取胜，读唐诗要读其浑雅之美。浑雅之美，就是读起来有浑然一体的感觉，如《子夜吴歌·秋歌》："长安一片月，万户捣衣声。秋风吹不尽，总是玉关情。何日平胡虏，良人罢远征。"情景相合，浑然一体。宋诗靠的是意趣，重剖骨抽筋，苏轼的《琴诗》："若言琴上有琴声，放在匣中何不鸣？若言声在指头上，何不于君指上听？"体物不在比德，而在析理。唐诗情感非常饱满，给人一种丰艳美人的感觉；宋诗是有气骨，感觉比较有骨感。

缪钺在《诗词散论·论宋诗》中，很形象地比较了唐宋诗风的差别：

> 唐诗如芍药海棠，秾华繁采；宋诗如寒梅秋菊，幽韵冷香。唐诗如啖荔枝，一颗入口，则甘芳盈颊；宋诗如食橄榄，初觉生涩，而回味隽永。譬诸修园林，唐诗如叠石凿池，筑亭辟馆；宋诗则如亭馆之中，饰以绮疏雕槛，水石之侧，植以异卉名葩。譬诸游山水，唐诗则如高峰远望，意气浩然；宋诗则如曲涧幽寻，情境冷峭。唐诗之弊为肤廓平滑，宋诗之弊为生涩枯淡。虽唐诗之中，亦有下开宋派者，宋诗之中，亦有酷肖唐人者；然论其大较，固如此矣。

读唐诗仿佛吃荔枝，一颗入口，满嘴的芳香；读宋诗仿佛吃橄榄，刚吃的时候感觉生涩，后来回味无穷。读唐诗的时候，仿佛建造园林，是叠石凿池，筑亭辟馆；读宋诗的时候，则是在上面雕上花纹，做栏杆，在石头旁边种上小花。换句话说，唐诗建构了诗歌的基本格局，把诗的体格搭建起来了，宋诗是在主体建筑之后，还有修修补补。

王维的《终南山》、李白的《梦游天姥吟留别》，高峰远望，意气浩然，神采都不一样。宋诗读起来，如曲涧寻幽，情境冷峭。唐人看山水，是站在山顶远眺，有"会当凌绝顶，一览众山小"（《望岳》）的气势。宋人看山水，仿佛在山间行走，留意于"山重水复疑无路，柳暗花明又一村"（《游山西村》）的曲涧寻幽。因此，唐诗之弊，在于肤廓平滑，有时感觉太流畅了，好像弹珠在玻璃墙上的滚动，给人一种平滑甚至油滑之感，有点脱口而出，诗味不足。宋诗曲涧寻幽的感觉，曲折而耐读，读起来感觉总是太刻意，有时候有生涩之感，难以卒读。

唐诗与宋诗的不同，体现了诗歌发展的不同要求：

从创作方法上来说，唐诗与宋诗有天工与思力的区别。诗歌的发展，早期重天工。天工，是形容诗歌完全是天成的，靠灵感和神思而成。魏晋之后，谢灵运靠思力写诗，诗中明显有一种构思和铺排。唐代以杜甫为开端，更多人写诗，开始靠自己的思力安排，靠格律、构思及语言技巧的雕琢来写诗。韩愈开始故意追求唐诗不常表达的意象，用奇崛之美来矫正平滑，这种美，是要靠构思来形成的。这种风气继续到宋代，便以议论为诗，以才学为诗，以文字为诗。

从作家个性上来说，诗人有感性、理性的差异。感性之人写诗，能把自己的情感表现得非常曲折、动人。不善于表达自己的情感的诗人，更多的是通过理性的安排来写诗。靠感性来写诗，就容易形成感兴，兴象玲珑；靠理性来写诗，就容易形成思致，有顿挫而复杂的结构。

从审美追求上来说，有兴趣、理趣的分野。兴趣是透过物象与情感结合，并不以自然景物的描绘作为追求，而是把握自然景物中的表象。我们说看花，花有圆形的、有红色的，但是理性的人会追问，这朵花为什么是红色？为什么是圆形的？比表层感觉更深的感觉，二者没有优劣之分。追求兴趣的人，更注意常人所能观察到的自然界的姹紫嫣红和人情上的细腻。追求理趣的人，观察表象的目的，是为了探求内部的规律。追求兴趣的诗人，表达的关键在于情感的细腻，追求理趣的诗人，表达的关键在于独特。唐诗所表现的情感和景物，远比宋诗细腻，虽然宋诗之中有很多景物，也表达了大量的情感，总感觉表层的意象没有唐诗中的好，原因是他们的着眼点，不在表层的感性所产生的表层意味，而在于表层之下的、更深的内在思致。

从时代风尚上来说，唐人尚意气，宋人重老成。唐人是"马上相逢无纸笔，凭君传语报平安"（岑参《逢入京使》），意气风发，碰上好朋友，就说，你给我捎一个信吧，这是唐人的洒脱之处。宋人不一样，写诗的时候有老成之态："何事吟余忽惆怅？村桥原树似吾乡。"（王禹偁《村行》）有不少思考存在其中。盛唐的人写的诗，仿佛是少年精神，充满了放荡不羁的情怀、浪漫的想象和对自然万物的好奇。而宋人仿佛是中年人，更多的是思考，是老成。

二、唐宋分法

我们总结了唐诗和宋诗的风格差异，还要分析一下这些差异形成的原因：

一是意趣不同。唐诗追求感兴、宋诗追求思致。我们用三首写农村的诗，来感觉唐诗、宋诗诗法的不同。

孟浩然的《过故人庄》:

> 故人具鸡黍,邀我至田家。
> 绿树村边合,青山郭外斜。
> 开轩面场圃,把酒话桑麻。
> 待到重阳日,还来就菊花。

这首诗完全由着感觉来写,叙述朋友邀请自己喝酒的过程,然后写喝酒喝多了,又相约重阳佳节时再次相聚。诗作一览无余,并没有太多的构思,完全是脱口而出,意象饱满。绿树延展到视线尽头,自然合在一块儿,青山悠悠,横斜于天际。打开窗户,就看见了外面的庄稼地和打圃场。互相把酒,问一些有关农村的事,最后的告别也很自然。全诗没有典故,如话家常。

宋人写诗就不一样,有一种自我的安排在里面,仿佛是有意要写这首诗。《新城道中二首》(其一)是苏轼于宋神宗熙宁六年(1073)二月视察杭州属县,自富阳经过新城时所作。他用生动形象的笔触,描绘出雨后天晴、清新开朗的田园风光:

> 东风知我欲山行,吹断檐间积雨声。
> 岭上晴云披絮帽,树头初日挂铜钲。
> 野桃含笑竹篱短,溪柳自摇沙水清。
> 西崦人家应最乐,煮芹烧笋饷春耕。

苏轼用白云、红日、桃花、碧柳等,形成了一幅生机勃勃的闹春图,意境清新活泼,在浓厚的生活气息中,表现了诗人欢快的心情。这首诗的意象繁复,仿佛有意把这么多的意象堆起来,有一点人工雕琢之感,让人感觉不自然。首联说,下了好长时间的雨,明天我要出去游玩了,结果风都知道我要出去,就把雨给停了,有一种意志安排在里头。孟浩然写诗,是无心作诗,苏轼是有意在写诗。颔联把白云比作山的帽子,树头挂的日头像铃铛一样,这个比喻很新奇,但又让人感觉很不自然。颈联写风景,有自然风情。尾联中,自己又跳了出来,说西崦人家应该是最快乐的,他们一面耕地,一面闻到用芹做的汤的味道,又闻到用笋做的菜的味道,最有滋味。开头两句,写东风知道他要山行,最后写他推测农家的自然快乐,有思考上的痕迹,是有意作诗。孟浩然的诗,则是一个完整的意境,处处写景,处处写我,我就在情景中,在诗中;苏轼写诗,则像在观赏一幅画,我在情景之外,人始终是冷静、理性客观的。

王禹偁的《村行》也是如此:

> 马穿山径菊初黄,信马悠悠野兴长。
> 万壑有声含晚籁,数峰无语立斜阳。
> 棠梨叶落胭脂色,荞麦花开白雪香。
> 何事吟余忽惆怅?村桥原树似吾乡。

首联说,今天天气不错,骑马穿过山路,看到的是菊花刚刚开放,想到的是,这是我的野兴之乐。首联叙事,与孟浩然所说的"故人邀我至田家"是一样的,但是王禹偁的诗中,有一种不自然,那就是要告诉读者"我们快乐",给人感觉是情感跳出了景物,写景是写景,写情是写情。

颔联两句,仿佛是一幅画镶嵌在一个画轴里一样,非常典型,非常优美,有构思在里边。王维的"白云回望合,青霭入看无。分野中峰变，阴晴众壑殊"（《终南山》），是用很普通的语言，表达出很美的意境，是抬眼而看，是心与景合的自然之景。王禹偁写风景，显然是构思出来的，有声万壑，无语斜阳，是融着诗人个人体验的营构之景。

颈联对仗工整，写出了乡村的自然之美，是唐人句法。尾联又开始跳出景致来抒情，为什么我一个人在村边孤零零地惆怅呢？这座桥，这棵树，多像我老家的景致啊。我们读这首诗，能够感到王禹偁有思致在里面，有明显的思致安排，不是脱口而出，而是有一个复杂的构思过程。

在作诗的过程中，唐诗中景物的取舍和意象的把握，并不掺杂更多的个人因素，多是看到什么写什么，是无心作诗而成诗。宋人写诗，是把天地万物的各种景物浏览以后，选择景物加以描写，过分追求意象与意象之间的关系，过分追求意象与意象之间的协调。同样是写风景，唐诗给人一种平淡、自然、开阔的组合，宋诗给人的感觉始终是经过构思、安排后组合在一起的，有的诗非常美，但毕竟是摆上去的，读的时候，总让人想看看诗人是谁。

二是立意不同。唐诗重情致，宋诗重思致。李白的《春夜洛城闻笛》：

谁家玉笛暗飞声，散入春风满洛城。
此夜曲中闻折柳，何人不起故园情。

半夜听到有人吹笛，直接的反应就是："谁家玉笛暗飞声？"直接发问，脱口而出，情感直率，笛声在春风中，整个洛阳城都能听到。《折柳》是古代思乡的曲子，听了这支曲子，谁不思念自己的家乡呢？诗人的心灵打开以后，就由自己的情感，推及所有人的情感，由笛声，诗人就能想到自己的伤感，于是，内心完全打开，景和物、物和我之间，一点隔阂都没有，情感一下子铺满画面。

苏轼的《听武道士弹贺若》，是典型的宋人听琴：

> 清风终日自开帘，凉月今宵肯挂檐。
> 琴里若能知贺若，诗中定合爱陶潜。

苏轼听琴，不是把琴中的情感体验写出来，而是把自己的理性思考说出来。他说，风吹开了帘子，而且吹了一天，这就有几分安排在其中了。"帘卷西风"是一种直感，而"自开帘"的写法，很有技巧，但却不是自然入诗，而是诗人的安排入诗。月是凉月，宵是今宵。诗中写凉月在今夜突然挂在屋檐下，仿佛是说月亮以前不肯挂在屋檐下，或者是很久都没有挂在屋檐下了，这也是思致的安排，显示了诗人有意要与众不同，有意对自然风物进行一番新的解释。"琴里若能知贺若"，能听出琴中所蕴含的情谊。"诗中定合爱陶潜"，说听琴。陶渊明弹的是无弦琴，追求的是玄意，如果能弄清这种美感的话，听众也一定是陶渊明的高度。苏轼听了琴声，引发的是理性思考；李白听了笛声，形成的是情怀感叹。

杜牧写过《过华清宫》，苏轼也写过《骊山》，都是写唐明皇和杨贵妃失潼关而误国，但两个人的感觉很不一样。杜牧的《过华清宫绝句三首》（其一）：

> 长安回望绣成堆，山顶千门次第开。
> 一骑红尘妃子笑，无人知是荔枝来。

杜牧表现的家国沧桑之感，靠的是形象：一匹马奔驰在驿道上，层层关隘为此打开。但苏轼的《骊山三绝句》（其一）则不用形象说话，而用议论来说：

> 功成惟欲善持盈，可叹前王恃太平。
> 辛苦骊山山下土，阿房才废又华清。

杜牧点到即止，让人回味无穷，景外之景、味外之味、韵外之致全有了。苏轼的诗，非要把理说清楚，说做事情，一定要知道月满则亏，水满则溢。可惜，唐王只想着自己的开元盛世，忘记了天下，便会形成安史之乱。骊山山下的土真倒霉啊，不停地毁了又建，建了又毁，苏轼以议论代抒情，深刻却少诗味。

同样写登山、登楼，王之涣看到的是"白日依山尽，黄河入海流。欲穷千里目，更上一层楼"（《登鹳雀楼》），触目所见，景致宜人。李白想到的是"危楼高百尺，手可摘星辰。不敢高声语，恐惊天上人"（《夜宿山寺》），用直寻的方法来写。王安石《登飞来峰》："飞来峰上千寻塔，闻说鸡鸣见日升。不畏浮云遮望眼，自缘身在最高层。""更上一层楼"是一种感慨，"恐惊天上人"是一种想象。王安石是缜密的思考，里面富有一种理趣。唐人写站得高、望得远，是用感性的语言说出来的意境；宋人写站得高、望得远，是用理性的语言说出来的思考。

三是趣味不同。唐人写诗尚直寻，宋人写诗尚巧构。直寻由着性子、感性写，由开头写到结尾，都是自己真诚的内心体验和体味，不离开景物和情感。巧构，是除了自己的感情和景物之外，还要写哲思。所以，宋诗比唐诗多了一层，也隔了一层。

同样是登岳阳楼，李白的《与夏十二登岳阳楼》：

> 楼观岳阳尽，川迥洞庭开。
> 雁引愁心去，山衔好月来。
> 云间连下榻，天上接行杯。
> 醉后凉风起，吹人舞袖回。

诗人到岳阳楼看了看，心旷神怡，觉得楼非常高，自己像在云间休憩，在天上喝酒。飞过去的大雁，把自己的心都带走了，青山把月亮都给衔了过来助兴。喝完酒，醉在楼上，被风吹醒以后，就在风中起舞。先写景，景极写情，情极写意，意极以后，就不再写了。感觉余音绕梁，流畅自如，有一种令人回味的味道。

宋诗则要表达得很清楚。黄庭坚的《雨中登岳阳楼望君山二首》（其二）：

> 满川风雨独凭栏，绾结湘娥十二鬟。
> 可惜不当湖水面，银山堆里看青山。

感觉是有意识地要写"未到江南先一笑，岳阳楼上对君山"。如果说，这是自己的情感的话，后面的构思则是"可惜不当湖水面，银山堆里看青山"。明显是一种思致在安排，里面有一种巧构的痕迹。

王维的《渭城曲》：

> 渭城朝雨浥轻尘，客舍青青柳色新。
> 劝君更尽一杯酒，西出阳关无故人。

先写景，写完以后抒情，完全是触目所见，有感而发。没有更多的构思，是看到外物就和自己的情感结合起来。宋代人写诗重赋，有意识地构思，先写什么，后写什么，以什么样的顺序来写，追求义理，讲究思辨。

杜甫在写诗的时候，已经有这种构思在里面了，但是他的构思与宋人是不同的，杜甫写诗虽然也用典故，但是典故少，如《和裴迪登蜀州东亭送客逢早梅相忆见寄》：

> 东阁官梅动诗兴，还如何逊在扬州。
> 此时对雪遥相忆，送客逢春可自由。
> 幸不折来伤岁暮，若为看去乱乡愁。
> 江边一树垂垂发，朝夕催人自白头。

他说，看了树就想家，江边的梅树，仿佛是一个白发苍苍的老人整天盼着自己回家。宋人写诗时，正好相反，如黄庭坚的《寄黄几复》：

> 我居北海君南海，寄雁传书谢不能。
> 桃李春风一杯酒，江湖夜雨十年灯。
> 持家但有四立壁，治病不蕲三折肱。
> 想得读书头已白，隔溪猿哭瘴溪藤。

黄几复是黄庭坚少年时的好友，两人交情很深。宋神宗元丰八年（1085），黄庭坚在德州，写了这首诗给好友。诗中先是写两人相距很远，再写多年来未能相见，最后四句，分别从家境、治病、读书、友情等层面，来写黄几复的处境，使用铺陈手法一一道来，显示出自己对他的挂念。相对于王维写朋友相见时的意气风发，黄庭坚诗中展示出来的沉重、认真，则显得理性很多。

杜诗是景物和情感的结合，黄诗虽然也有情感在里面，但却是隐蔽起来的。怎么隐蔽呢？被典故所隐蔽。读诗少的人，甚至不知道他写的是什么意思。"我居北海君南海"，这是《左传·僖公四年》里面的一句话，楚王说："君处北海，寡人处南海，唯是风马牛不相及也。"① "寄雁传书谢不能"是两个典故，一是鸿雁传书，二是"谢不能"——这三个字来自《史记·项羽本纪》。"桃李春风一杯酒，江湖夜雨十年灯"，"桃李春风"是李白的一首诗中所写，"江湖夜雨"是李商隐诗的意境，又是两个典故。"四立壁"是说司马相如在出名之前，家里非常穷。"三折肱"也是《左传·定公十三年》中的典故。②黄庭坚写情感，也借助别人的典故，实际上，这都显示出了他的才学，或者说，表现了他的构思。

三、唐宋分宗

宗唐的风气，从南宋时就开始了。张戒在《岁寒堂诗话》中说：

> 国朝诸人诗为一等，唐人诗为一等，六朝诗为一等，陶、阮、建安七子、两汉为一等，《风》《骚》为一等，学者须以次参究，盈科而后进，可也。

将诗分为不同的类别，认为当时流行的宋诗，是以黄庭坚的诗歌

---

① 语出《左传·僖公四年》："四年春，齐侯以诸侯之师侵蔡。蔡溃。遂伐楚。楚子使与师言曰：'君处北海，寡人处南海，唯是风马牛不相及也。不虞君之涉吾地也，何故？'"
② 语出《左传·定公十三年》："三折肱，知为良医。"以三次折断手臂比喻多次失败，后比喻对某事阅历多，富有经验，便能造诣精深。

为典型，以议论为诗，以才学为诗，以文字为诗；而唐诗则追求风神情韵；六朝诗则追求性情的书写，诗歌讲求繁词艳曲。陶渊明、阮籍的诗，带有高雅之士的性情，能够被大家所认同，近有建安七子，远有两汉，注重风骨，自是一派。再往上追溯，便是《诗经》与《离骚》。这些诗歌的审美风尚不同，体现在不同的诗法上。

《岁寒堂诗话》还实事求是地分析了宋诗的弊端：

> 苏黄用事押韵之工，至矣尽矣，然究其实，乃诗人中一害，使后生只知用事押韵之为诗，而不知咏物之为工，言志之为本也，风雅自此扫地矣。

认为苏轼和黄庭坚讲求押韵之工，表面上看很有才学，实际上却是诗歌创作的一害。过分追求诗歌的韵律与典故，就忘记了诗歌的感兴。张戒还认为，宋诗过于雕琢字句，讲究艺术形式，忽略了诗歌的"风骨"与"兴寄"，表达了对宋诗的不满。张戒还批评宋诗的两个倾向，一是以议论为诗，二是专以补缀奇字。所谓"补缀"，就是把许多稀奇古怪的字放在一起，这种创作传统从韩愈开始愈演愈烈，到黄庭坚时，通过"点铁成金"和"夺胎换骨"成为补缀的高潮。

黄庭坚的"点铁成金"，简而言之，就是用他人之语言，表达自己之思想。他在《答洪驹父书》中写道：

> 自作语最难。老杜作诗，退之作文，无一字无来处，盖后人读书少，故谓韩、杜自作此语耳。古之能为文章者，真能陶冶万物，虽取古人之陈言入于翰墨，如灵丹一粒，点铁成金也。

"夺胎换骨"是用自身之语言，表达他人之思想。见惠洪《冷斋夜

话》所引:

> 山谷云:诗意无穷,而人之才有限;以有限之才,追无穷之意,虽渊明、少陵,不得工也。然不易其意而造其语,谓之换骨法;窥入其意而形容之,谓之夺胎法。

杜、韩二人主张学古,但二人又都是提倡独创的,杜甫的"语不惊人死不休",韩愈的"陈言务去",都是很有名的话。黄庭坚主张的诗法,实际是在古人的书堆里打转转。王若虚就直言不讳地说:"鲁直论诗,有夺胎换骨、点铁成金之喻,世以为名言。以予观之,特剽窃之黠者耳。"①

南宋诗人意识到了黄庭坚诗歌的弊端,转而学习唐诗重视感兴的写法。杨万里早年也学过江西诗派,但后来,他逐渐以自然风光中灵动的趣味作为自己的追求,诗作显得富有活力,后世称之为"活法为诗",可以看作南宋诗人对宋诗的反拨,是宗唐诗风的一种尝试。

南宋后期的四灵诗人,便以宗唐为追求。他们的字或号里面,都含有一个"灵"字,又都是永嘉人,后世称其为"永嘉四灵"。他们学习贾岛和姚合,取法于"晚唐体"。宋初的"晚唐体",不是典型意义上的宋诗,而是重视学习晚唐诗人,苦心孤诣地寻找意象,表达情感。他们注重锤炼,诗意来自心力的搜索,而不是来自书本的照搬。而典型的宋诗则注重构思,爱用典故,常常从书本中寻找素材。晚唐贾岛和姚合的诗中也有雕琢,锤炼字句,也表现自己寂寞的心境,但是他们的诗

---

① [南宋]王若虚著,霍松林校点:《滹南诗话》,北京:人民文学出版社,1962年,第86页。

感,主要源于心灵,来自自己的亲身体验。而"永嘉四灵"学晚唐体,实际上是对诗歌感兴精神的回归。

宋诗在继承唐诗的过程中,最初也学晚唐体。学完以后,他们又反叛了这种诗风,用议论法和才学之法来作诗;到了南宋,又学晚唐体,这是否定之否定。经过了这一过程后,他们终于意识到,以才学和议论为诗,会破坏诗歌的美感,诗歌不再以感情和想象作为基点,而是一种有着内在节奏和韵律的文字游戏、才学炫耀,诗歌也就失去了感动人心的力量。他们又反过来,再重新重视感情、重视想象,从而形成了宗唐诗风。

叶适在《徐斯远文集序》里说:

> 庆历、嘉祐以来,天下以杜甫为师,始黜唐人之学,而江西宗派章焉。然而格有高下,技有工拙,趣有浅深,材有大小。以夫汗漫广莫,徒楞然从之而不足充其所求,曾不如胠鸣吻决,出豪芒之奇,可以运转而无极也。故近岁学者,已复稍趋于唐而有获焉。

庆历、嘉祐以来的诗人,开始放弃盛唐诗风,学习起江西诗派的作诗方法。在宋人眼中,杜甫虽是盛唐诗人,但其晚年的诗作,却是以才学为诗,江西诗派遂以杜甫为祖,以黄庭坚、陈师道为宗。这些人虽然学杜甫,但由于个人的才性、技法、趣味的不同,所创作的作品的格调也变得不同。他们有意识地打破了唐诗的套路,试图创造出新的诗歌路子,结果,这些诗歌却写不好,最后没办法,又回到了唐人作诗的老路子上。

盛唐诗人把传统的诗法都用完了,没办法再延着旧路走下去。中唐诗人就开始寻找诗歌的新变,他们找到了两条路:一是走诗歌语言通俗的道路，以白居易为代表。之后，也有张王乐府，再后来，还有韦庄、杜荀鹤等人。二是注重意象的新起，有意识地打破唐人常用的意象，用新的意象、新的句法、新的格律来创作诗歌。从韩愈、孟郊开始，用了一些书本上的典故，但更多的，还是把心象和典故结合起来。李贺、李商隐等人，走的就是这条路子。李贺描写自然风光非常奇特："黑云压城城欲摧，甲光向日金鳞开。角声满天秋色里，寒上燕脂凝夜紫。"（《雁门太守行》）他用的色彩、色调，是大块大块色彩之间的对比。李商隐诗歌的意象惆怅而迷茫，如"昨夜星辰昨夜风""锦瑟无端五十弦"等。他们是在意象上下功夫，而不是在典故上下功夫。

宋诗也用意象，但更多是在典故上下功夫，这是宋诗与"晚唐体"最大的不同。江西诗派的后学，学的是黄庭坚的以才学为诗，以议论为诗。但他们才学不够，议论也不精工，格律又掌握不好，写出的诗歌一点味道也没有，反倒变成拼凑起来的文字，读起来没有味道，把诗歌写进了死胡同，宋诗已走到了穷途末路，只好又回过头来学习唐人。南宋末期的江湖诗派，便主张把情感作为诗歌的基调，把想象作为诗歌的肌理。

戴复古在《论诗十绝》（其一）中说：

> 文章随世作低昂，变尽风骚到晚唐。
> 举世吟哦推李杜，时人不识有陈黄。

这时候，由于国仇家恨，人们的悲愤之情溢于言表。他们把自己的情感与国家的兴衰结合起来，更多地书写情感。在他看来，"风骨"和"寄托"的诗歌传统，延续到了晚唐后就逐渐消歇了。南宋时，大家开始学习、推崇李白和杜甫，杜甫是宋诗之祖，但当"李杜"并称时，意在强调诗歌中的"风雅"与"兴寄",而不再学习陈师道与黄庭坚的诗风。

赵以夫在《题石屏诗集》里,也曾经言及宋末诗风:"戴石屏诗备众体,采本朝前辈理致而守唐人格律,其用工深矣,是岂一旦崛起而能哉。"宋末诗人直面社会生活,直接抒写自己内心的抱负,对家国命运的感叹有了真感情,诗歌动人之处就多,不需要再用典故、用才学来炫耀,而是融入了自己的情感,用内心来写诗,用功极为深刻。

方回在《跋戴石屏诗》中肯定南宋人学唐诗是把诗歌创作推动了一大步:

> 诗无事料,清健轻快,自成一家,在晚唐间而无晚唐之纤陋。

南宋诗歌不注重用典,而是主动绍续唐诗。晚唐时期天下大乱,世人找不到出路,他们哀叹自己的命运,不得已提倡唯美的诗风,用迷茫的幻想来写内心的痛苦。这种痛苦多是个人的痛苦、个人的情感、个人的得失。宋朝末年,虽然也是天下大乱,但诗人更多地把个人的情感和国家的兴亡结合起来,情感突破了狭小的个人恩怨,而走向了国仇家恨,这时写出来的诗作,内容刚健耿直,避免了晚唐诗人的纤巧和绮丽。

宋末诗人学习唐诗,有意把典故从诗歌中剔除出去,恢复到诗写心灵、写情感、写自然、写人生的轨道上来。但南宋的诗人,毕竟不是唐朝人,盛极难复,他们的诗歌有两个缺点:一是过分地讲究个人的情感,写来写去,非常局促,境界狭小,达不到唐人诗思充盈于天地之间的感觉;二是过分地描写大的风景,如山、月、海等,情感不足以驱动景致,显得空有叫嚣。

此后,诗歌沿着两条路发展:一脉宗唐,学习唐诗的风格,靠的是兴象，靠的是滋味，靠的是意境的建构；另一脉宗宋，以才学为诗，以议论为诗，以文字为诗，重构思、重义理、重趣味。这是诗歌两种不同的创作方式，唐诗靠的是天生的灵气，称之为"天工"；宋诗靠的是才学，靠的是思力，也就是后天的努力。

元代尽管诗词作家不少，但却无杰出作品可言。这与当时作家的分布和诗歌的倾向有关。元代的诗人多为高官显宦，他们养尊处优，缺乏深刻的关注情怀，只能模仿唐宋诗歌的样式，缺乏创新精神。而其余居于下层的文人，受民间散曲和杂剧的吸引，把注意力放在了元曲的创作中，分散了他们对诗词的注意力。这就使元代诗词题材狭窄，格调纤弱。

明代诗人众多，作品数量不少，但成就远不如唐宋。明初诗坛代表性的诗人高启，才华横溢，扭转了元代纤丽卑弱的诗风，却开启了明代拟古风气。永乐以后，诗坛上出现了以杨士奇、杨荣、杨溥为代表的"台阁体"诗派。他们都是台阁重臣，生活富足而悠闲，因而作品雍容典雅、空虚乏味，却因他们的地位而使这种诗风成为诗坛的主流和正宗，极大地束缚了明初诗歌的发展。明中叶以后，诗坛开始分流，拟古与反拟古开始成为两种不同的诗歌创作倾向。

以李梦阳为代表的"茶陵派"，主张宗法杜甫讲究格律声调的追求，创作了《拟古乐府》一百首，试图通过模拟杜诗来恢复诗歌的元气。受他创作的鼓舞，何景明、徐祯卿、边贡、康海、王九思、王廷相等提出了"诗必盛唐"的主张，推翻了台阁体长达数十年的统治地位。嘉靖年间，李攀龙、王世贞、谢榛、宗臣、梁有誉、徐中行、吴国伦等后七子继续提倡汉魏、盛唐古诗传统，形成了浓厚的拟古诗风。由于盲目尊古，用模拟代替创新，导致诗歌缺乏真实的生活体验，成为一堆毫无生机的假古董。

与此同时，湖北公安人袁宗道、袁宏道、袁中道兄弟提倡文学因时变，主张创作要"独抒性灵，不拘格套"，要求语言自然清新，情感真实感人。湖北竟陵人钟惺、谭元春也反对拟古、提倡诗歌抒写性灵。这些主张在袁枚的"性灵说"里得到充分的张扬。

清初的钱谦益主张"转益多师"，认为诗歌应该性情和学问兼备，他的诗歌辞藻华美，才气纵横，带有模仿宋诗的特点。吴伟业则是尊唐派诗人领袖，主张诗歌直面现实，如他的《圆圆曲》，以陈圆圆与吴三桂的故事为线索，展现明末清初的广阔历史画卷，寄托兴亡之感。钱谦益、吴伟业分别开创的宗宋、宗唐诗风，成为清代诗坛的两种倾向。

王士禛主张诗歌追求神情韵味，尤其提倡唐司空图《诗品》中所言的"冲淡""自然""清奇"等境界，认为诗歌的创作和欣赏，全靠着"妙悟""兴趣"，所以他的讲求诗歌创作的灵感，认为"兴会""神到"之时，便能创作出"不着一字，尽得风流"的好诗。而沈德潜主张"格调说"，认为诗歌要效法汉魏盛唐，讲究格律声调，表现温柔敦厚的性情，是对"神韵说"空泛诗风的补救，也属于宗唐派。

翁方纲提出的"肌理说"，认为作诗要充分表现自己的才学，把学问作为诗歌创作的根底，要讲求内容质实，形式典雅，把诗歌引向"考据入诗"的死胡同，试图用宋诗的做法来弥补宗唐的不足。宗宋诗风随着乾嘉学派的考据，逐渐成为学者们作诗的风尚，以杜甫、韩愈、苏轼、黄庭坚为宗，在晚清成为风尚，作诗主张文法、格律，试图以学问的高深来弥补性情的不足，以"同光体"为代表。

从数量上来看，明清的诗歌远远超过唐宋。仅就清代而言，徐世昌《晚清簃诗汇》中收录的诗人达6100之多，诗作达27600多首。叶恭绰编选《全清词钞》共录词人3196人，词作8260多首。但由于明清诗歌多在宗唐宗宋中徘徊，大体不出唐诗、宋诗两种体式，诗派也因而分为宗唐派和宗宋派，虽然偶有一些诗人独立当时，但远不能和诗词鼎盛的唐宋相比，诗歌创作仿佛夕阳落辉，再不能成为具有鲜明特征、独立一代的文学样式了。词也不出宋代豪放、婉约、格律三大体系，因袭多而创新少，因而只能为唐诗、宋词、元曲的余绪，而不能代雄。

第十五章
词的俗化

雅化与俗化，不仅是宋词演化的两个方向，也是诗歌演进的基本线索。词本肇始于民间，经文人之手，逐渐由伶工之词转为士大夫之词，由小令艳曲转为文人案头读物，并不断雅化，直至南宋而成清空词风。中唐以降，随着市井文化的形成，诗歌、小说、戏曲等文体，日趋关注市民的娱乐需求，文学不断俗化，在这样的文化大背景下，宋词亦浸染时风，颇多俗化之处，尤其在北宋后期至南渡之际，俗化已成为主要的潮流。

一、题材适俗

词于唐五代，多写歌舞欢宴、男女情思，于北宋初年，遽增感时伤世之作，伶人之风日俏，而士大夫之气弥增。此本为词雅化的基本线索，晏殊、张先、贺铸、周邦彦等词作，皆可见此演进的轨迹。然其中亦有词人，并非沿着文人化的方向创作，而是将题材引向市井和乡村，并在扩大题材的同时，使词作具有了浓郁的市民气息和乡野风味。

柳永以慢词写市井风情，尤喜写市井妇女、歌伎之恋情，游子、士子之愁思。其不同于宋初其他词人所写之男女情思、离愁别恨，而在于以市井男女之声口出之，如《忆帝京·薄衾小枕凉天气》：

薄衾小枕凉天气。乍觉别离滋味。展转数寒更，起了还重睡。毕竟不成眠，一夜长如岁。

也拟待、却回征辔。又争奈、已成行计。万种思量，多方开解，只恁寂寞厌厌地。系我一生心，负你千行泪。

男子委婉曲折的离愁别恨，近于宋白话的词语，显示出了柳永明显的俗化倾向。而在《锦堂春·坠髻慵梳》中，淋漓尽致的铺陈表现与倾诉口吻，更符合市井妇女热烈大胆、无所顾忌的性格，颇近敦煌曲子词中的《菩萨蛮·枕前发尽千般愿》。然其所采，慢调辗转铺陈，又与敦煌曲子词有所区别。

市井男女爱情的直率，使柳词的情感书写，呈现出直露、畅快的特征，如《定风波·自春来惨绿愁红》，写市井女子的泼辣和任性，与其他词人笔下贵族女子的含蓄、委婉、幽怨明显不同，因而招致晏殊的批评。但柳永词适应时俗，在于其用市井语写市井事，这既展现了市民阶层的生活情态，也流露出活泼鲜明的市井意识。

苏轼首次将视角延展到农村，以词写农事，在拓展词境和丰富题材的同时，也使词显露出了乡野气息。如《浣溪沙》：

麻叶层层苘叶光，谁家煮茧一村香。隔篱娇语络丝娘。

垂白杖藜抬醉眼，捋青捣䴷软饥肠。问言豆叶几时黄。

连缀乡村意象,又以乡村白话出之,质朴自然。苏轼在乡村词上的尝试,很大程度上得益于对陶渊明农事诗的模仿。而苏轼在此过程中,也有意识使用乡村语,以图贴近民间,于质朴中见真意,追求"非余之世农,亦不能识此语之妙"[1]的艺术效果。

苏轼的这种尝试,被秦观所延续,一抛典雅精工的创作习惯,继续用质朴流畅的白话写乡村景色,与别的词相比,风味迥异。如秦观的《品令二首》(其二),声口毕肖,与民歌无异:

> 掉又惧。天然个品格。于中压一。帘儿下时把鞋儿踢。语低低、笑咭咭。
>
> 每每秦楼相见,见了无限怜惜。人前强不欲相沾识。把不定、脸儿赤。

可以说,柳永、苏轼所开拓的以市井语、乡野语写市井事、乡村事之风,使北宋词在文人化过程中,吸取了丰富的养分,使词成为可雅可俗的艺术形式,不仅拓展了宋词的表达领域,还避免了宋词的过快雅化。苏、柳的尝试,为北宋后期词人形成雅俗共赏的词风做了铺垫。如贺铸的《生查子·愁风月》,以雅语铺陈,以俗语作结;朱敦儒的《朝中措·先生馋病老难医》,以俗语写日常琐事;再如《感皇恩·一个小园儿》以淡言语洒脱之情,不加雕饰,疏笔淡境,萧闲冲旷:

> 一个小园儿,两三亩地。花竹随宜旋装缀。槿篱茅舍,便有山家风味。等闲池上饮,林间醉。

---

[1] [北宋]苏轼撰,孔凡礼点校:《苏轼文集》,北京:中华书局,1986年,第2091页。

都为自家，胸中无事。风景争来趁游戏。称心如意。剩活人间几岁。洞天谁道在，尘寰外。

南渡之后，辛弃疾、陈亮、刘过等，继续以日常闲淡的生活和自然风光为描写对象，纯乎天然，而无修饰，如辛弃疾的《水龙吟·甲辰岁寿韩南涧尚书》、韩元吉的《水龙吟·寿辛侍郎》以祝寿为题，辛弃疾的《西江月·夜行黄沙道中》写农村生活，辛弃疾、陈亮等人一系列的《贺新郎》唱和词等，都将此拓展到了无事不可入词，无物不可入词的境地。

在宋诗对唐诗的拓展中，也是先从题材和意象的拓展入手，于唐诗题材境界之外另辟蹊径，两宋词人都是在对前代词作题材境界的开拓中，不断打破诗词之间的藩篱，使词能够最大可能地书写日常生活。在这一过程中，日常意象、俗语口语便大量进入到词作中，成为宋词俗化的一个动力。

二、情致平俗

晚唐以来，伶工、士大夫词，皆涉及男女情事，故晏殊、苏轼论雅俗之别，非关乎题材，而关乎情致。晏殊虽主张文章出于天然，然紧要处，在于词无涉俗人言语，取象玲珑精工，而述婉雅之事。故其评李庆孙的《富贵曲》为"乞儿相"，而言己之"楼台侧畔杨花过，帘幕中间燕子飞""梨花院落溶溶月，柳絮池塘淡淡风"，唯说气象，非穷儿家所能，也是以情致来衡量词之雅俗。

词论品评雅俗者，亦重情趣。张舜民《画墁录》所载晏殊言柳永

"彩线慵拈伴伊坐",语词浅俗而非之。柳词以市井语,写市井歌伎事,不仅在题材、语言,更在词作情趣,此雅俗别致之关键处。

赵令畤《侯鲭录》又载苏轼言:

> 世言柳耆卿曲俗,非也。如《八声甘州》云:"霜风凄紧,关河冷落,残照当楼。"此语于诗句,不减唐人高处。

曾慥《高斋诗话》又载:

> 少游自会稽入都见东坡,东坡曰:"不意别后,公却学柳七作词。"少游曰:"某虽无学,亦不如此。"东坡曰:"销魂当此际,非柳七语乎?"

苏轼所言一雅、一俗之论,乃在词之情趣。苏轼所言柳词之俗,亦在于柳词用市井百姓之兴致叙述爱情。然观欧阳修、苏轼、秦观、周邦彦、姜夔、吴文英等人,皆有情爱之作,而雅俗之别,正在情致之雅俗。

词人亦有避雅就俗之作,转而写平俗的生活,有意识地描绘或勾勒民间俗事,追求一种有别于文人雅士生活之外的情趣。如欧阳修常有意识地勾勒民间情事,使词作充满生活气息。如《南歌子》:"弄笔偎人久,描花试手初。等闲妨了绣功夫。笑问双鸳鸯字、怎生书。"写新娘含羞而又纯真的表情。

再如《玉楼春》:

> 夜来枕上争闲事。推倒屏山褰绣被。尽人求守不应人,走向碧纱窗下睡。

直到起来由自嚲。向道夜来真个醉。大家恶发大家休，毕竟到头谁不是。

写夫妇之间吵架的过程，语态毕现，情态盎然。欧阳修运用民歌技法作词，既表明他继承了唐五代词本色自然的传统，也显示出他对民间俗曲的肯定。他的这种创作，改变了词的审美趣味，朝着通俗化的方向开拓，而与柳永词相互呼应。

这些有意识的戏谑笔法，在黄庭坚的创作中得以拓展。在黄词的小序中，有大量标明的"因戏作""戏答""自嘲""戏赠知命""戏效荆公作""故戏及之""因戏前二物""因戏作四篇""戏咏打揭""雪中戏呈友人"等句，体现了黄庭坚以戏为词的创作实践。如《品令·茶词》：

凤舞团团饼。恨分破、教孤令。金渠体净，只轮慢碾，玉尘光莹。汤响松风，早减了、二分酒病。

味浓香永。醉乡路、成佳境。恰如灯下，故人万里，归来对影。口不能言，心下快活自省。

将日常俗物作为意象，反复渲染，以表达生活所蕴含的情趣，耐人寻味。这种以俗笔写俗物，以俗物言雅意的技法，打破了词作追求雅化的单一趋势，不仅改变了词的宜庄不宜谐、宜怨不宜喜的风格传统，破除了词的"要眇宜修"的固定面孔，也拓宽了词境，拓展了词的表述空间，使词能够庄谐迭出、雅俗共赏，堪称元曲的文人情调的先声。

两宋之际，此类词作又得以充分发展，如张继先《忆桃源·长生之话口相传》、陈瓘《一落索·体上衣裳云作缕》等，即以幽默的笔调来调侃，并采用类似"插科打诨"的手法来揭示生活的真谛，"在失意中见出安慰，在哀怨中见出欢欣"①。朱敦儒的《临江仙·堪笑一场颠倒梦》，虽有感伤，却以闲淡散逸的语言表述出来，情真意深。而其《鹧鸪天·西都作》：

> 我是清都山水郎。天教分付与疏狂。曾批给雨支风券，累上留云借月章。
>
> 诗万首，酒千觞。几曾著眼看侯王。玉楼金阙慵归去，且插梅花醉洛阳。

以咏风弄月的笔触，表达自己旷达闲适的情怀和超脱飘逸的个性，以俗事写高雅，呈现出与此前周邦彦，此后姜夔、吴文英等相反的创作取向。

南宋词人也常用平俗的情趣表述情怀，如李纲《江城子·新酒初熟》：

> 老饕嗜酒若鸱夷。拣珠玑。自蒸炊。篘尽云腴，浮蚁在瑶卮。有客相过同一醉，无客至，独中之。
>
> 麴生风味有谁知。豁心脾。展愁眉。玉颊红潮，还似少年时。醉倒不知天地大，浑忘却，是和非。

一改沉痛之风，书写酒中乾坤和醉里乐趣，戏谑之中隐现雄杰。辛弃疾之词也于沉雄悲壮之外颇多戏作，如《浣溪沙·偕叔高、子

---

① 朱光潜：《诗论》，北京：生活·读书·新知三联书店，2004年，第34页。

似宿山寺戏作》《鹧鸪天·戏题村舍》《玉楼春·戏赋云山》等,颇可见辛氏的自我调侃,寄情山水,以排遣无奈情绪的特点。

特别是《最高楼·吾拟乞归,犬子以田产未置止我,赋此骂之》:

> 吾衰矣,须富贵何时?富贵是危机。暂忘设醴抽身去,未曾得米弃官归。穆先生,陶县令,是吾师。
>
> 待葺个、园儿名佚老。更作个、亭儿名亦好。闲饮酒,醉吟诗。千年田换八百主,一人口插几张匙?休休休,更说甚,是和非!

用词责骂,言语之间颇多况味,进一步拓展了苏轼"无事不可入词"的空间。辛派词人受其影响,亦多有戏作,如韩元吉《水龙吟·寿辛侍郎》,以戏作写应酬事,寄意遥深;刘过《六州歌头·寄稼轩承旨》等,将日常事物采作意象,并用戏作之法出之,使词作性情十足,趣味盎然。

以戏谑笔法入词,采用俗事俗物作为意象,并用大量民间口语出之,以表达词人日常生活最世俗化的一面,使词表现出平民化、通俗化的倾向。这一创作倾向,与以词写文人雅致情怀的创作风气是同步并进的。苏轼《题柳子厚诗二首》(其二)曾言:"诗须要有为而作,用事当以故为新,以俗为雅。好奇务新,乃诗之病。"这种平俗化的追求,正是此类风尚的体现。可见,追求情趣的平俗化,也是宋词审美风尚的一个侧面,其连绵不断的平俗化创作,也证明了俗化是文人词演进的一条线索。

三、技法通俗

技法通俗化，是词人有意识地借用民歌的技法来作词。词在形成初期，本近于民歌，谐音、双关、顶针之类的技巧也被广泛借用。但文人词形成之后，再对这些技巧加以借用就具有了个体意识，而不能看作是简单的无意识的回归。可以说，这种借用是词人主动向民间学习的结果，相对于词那种提纯式的雅化过程，不可不谓是一种俗化的尝试或努力。

欧阳修即在充分继承五代词的娱情传统中，充分学习民间词法，使词作洋溢着清新的情调。他借助民歌联章体，描绘景物，叙写情思。代表作如《渔家傲》十二首，即以月份联章而成。其《采桑子》十首写"西湖好"，分写"轻舟短棹西湖好""画船载酒西湖好"等十种景致，将民歌的铺陈手法和空灵优美的画面结合起来。又采用民歌谐音双关、巧妙比喻等手法，使诗作情态活泼。如《南乡子》的"莲子深深隐翠房"，以"莲"谐"怜"。如《渔家傲》："愿妾身为红菡萏。年年生在秋江上。重愿郎为花底浪。无隔障。随风逐雨长来往。"以浪摇荷花，比喻相恋相依的亲密。

柳永则根据民间新声创制新曲，如《郭郎儿近拍》《传花枝》《合欢带》《望海潮》等，且改编了《十二时》《安公子》《曲玉管》等，使词在声情上更符合宋人的口味，流行一时。而且，柳永又吸收了民间铺陈的手法写词，反复敷陈情事的委婉曲折，将之表述得一览无余，其《望海潮》《夜半乐》《定风波》《雨霖铃》等调，以铺叙见长，极为详备。柳词的这种层层铺叙，情景兼容，一笔到底而始终不懈的赋法，后为周邦彦、姜夔、吴文英、王沂孙等讲求格律、清雅的词人所继承，并加以雅化,成为南宋词家常用的技法。

苏轼的词,采用民歌联章体的形式,并稍加变形,同时,将民歌的小调多首联合,打破了叠句的羁束,用组词的形式出之,如《渔父》四首,即分别写渔父饮、渔父醉、渔父醒、渔父笑四种情形:

渔父饮,谁家去。鱼蟹一时分付。酒无多少醉为期,彼此不论钱数。

渔父醉,蓑衣舞。醉里却寻归路。轻舟短棹任横斜,醒后不知何处。

渔父醒,春江午。梦断落花飞絮。酒醒还醉醉还醒,一笑人间今古。

渔父笑,轻鸥举。漠漠一江风雨。江边骑马是官人,借我孤舟南渡。

贺铸《古捣练子》,也联章表述了思妇收锦、题墨、捣衣、绣袍、邮寄等活动:

收锦字,下鸳机。净拂床砧夜捣衣。马上少年今健否?过瓜时见雁南归。(《夜捣衣》)

砧面莹,杵声齐。捣就征衣泪墨题。寄到玉关应万里,戍人犹在玉关西。(《杵声齐》)

斜月下,北风前。万杵千砧捣欲穿。不为捣衣勤不睡,破除今夜夜如年。(《夜如年》)

抛练杵,傍窗纱。巧翦征袍斗出花。想见陇头长戍客,授衣时节也思家。(《翦征袍》)

边堠远,置邮稀。附与征衣衬铁衣。连夜不妨频梦见,过年惟望得书归。(《望书归》)

虽然在语言上摒弃了民间词的粗直,但其声情、滋味,仍不脱民间曲调之流荡,颇可见词人从民间汲取养分以丰富词调技法的不断努力与追求。

这种在同一词牌下的联章体,似为宋代套曲的变种或尝试。苏轼、黄庭坚、贺铸等人的组词,又与"踏"的形式接近,现存以《调笑令》为曲调的转踏,正是连缀《调笑令》而成。

综上所述,俗化和雅化是双向的过程。以民间曲子词为例,其在文人手里,必然会退去质朴粗野、浮泛流荡的气息,逐渐成为文人词,这即是词的雅化。同时,这一过程也是俗化,即词人不满足于已成型的文人词的词调、技法、题材和语言,学习民间词调,借用其技法,运用其俗语,打破文人词与民间词的界限,为已经雅化的词体增加了许多新鲜元素,从而保证了词更富有生机地演进。

四、语言浅俗

语言浅俗化,指的是词人有意采用民间口语、俚语入词,通过浅白直切的语言,来表达生动逼真的抒情口吻。在唐五代由伶人词向士大夫词过渡的过程中,已经开始脱俗入雅,通过提纯口语,形成精密、细腻、优雅的词风。与此同时,又有许多词人反过来吸取民间语汇,显示出与雅化相反的审美追求。李清照《词论》言:"逮至本朝,礼乐文武大备,又涵养百余年,始有柳屯田永者,变旧声,作新声,出《乐章集》，大得声称于世；虽协音律，而词语尘下。"此所谓柳永多"词语尘下"，正着眼于其语言直俗。

在前文所举的例子中，已见欧阳修、苏轼等人以口语入词的现象。柳永大量使用民间口语，如以"乍""恁""争""自家""阿谁""抵死""消得""看承""都来""厌厌地""一晌""待到头"等民间口语直接入词，以原汁原味的市井语言表达人物的情态、口吻，使人如闻其声，如见其形。吴曾《能改斋漫录》："耆卿失意无俚，流连坊曲，遂尽收俚俗语言，编入词中，以便伎人传习。一时动听，散播四方。"正指出柳词语言的向俗之习。夏敬观《手评〈乐章集〉》曾言，柳永的俚词"袭五代淫哇之风气，开金元曲子之先声，比于里巷歌谣，亦复自成一格"，说明柳词之浅俗，正与金元曲之俗一脉相承。

黄庭坚也将尚俗诗风移入词作，更为浅切地运用民间俚语，如《千秋岁》：

> 世间好事。恰恁厮当对。乍夜永，凉天气。雨稀帘外滴，香篆盘中字。长入梦，如今见也分明是。
> 欢极娇无力，玉软花欹坠。钗罥袖，云堆臂。灯斜明媚眼，汗浃普腾醉。奴奴睡，奴奴睡也奴奴睡。

《归田乐令》：

> 引调得、甚近日心肠不恋家。宁宁地、思量他，思量他。两情各自肯，甚忙咱。
> 意思里、莫是赚人吵。啾奴真个呼、共人呼。

此二首词，皆不啻于口语。《鼓笛令·戏咏打揭》：

> 酒阑命友闲为戏。打揭儿、非常惬意。各自轮赢只赌是。赏罚采、分明须记。
>
> 小五出来无事。却跋翻和九底。若要十一花下死。管十三、不如十二。

通俗直白、市井语言和乡村俗语被彻底生活化。但这种生活化的内容却生动逼真,洋溢着浓烈的生活乐趣。除此之外,他的《归田乐引·对景还消瘦》《丑奴儿·济楚好得些》等词作,直接用民间俚语入词,虽颇显鄙俚,却口吻逼真,极符合人物性格。刘熙载《艺概·词曲概》评其词"以生字、俚语侮弄世俗,若为金元曲家滥觞",正是看到了俗化之词中语言、意趣与元散曲、杂剧之间的关系。当然,黄词的这种俗语现象,也导致了部分学者的不满,认为其俗化太过,《诗人玉屑》引晁补之评论说:"黄鲁直间作小词,固高妙,然不是当行家语,自是着腔子唱好诗。""著腔子唱好诗",显示了晁氏对黄词引用俗语俚话的不以为然。

然而,即使词坛上的这种不同呼声客观存在,但宋词语言上的浅俗化现象却蔚为大观。甚至一直被视为婉约词人的秦观,也偶尔采用俗语入词,如《行香子》:

> 树绕村庄。水满陂塘。倚东风、豪兴徜徉。小园几许,收尽春光。有桃花红,李花白,菜花黄。
>
> 远远围墙。隐隐茅堂。飏青旗、流水桥傍。偶然乘兴,步过东冈。正莺儿啼,燕儿舞,蝶儿忙。

其中的排比句,不加雕琢,纯出于天然。

此外，被称为"词中老杜"的周邦彦，在词律的谐美与规范外，也大量使用民间浅俗口语，其传神写照的名篇，如《红窗迥》：

> 几日来、真个醉。不知道、窗外乱红，已深半指。花影被风摇碎。拥春醒乍起。
>
> 有个人人，生得济楚，来向耳畔，问道今朝醒未。情性儿、慢腾腾地。恼得人又醉。

以浅俗的口语，戏写歌伎情态，言辞鄙露。综上可知，秦观、周邦彦等都能在雅词之外，采用浅俗的语言。由此可见，北宋词在语言上并无必然要求，雅俗的倾向完全出于词人的喜好，尽管北宋词的主流是向着雅化发展，却不可否认，俗化的线索，同样客观相伴。

两宋之际，俗语入词似成为一种倾向，阮阅的《洞仙歌·赵家姊妹》，以女子浅近直白的痴言挚语写其情思；曹组的《扑蝴蝶·人生一世》、王庭珪的《蝶恋花·罨画楼中人已醉》等，都是用俗语出之。

李清照早年作《词论》，虽明确主张词当雅化，但南渡之后，其词作俗化倾向也极其明显，如《孤雁儿》：

> 藤床纸帐朝眠起。说不尽、无佳思。沈香断续玉炉寒，伴我情怀如水。笛里三弄，梅心惊破，多少春情意。
>
> 小风疏雨萧萧地。又催下、千行泪。吹箫人去玉楼空，肠断与谁同倚。一枝折得，人间天上，没个人堪寄。

虽然情调与早年词无别，然语言明白省净，大量选用俗语入词，其在词前小序中说："世人作梅词，下笔便俗。予试作一篇，乃知前言不妄耳。"间用口语，朴素清新，使词中更多倾诉的意味。

如果说，李清照早年作词，善于选取生活化的细节，晚年词，则多借用口语化的词汇，表现出雅俗相济，俗中见雅的艺术追求。

辛派词人更崇尚俗语入词，如陈亮的《三部乐·七月送丘宗卿使虏》，学黄庭坚用"二满三平"之类的俗语；刘过的《六州歌头·题岳鄂王庙》，用"臣有罪，陛下圣，可鉴临，一片心"之类的口语；刘克庄《贺新郎·送陈真州子华》，则有"这场公事，怎生分付，记得太行山百万，曾入宗爷驾驭"等俚言。这些俗语入词，可以看作南宋词人的有意识追求。陈亮曾在《与郑景元提干书》中写道："本之以方言俚语，杂之以街谭巷歌，抟搦义理，劫剥经传，而卒归之曲子之律，可以奉百世豪英一笑。顾于今未能有为我击节者耳。"这种学习民间俗语的自觉意识，与宋元之际杂剧的形成不无关系，同时也对散曲的语言作出了有益的尝试。

可以说，题材的适俗化、技法的通俗化、情趣的平俗化和语言的浅俗化，是宋词俗化的外在表现，也是宋词俗化的内在动力。俗化不仅是部分豪放词人有意识的追求，也是婉约、格律词人有意无意采用的技法。它足以说明，宋词的发展绝非雅化的一线贯穿，而是另存俗化的轨迹。甚至可以说，南宋姜夔、吴文英、张炎等人推举"清空""骚雅"之风，正是对北宋词俗化之习的反叛。北宋词的俗化，于宋词之演进助力甚巨；南宋词在内容与格律上的雅化，则迫使词作尚俗之风，逐渐移至大曲、赚词等，从而成为元曲通俗化的先声。因此，这条俗化的轨迹，是潜藏在宋词雅化的背景之下，与宋诗的俗化相伴生，上承中唐以来诗文俗化的传统，下启元曲尚俗之风气，为宋词演进过程中，一条或明或暗的线索。

第十六章
诗的机理

　　诗歌的发展，有内在机理在支配着变化的方式。一是雅与俗，原本出自民歌的风、曲子词和散曲，经过文人之手而不断雅化，成为文学的主流；同时，文人也在不断向民歌学习，试图引俗化雅，形成新的诗法与词法，雅与俗作为相对应的力量彼此制约，促成了诗歌的演化。二是文与质，"文"为文采，"质"为性情，文采如何与性情的表达相辅相成，也成为诗歌的演进机制，文过其实则繁缛，质而无文则寡味，魏晋南北朝的诗歌在文质上的调适，为唐诗积累了经验；晚唐诗风在文质上的再次调整，又为宋诗做了铺垫。三是通变，"通"是对诗歌一以贯之的本质进行概括，"变"是对阶段性的诗风调整进行描述，万变不离其宗的，是诗的本质。诗歌史上的每次变动，都是在不同层面深化、细化、强化对诗歌本质的更全面的理解。我们可以从这三个维度，对诗歌发生、发展的内在机理进行概括。

一、雅与俗

诗分雅俗，在于内容、形式二端。《论语·卫灵公》记载，孔子曾哀叹，"郑声淫，佞人殆"。《阳货》又记载孔子言："恶紫之夺朱也，恶郑声之乱雅乐也，恶利口之覆邦家者。"乃视新出之郑声，不同于雅乐，因为郑声乃民间俗曲。孔子之感慨，一在于郑声音律之汪洋弥漫，《礼记·乐记》"郑卫之音，乱世之音也，比于慢矣"，不同于雅乐之中和雅正；二在于此民间俗曲，多系男女情事，如子夏所言，"郑音好滥淫志，宋音燕女溺志，卫音趣数烦志，齐音骜辟骄志"，乃"淫于色而害于德"[①]，故孔子感慨之。然在战国之际，音乐歌诗雅俗之别，日趋分明。以刘向《新序》的记载，歌下里巴人者，和者众；歌阳春白雪者，和者寡。盖雅乐衰微，而俗曲已兴，故魏文侯、齐宣王、梁惠王直言，听郑卫南楚之音不倦，听古乐而昏昏然。这就是新旧曲子迭代的必然。

汉代雅俗文风的变化，有两条线索：一是坚持古之雅乐，如《汉书·礼乐志》言："汉兴乐家有制氏，以雅乐声律世世在大乐官，但能纪其铿锵鼓舞，而不能言其义。"二为以俗曲为雅乐，如汉郊祀曲，采秦旧曲与民歌为之，即班固所谓的"以郑声施于朝廷"[②]。由此可见，在两汉时期，俗乐已开始替代雅乐成为主流。东汉王充尽管鄙弃世俗之人，然却肯定了民间诗歌之价值，不仅提出了"诗作民间""明

[①]《史记·乐书》，北京：中华书局，1982年，第96页。
[②]《汉书·礼乐志》，北京：中华书局，1962年，第1071页。

言""露文"的主张,①还明确反对"鸿重优雅,难卒晓睹"②的文字。受此影响,汉魏之际,本为倡乐多用的五言诗,迅速替代了四言诗和骚体诗,成为诗歌最受欢迎的体式。

六朝诗歌的发展,也正是在雅俗讨论中前行的。陆机《文赋》:"彼榛楛之勿翦,亦蒙荣于集翠。缀《下里》于《白雪》,吾亦济夫所伟。"主张雅俗并重。然提倡俗乐的风气,在齐梁朝甚盛,《南史·萧惠基传》:"自宋大明以来,声伎所尚,多郑、卫,而雅乐正声鲜有好者。"在此背景下,南朝君臣颇喜新声杂曲,学习民歌、民谣成为一时之风尚。萧子显在《南齐书·文学传论》中称,梁朝诗歌有"典正""事类""俗艳"三派,前两派是在雅化的方向上前行,后一派则是学习民间曲调的清丽流畅,向着俗化的方向发展。③

这种雅俗并进的诗歌发展轨迹,得到了刘勰的认同。《文心雕龙·通变》:"斯斟酌乎质文之间,而櫽括乎雅俗之际,可与言通变矣。"将雅与俗的并进,作为诗歌演进的两条线索。然俗曲虽音调清丽,却易浮泛浅俗。因而,多有论者主张雅俗并举,如萧子显在《南齐书·文学传论》中所提倡的"参之史传,……杂以风谣,轻唇利吻,不雅不俗,独中胸怀"。萧统《答湘东王求文集及诗苑英华书》所主张的"丽而不浮,典而不野,文质彬彬,有君子之致"。虽言为兼取雅俗,然其意在于,对雅而言,当吸取俗曲之浅切清丽,以"言尚易了"补雅乐之艰深;对俗而言,当吸收正统诗文之典正温文,以"吐石含金"避

---

① [东汉]王充著,黄晖校释:《论衡校释·佚文篇》,北京:中华书局,1990年,第1185页。

② 《论衡校释·自纪》,第1195页。

③ 李文初:《齐梁诗歌的俗化趋势》,《江西社会科学》,2002年第1期。

免熟滑粗浅。从文学创作的角度和发展的角度来说，俗曲之向典正，是为雅化；雅乐之向浅切，是为俗化。

之后的唐诗，正是在雅化与俗化的两个指向中向前发展。初唐上官仪、沈、宋的创作，使诗歌向着规范化和贵族化的方向发展，带有明显的雅化倾向；而王梵志、寒山、拾得等人的诗作，则有意识地运用俗语、俗体，试图创作一种以俗为美的新范式，显示出雅俗并进的态势。初唐四杰试图在避免齐梁诗风的颓靡中恢复汉魏古诗传统，为盛唐诗歌的繁荣做了良好的铺垫。

文化下行所形成的文学创作队伍的扩大，促成了士人与下层民众的接近，平民诗人的参与、世俗生活的书写及俗语入诗，成为中唐诗坛的一个新动向。与此同时，中唐诗人有意识地突破盛唐诗歌的风格，开始寻找新的出路。韩愈、孟郊、贾岛等诗人，开始向着奇崛的方向发展，试图通过句法、意象的变异，来实现以俗为美、以丑为美；白居易、张籍、刘禹锡等诗人，则向着平易的方向发展，试图学习民歌的技法，用浅切的语言，将诗歌带到新的天地。

到了宋代，诗歌既吸收了浅切平易的诗风，也同样吸收了以俗为美的创作经验，形成了尚俗的创作倾向。虽然江西诗派中有奇崛险怪的意象，沉厚凝重的典故，但相对于唐诗而言，宋诗尚俗尚险的倾向无疑是明显的。

从五言、七言及曲子词发展的经验来看，一种俗文体进入到主流文学之中，其所发生的变化是双向的，一是其必然在文人手中，通过凝练和提纯，吸收正统文学的词汇和意象特征，向着雅的方向发展；二是这种俗文体能够成为创作主流，必有赖其适应的时代氛围，其进入文坛，既有固守自身传统的动力，也有影响其他文体的可能。因而，曲子词在文人化的过程中，雅化与俗化的过程是交织并行的。也就是说，从敦煌曲子词、花间集到晏殊，再经过秦观、贺铸、周邦彦、姜夔、张炎、吴文英等人之手，词达到了清雅、深雅的顶峰。与此同时，欧阳修、柳永、苏轼、黄庭坚、贺铸、李清照等人的词作中，却出现了一条隐约的俗化轨迹，既显示出对雅化主流的反动，也体现了宋代文化以俗为美的时代风尚。

词本来源于民间，通俗活泼，自然流畅，但到了宋人手里，逐渐雅化，题材日趋狭窄，辞采日趋华美，风格日趋典雅。到了南宋后期，词几乎变成了少数音律家的专利，而不再成为百姓喜闻乐见的文学样式。在这种背景下，北方地区新的民间歌曲开始南传，而这些民间歌曲是随着北方民族音乐的流传加以传播的，因而形式有所变化，不再过分拘守词严格的句式，而是通过增加衬字，自由灵活地书写个人情感。同时，北方民族的南下，也促使了南北方语言的融合，使白话开始成为词曲语言，这为散曲的形成做了语言的准备。这些民族入主中原，彻底改变了汉民族的文化习气和文人心态。例如，唐代的文人视野开阔，胸襟豁达，从而形成了富于少年精神的唐诗；宋代文人追求老成持重，把内心情绪放到词中表达，从而形成婉约细腻的宋词。元代文人地位低下，面对八娼、九儒、十丐的社会现实，既没有高昂的理想可以抒写，也没有闲情逸致可以表达，只能与贫困相伴，与冷清相对，满腔的抑郁化成无可奈何的自我解嘲。他们直白而诙谐地劝自己学会闲散，学会浪迹，笑看风云，冷对黑暗，使元曲形成了一种通俗而泼辣的风格。

散曲与词在句式上的最大不同在于，散曲可以在句式中增加衬字，而且也不十分讲究字与字之间的平仄和对仗，既可以把内容表达得淋漓尽致，也能够形成一种通俗洒脱的风情。如关汉卿的〔南吕·一枝花]《不伏老》这支散曲,按照句式的习惯,应该写作:"我是一粒铜豌豆,钻入千层锦套头。"关汉卿却可以写成:"我是个蒸不烂、煮不熟、捶不扁、炒不爆、响珰珰一粒铜豌豆,恁子弟谁教你钻入他锄不断、斫不下、解不开、顿不脱、慢腾腾千层锦套头。"这样就一览无余地抒写了自己的个性和遭遇,形成一种通俗畅快的感觉。而且,散曲大量使用方言口语,用字不避重复、不避重韵,语言本色通俗;风格上雅俗并陈,庄谐迭出,富于民间气息。它的出现,标志着诗歌体式的解放。

据隋树森《全元散曲》的统计,元散曲作家可考的有二百多人,留下散曲四千多余首,其中小令三千八百多首,套数四百七十余套。可能由于这种文学样式较为通俗,且多数作者地位低下,所以,大量散曲因没有结集而失传。现在我们可以看到的,多是上层文人的作品,它们并不能代表散曲的全貌。这些散曲主要写的是社会现实的黑暗和作者愤世嫉俗的情绪。如[朝天子]《志感》:"不读书有权,不识字有钱,不晓事倒有人夸荐。老天只恁忒心偏,贤和愚无分辨。"也有描写隐居闲散的乐趣,如[塞鸿秋]《山行警》:"东边路、西边路、南边路。五里铺、七里铺、十里铺。行一步、盼一步、懒一步。霎时间天也暮、日也暮、云也暮。斜阳满地铺,回首生烟雾。兀的不山无数、水无数、情无数。"还有很多描写男女爱情的,如徐再思的[沉醉东风]《春情》:"今日个猛见他,门前过,待唤着怕人瞧科。我这里高唱当时水调歌,要识得声音是我。"语言直率大胆,与宋词的含蓄形成了鲜明对比。

关汉卿的[南吕·四块玉]《别情》:"自送别,心难舍,一点相思几时绝?凭阑袖拂杨花雪。溪又斜,山又遮,人去也!"用一个女子的口吻,写送别情人之后的眷恋之情和伤感之意,语言清新朴实,感情执着强烈。而在［四块玉］《闲适》中，关汉卿又写了自己的辛酸和无奈，在貌似超脱的描写中，隐藏了深沉的伤感："旧酒投，新醅泼，老瓦盆边笑呵呵。共山僧野叟闲吟和。他出一对鸡，我出一个鹅。闲快活。南亩耕，东山卧，世态人情经历多。闲将往事思量过，贤的是他，愚的是我，争甚么？"这仿佛是关汉卿在与老农对话，语言质朴自然，通俗流畅，代表了元曲早期的通俗风格。

睢景臣的［般涉调·哨遍］《高祖还乡》，描写刘邦平定天下后荣归故里的场面，采用一个熟知刘邦底细的老乡的眼光，把这场盛典描写成一场充满讽刺意味的闹剧。套曲先写准备接驾，社长亲自出马，说皇帝回来了，大家一起收拾打扮，装成大户人家的模样。然后写刘邦的车马进村，那些仪仗在村民眼里全变成了滑稽的事物："一面旗白胡阑套住个迎霜兔，一面旗红曲连打着个毕月乌，一面旗鸡学舞，一面旗狗生双翅，一面旗蛇缠胡芦。红漆了叉，银铮了斧，甜瓜苦瓜黄金镀。明晃晃马镫枪尖上挑，白雪雪鹅毛扇上铺。这几个乔人物，拿着些不曾见的器仗，穿着些大作怪衣服。"然后写刘邦装模作样的架势，让人看了生气，乡民把刘邦早年干过的缺德事一件件写了出来："春采了桑，冬借了俺粟，零支了米麦无重数。换田契强秤了麻三秤，还酒债偷量了豆几斛。有甚胡突处？明标着册历，见放着文书。"该曲子泼辣尖锐，自然生动，妙趣横生，体现了元散曲通俗活泼的艺术特质。

二、文与质

"文""质"作为对举的概念，出自《论语·雍也》：

子曰:"质胜文则野,文胜质则史。文质彬彬,然后君子。"

孔子本就理想人格的"君子"发论,"文"是人性的体现,是礼乐教化浸润出来的修为,体现着人的社会属性;"质"是本性的体现,体现的是人的自然属性。人的教化,就是离开自然属性,走向社会属性。自然属性,孟子概括为食与色,因此人的教化,就是离开食色的本性需求,转向追求善、美的社会要求。一个人强调后天的修饰,便是"文";强调原始欲望,便是"质"。孔子认为,礼乐是"因人之情而为之节文",是对人的本性的合理引导,因此,要建构外在的文和内在的质,才能成为君子人格。

孔子虽然讲的是人的外在修养与内在需求,实际上,已经触及了内容与形式的关系。《说文解字》释"文":"错画也,象交文。""文"是花纹、纹路。释"质":"以物相赘。""质"是很多事物的罗列。《国语·郑语》所记的史伯语"物一无文";《周易·系辞下》的"物相杂,故曰文",都指的是事物的外在形态。因此,孔子所说的"文",接近于外观形式的文采;所说的"质",接近于内在的实质。"彬彬",或谓"文质相半之貌",或谓"文质备也",或谓"美盛"之义,文质彬彬,也就是文质并茂。由此可见,文、质这组概念,是描述内在与外在的统一,通过"文"可以察觉"质",通过"质"可以察觉"文"。

文与质的关系,既有统一的一面,也有矛盾的一面。就统一性而论,必先有其质,方有其文,所谓"皮之不存,毛将焉附",强调二者的统一性;就矛盾性而言,文可以反作用于质,对质产生积极或消极的影响。

《论语·颜渊》说：

> 棘子成曰："君子质而已矣，何以文为？"子贡曰："惜乎！夫子之说君子也，驷不及舌。文犹质也，质犹文也。虎豹之鞟犹犬羊之鞟。"

引文中的棘子成主张以质为重，文可有可无。子贡反对他的主张，用"驷不及舌"四字，说他的话失言得很，接着说，虎豹若无文，其皮同犬羊没有什么分别，用以强调"文"的重要性。

棘子成是把"文"与"质"的对立加以绝对化，代表了先秦诸子的某些看法。如墨家反对文饰而尚质，认为文饰是无用，注重文风与内容质朴。法家讲质实，认为文会害质。道家也反对外在的文饰，要求回归文章的本质，重质轻文，甚至持"文灭质"之论。如《庄子·缮性》："文灭质，博溺心，然后民始惑乱。"认为基于礼乐教化而形成的"人文"，是对事物原始形态、纯朴之质的破坏，"文"被看作了人为外加的，甚至是扭曲本然的虚假饰物，要求去文就质。这些观点认为，外加的事物是扭曲本来面目的，把文看作是对人纯朴自然的破坏。

墨家在汉代逐渐衰微，法家进入到司法操作的层面，理论建树较少，道家一度沉寂。汉儒在对儒家文质彬彬主张的继承中，做了进一步的阐释。扬雄在《法言·修身》中提出："实无华则野，华无实则贾，华实副则礼。"扬雄把文采称为"华"，仍指外在的形式，"实"则为内在的本质。在扬雄看来，有"实"无"华"、有"华"无"实"均有缺陷，只有"华""实"相结合，才能体现君子的风范。

孔子对文、质的讨论，立足于人的内外相符，分析了一个人的内在心志与外在修为之间的关系。在汉魏时期，这依然是衡量人的一个基本标准。对于一个人的评议，常常是通过细节本身来得出结论，通过语言来了解这个人的志向，通过行为来了解这个人的本性。内在与外在的合一，自然是最理想的人格修为。当内在与外在不统一时，便形成了名教和自然的冲突。作为一个自然属性的人，要求摆脱外在的束缚，自由自在；但在社会中的个体，需要遵守各种纲常，举止得体。如果以外在要求内在，人就会感到压抑；如果以内在要求外在，社会秩序就会紊乱。

在儒学形成的时代，这种内在与外在尚能在某种程度上统一。到了东汉，儒家在某种程度上被异化，儒家秉持的信念，逐渐被塑造成一种行政信仰，如将《春秋》作为决狱的准则，将《诗经》作为说理言事的依据。儒家经典被教条化，儒家学说也跟着教条了，这种做法，是对儒家理念的误读。在误读的过程中，又将儒家理念解构，儒家学说成为类似政治教条或文化教条，来指导行政和生活。对个体而言，"文"是要遵从外在的那些僵化的规范，必然要依据名教的规则，文饰自身，但内心确实不想这么做，礼教在异化人自身的同时，也异化了世人，很多人因人性被扭曲而痛苦，这便催生出名教与自然之间的争论。

礼本是"因人之情而为之节文"，即依据人的性情来建构"文"，但后来的"名教"在一定程度上是对"自然"的一种压制和扭曲，名教与自然的矛盾，便是文和质之间的冲突。魏晋玄学对于名教和自然的讨论，其实就是对文与质之间关系不同认知的表现。正始玄学强调的"名教本于自然"，若用文质关系来阐释，便是"文"是"质"的外在表现，也是注重内容对于形式的决定作用，"文"必须与"质"相协调。竹林玄学提出的"越名教而任自然"，是强调"质"超过"文"得以直接的表达，抛弃了社会造就的本不属于"质"的"文"，使得纯真之"质"充分张扬和显露。元康玄学则提出了"名教出于自然"，更注重文即质、质即文的辩证统一。

文、质成为文学命题,最初见于王充的阐释。王充反对浮夸增饰,主张文质并重。他在《论衡·超奇篇》中讲:

> 文由胸中而出,心以文为表。……有根株于下,有荣叶于上;有实核于内,有皮壳于外。文墨辞说,士之荣叶、皮壳也。实诚在胸臆,文墨著竹帛,外内表里,自相副称。意奋而笔纵,故文见而实露也。

王充从文章的角度来观察内容与形式的关系,显然是将文学表达的内容与表达的形式之间的统一关系,在文章写作中,做了更进一步的讨论。

西晋中期,文、质视角成为描述文学表达内容与表达效果之间的术语。陆机《文赋》中说:"理扶质以立干,文垂条而结繁。"质为内容,文为形式。

萧统说得更系统:

> 夫文典则累野,丽亦伤浮。能丽而不浮,典而不野,文质彬彬,有君子之致。[1]

过分典雅和华丽,都是对文章的一种伤害,只有内容和形式合一的文质彬彬,才是最好的作品。值得一提的是,在这时的文质讨论中,只是就文章写作而言,不太关注于人的文与质。萧纲甚至提出了"立身

---

[1] [南朝·梁]萧统《答湘东王求文集及诗苑英华书》,引自[清]严可均《全梁文》卷20,北京:商务印书馆,1999年,第216页。

先须谨重，文章且须放荡"①，主张把作者本身与其所表达的内容相分离。就文学而言，质是内容，文是形式；就人而言，文学是人的艺术才华的呈现，是艺术形式，为人则是质。离开人的内在约束、情感寄托的文，实际上也是一种重文轻质。由此看南朝的文学创作，"竞一韵之奇，争一字之巧"②，便是重文轻质。

南朝文学有个特点，就是眼高手低。理论认知已经把文质关系说清楚了，但在诗歌创作中，却依然重文轻质。沈约说："至于建安，曹氏基命，二祖陈王，咸蓄盛藻，甫乃以情纬文，以文披质。"③赞美建安诗歌的文质统一。刘勰也说：

> 夫水性虚而沦漪结，木体实而花萼振，文附质也。虎豹无文，则鞟同犬羊，犀兕有皮，而色资丹漆，质待文也。④

把文、质的辩证统一看作是推动文学创作发展的内在因素，从理论上努力概括"质文化变"的历史规律，以期文艺创作及其理论批评的健康发展，"时运交移，质文代变"⑤，"斟酌乎质文之间，而櫽括乎雅俗之际，可与言通变矣"⑥。认识到建安、正始、太康、元嘉时期的诗风，正是在重质、重文或文质并重的循环中前行，之所以如此，是因为

---

① [南朝·梁]萧纲：《诫当阳公大心书》，引自[清]严可均《全梁文》卷11，第113页。
② 《隋书·李谔传》，北京：中华书局，1973年，第1544页。
③ 《宋书·谢灵运传论》，北京：中华书局，1974年，第1778页。
④ [南朝·梁]刘勰，范文澜注：《文心雕龙注·情采》，北京：人民文学出版社，1958年，第537页。
⑤ 《文心雕龙注·时序》，第671页。
⑥ 《文心雕龙注·通变》，第520页。

这一历史阶段的文学创作，其实没有能够把文、质和谐统一起来，即便是建安诗风的文质统一，那也是自发形成的。

到了初唐，魏征从个性、地域的角度，分析了文风的差别：

> 江左宫商发越，贵于清绮，河朔词义贞刚，重乎气质。气质则理胜其词，清绮则文过其意，理深者便于时用，文华者宜于咏歌，此其南北词人得失之大较也。若能掇彼清音，简兹累句，各去所短，合其两长，则文质斌斌，尽善尽美矣。①

魏征总括了南北二地文学风格和风尚爱好的不同，北方重视质的实用性，南方重视文的修饰性，强调取长补短，以达到"文质斌斌"的完美境界。以此为基本结论，唐朝史学家在评论前代文学中，都会用"文质相符"这一标准来衡量。如评论庾信时讲道："文质因其宜，繁约适其变，权衡轻重，斟酌古今，和而能壮，丽而能典，焕乎若五色之成章，纷乎犹八音之繁会。"②

文质兼备的观点，在到陈子昂时，得到了充分的体现，《与东方左史虬修竹篇序》中说："骨气端翔，音情顿挫，光英朗练，有金石声。""骨气"指内容端正，文风飘逸，有声韵之美。陈子昂实际上是把魏征文论的观点，转移到了文学的创作过程中。这种共识，得到了盛唐诗人的响应，他们有意识推崇"文质并重"的观点，如李白讲"蓬莱文章建安骨"（《宣州谢朓楼饯别校书叔云》），杜甫讲"别裁伪体亲风雅，转益多师是汝师"（《戏为六绝句》）。

---

① 《隋书·文学列传》，北京：中华书局，1973年，第1730页。
② 《周书·王褒庾信列传》，北京：中华书局，1973年，第745页。

殷璠《河岳英灵集》中,提到选择作品的标准:

> 璠今所集,颇异诸家,既闲新声,复晓古体。文质半取,风骚两挟。言气骨则建安为传,论宫商则太康不逮。

文质半取,就是重视文质的统一,反对单纯重文或者重质的诗歌。白居易非常强调文章内容和形式的统一,他的"诗者,根情、苗言、华声、实义"[①]之说,便是推崇将文、情、义统一结合起来。

中唐时期,文与质关系的讨论,更多集中到文章要与道统结合起来。盛唐诗歌所强调的文质兼备,在散文创作上,却还远远没有做到。初唐、盛唐的散文,延续魏晋南北朝的骈俪传统,重文的倾向明显。因此,韩愈等人提出文学复古时,针对的便是散文重文而轻质之风。韩愈以"道"作为"质"来进行文风矫正,强调"文"是明道的,形成了古文运动,推动了散文内容实用性的发展。

受韩愈、柳宗元等古文观念的影响,欧阳修、王安石、苏轼等人能够创作出文质彬彬的散文,但受制于重质轻文的观念,多数文人的作品,读起来还是理实有余而文采不足。特别是宋明道学家强调内容重于形式,主张有德者必有言,有言者未必有德,道胜而文不难自至。邵雍就写诗说:"史笔善记事,长于炫其文。文胜则实丧,徒增口云云。"[②]这类缺少了形象感的道学诗,缺少诗的形象感,实际是以五言押韵来写道学文字,不能称之为严格意义上的诗歌。

---

① [唐]白居易撰,顾学颉校点:《白居易集》,北京:中华书局,1979年,第960页。
② 《邵雍集》,北京:中华书局,2010年,第483页。

三、通与变

通变主要指的是文学的沿革与发展。所谓的"通",是讲文学的沿革。任何一种文学思想、文学体式,在发展的过程中都会对前世文学进行不同程度的继承,但是由于时代文化背景的不同,使得对于同一个问题,又会产生新的变异,这便是"变",也就是文学的发展。

通变的概念,源自《周易·系辞下》:

> 易穷则变,变则通,通则久。

《周易》是从变易与发展的角度来观察自然、社会的秩序,思考人生吉凶变化的。其中的"变",是事物无时无刻不在变化之中。其中的"通",是变化的依据和根基,是万变不离其宗的基础。"变"和"通"是认识世界变化的一个视角,天下的事物既在变,也是在有规律地变化之中:"参伍以变,错综其数,通其变,遂成天下之文;极其数,遂定天下之象。"[①]掌握这个规律,就把握住了变、通的线索。

孔子在讨论夏、商、周礼制的继承与文体的发展时,也关注到因革损益问题:

> 殷因于夏礼,所损益,可知也。周因于殷礼,所损益,可知也。其或继周者,虽百世,可知也。[②]

[①] 《周易·系辞上》,《十三经注疏》(标点本),北京大学出版社,1999年,第284页。

[②] 《论语·为政》,《十三经注疏》(标点本),北京:北京大学出版社,1999年,第23页。

损、益都是在变化，而损、益中一以贯之的那些东西，被称为"因"，是夏、商、周的变化中没变的部分。损益与因革，都是通变的方式。

先秦儒家重视复古，更强调对前代文化传统的继承；与之形成鲜明对比的法家，更强调时世的变革。在礼法方面，法家的观点是"五帝不相同乐，三王不相袭礼"，主张以法新为追求。复古，更注重通；法新，更注重变。

其实，法家强调的变化、变革，并不是完全对前代的彻底抛弃，也是注重在继承中求变化的。秦始皇封禅时，曾让儒生讨论前代是如何举行典礼的，儒生不能给予准确清楚的回答，他便自己制定具体的礼仪。这说明，任何一个时代，都无法完全与此前的历史彻底割离。这样来看，法家更倾向于在继承中的变革，儒家更倾向于在变革中的固守。

这两种认知，在汉代成为儒家学说发展的内在逻辑：一是在通变中强调"变"，是为今文经学；二是在通变中强调"通"，是为古文经学。古文经学家把前代典籍作为经典，毕生对其注释，试图对其基本用意进行思考，更倾向于继承。今文经学家更愿意结合时代所需重新阐释，更倾向于变革。王充在《论衡·超奇篇》中，对当时的文人、儒生进行了分类：

> 故夫能说一经者为儒生，博览古今者为通人，采掇传书以上书奏记者为文人，能精思著文连结篇章者为鸿儒。故儒生过俗人，通人胜儒生，文人逾通人，鸿儒超文人。故夫鸿儒，所谓超而又超者也。

他赞美博古通今的人，更赞美能够创新的人。在他看来，孔子《春秋》之所以高超，是因为它不因袭鲁《春秋》，"立义创意，褒贬赏诛""眇思自出于胸中也"①，能够以通变的眼光来观察历史，并能根据自己的理解，笔则笔，削则削，寄托自己的微言大义。王充认为，思想家要高于史学家，就在于思想是原创的文献，而史学不过是对已有资料的处理而已。王充的这种认知，固然有可商兑之处，但在破除自孔子以来"述而不作"的学术风气方面，是有深刻意义的。

这种认知，是东汉学术风气转化的体现。相对于西汉学者愿意穷经，东汉学者更愿意论学，穷经是围绕经学立意，不过是对文献的整理、讨论和阐释；而论学，则是综合所有知识，试图建立起一个更具综合性的学理系统，阐释自己对政治、经济、社会和学术的理解。如果说，穷经更多是继承，论学则更多是变革。这种变革的学术风气，进而影响到魏晋玄学的自出机杼，不盲目信从前世的旧说。

《文心雕龙·通变》中讲了文学继承与革新的问题，认为文学发展的规律，是代有其文，因循变化，曲线发展。一是质文代变，一代有一代之文学；二是文变染乎世情，即文学演进时，是依据时代的审美风尚而变化的。刘勰奉经为典范，认为雅正体要为通；以骚体为新变，认为奇伟富丽是调整。这就形成了他对文学通变的基本理解，那就是，以雅正为本，以瑰奇为变。其所处的南朝梁，文风是竞今疏古，力求新变，"俪采百字之偶，争价一句之奇"②。过于追求新变，尚丽辞，若不能宗经执正，酌骚驭奇，文风就会走向歧路。刘勰认为，必须以宗经救

---

① 《论衡校释·超奇》，第606页。
② 《文心雕龙注·明诗》，第67页。

之，这样一来，才能实现"变则其久，通则不乏"①。

刘勰以复古求新变，是对文学演进的基本认知，即注重在继承的基础上求新、求变，既能在历史中寻找资源，又能在时代感召中，汲取新变的元素，是一种较为稳妥的发展方式。萧统主持编撰《昭明文选》时，既重传统，也关注到了新变，按照"事出于沈思，义归乎翰藻"的标准选诗文，看法比较融通。

但南朝有些作家，还沉浸在通、变的困境中。如裴子野倾向于复古：

> 古者四始六艺，总而为诗，既形四方之气，且彰君子之志，劝美惩恶，王化本焉。后之作者，思存枝叶，繁华蕴藻，用以自通。若俳恻芳芬，楚骚为之祖，靡漫容与，相如和其音。由是随声逐影之俦，弃指归而无执，自是闾阎年少，贵游总角，罔不摈落六艺，吟咏情性。学者以博依为急务，谓章句为专鲁。淫文破典，斐尔为功。②

还是抱着宗经的文学观来理解诗文，认为诗歌不能那么变来变去，而应守着正统。萧绎则更喜欢新的文风，他说：

> 吟咏风谣，流连哀思者，谓之文。……至如文者，维须绮縠纷披，宫徵靡曼，唇吻适会，情灵摇荡。③

---

① 《文心雕龙注·通变》，第521页。
② ［南朝·梁］裴子野《雕虫论》，引自［清］严可均《全梁文》卷53，第575-576页。
③ ［南朝·梁］萧绎：《金楼子》，北京：中华书局，1985年，第75页。

主张诗歌要写得摇曳生姿、摄人心魄，才更具有情思。

复古和新变，是中唐诗文分野的核心理论。韩愈主张"文以明道"，要求文学回归本位，回归到体现道、表现道的基准上，认为文章应该与先秦两汉的文章保持一致，这便是"通"。韩愈在主张复古的同时，也不一味地遵循古人，在《答李翊书》提出了"惟陈言之务去"：

> 始者，非三代两汉之书不敢观，非圣人之志不敢存。处若忘，行若遗，俨乎其若思，茫乎其若迷。当其取于心而注于手也，惟陈言之务去，戛戛乎其难哉！

认为文学的立场没有变，要阐释自然、社会、人生的大道，也就是回归到圣贤的立场上，这是对形式的要求，而在言辞的表达上，他还是主张出新的。其《答刘正夫书》：

> 或问：为文宜何师？必谨对曰：宜师古圣贤人。曰：古圣贤人所为书具存，辞皆不同，宜何师？必谨对曰：师其意，不师其辞。

"师其意，不师其辞"，包括了立意、构思等方面的创新，便是强调文学要求变、求新。

皎然主张创新，反对模拟。其《诗议》论之：

> 凡诗者，惟以敌古为上，不以写古为能。立意于众人之先，放词于群才之表，独创虽取，使耳目不接，终患倚傍之手。

认为写古是模拟，敌古则是反对模拟，好的诗歌应该独创，有变化，要避俗，这是在诗论上呼应韩愈的"陈言务去"主张，是中唐文学求变、求新风气的体现。

北宋的诗文革新运动，继承了中唐古文运动的做法，一方面要求文学承担起弘扬道统的使命，是为"通"；另一方面，又要求诗文成为独特的创造，要出新、求变。欧阳修主张的"文以载道"，强调要把道统融于文章之中，主张从日常之事着眼，实际是要求诗文有真实的内容、真诚的情感。

苏轼主张"道可致不可求"，认为应通过观察学习而体道、得道。这样就把诗文的内容限定到独特的体验和思考之中。与此同时，欧阳修认为"诗穷而后工"，强调情感在诗歌表达中的基础性作用，诗人穷困而自放，便能与外界事物建立起较为纯粹的审美关系，形成独特的艺术创造。而且，穷困之中的情感，有助于诗人感兴而成怨、刺之思，能够更加曲折入微地体察人生际遇、体会人情冷暖，诗能出新，诗文便能代变。

前七子以李梦阳、何景明为代表，口号是"文必秦汉，诗必盛唐"，以复古为号召。见于《明史·李梦阳传》："梦阳才思雄鸷，卓然以复古自命。弘治时，宰相李东阳主文柄，天下翕然宗之，梦阳独讥其萎弱。倡言文必秦汉，诗必盛唐，非是者弗道。"他们主张严守古法，模拟格式。李梦阳《潜虬山人记》中有论，诗有七难："格古、调逸、气舒、句浑、音圆、思冲、情以发之，七者备而后诗昌也。"写诗要落到这七个方面，遵循诗歌的法式，需要揣摩古人的格调，模仿古人的法式，显然是在复古。

何景明写了《与李空同论诗书》，不认同李梦阳"刻意古范，铸形宿模，而独守尺寸"的主张，认为学习古人的诗歌，目的是要提高自己的诗才，而不是学得更像，他的主张是"领会神情，临景构结，不仿形迹"。在学习的基础上，能自出机杼，形成有个性特点的创作。因此，《明史·文苑列传》对二人的评价是："梦阳主摹仿，景明则主创造。"李梦阳倾向于复古，何景明则倾向于革新。李梦阳到了晚年，心有所悟，他在《诗集自序》中，提出了"真诗乃在民间"的说法，认为诗乃情之所发，在心为志，发言为诗，要说真话，言真情，而不是用诗歌来显示自己有学问、有修养、有格调。他觉得，包括自己在内的官员写诗，不是在抒情，而是在展示自己的学养格调。此外，徐祯卿在《谈艺录》中，提出了"以情立格"，主张好诗在情韵之中，也体现了在变通中求新的思路。

有了前七子的讨论，后七子就能更为清晰地看清文学的通变问题。王世贞在《艺苑卮言》中认为，诗歌要讲格调、重法度，但他的格调法度，乃以情为中心，更强调心的作用，学古诗体式，但还是归之于"一师心匠"，重视艺术的独创性。谢榛的《四溟诗话》，又称《诗家直说》，也强调"性情之真"，直接启发了后来的公安派。

前后七子的学说，由此便产生了分派。唐宋派主张在复古中创新。唐顺之在《与洪方洲书》中说："近来觉得诗文一事，只是直写胸臆，如谚语所谓开口见喉咙者，使后人读之，如真见其面目，瑜瑕俱不容掩，所谓本色，此为上乘文字。"他们认为，要学有所本，在此基础上再有所创新。唐宋派推崇唐宋，尤尚欧、曾，强调吸取神理，反对句拟字摹，最主要的是提倡本色，对民间文学比较重视，这便是一种在"通"基础上的"变"。

公安派主张少复古、多创新。袁宗道、袁宏道、袁中道是湖北公安县人，习惯上称之为公安派。袁宏道认为，一代有一代之文学，没有必要一味复古、法古、拟古，而应该求新、求变，他在《叙小修诗》中说："唯夫代有升降，而法不相沿，各极其变，各穷其趣，所以可贵,原不可以优劣论也。"反对蹈袭古人言语,更倾向于变。就创作个人而言,既然要写真性情,那么,诗从胸臆流出,情景不同,内容便不一样。不同的作家风格不同,不同的时代面貌不同,诗歌自然与前代不同,要打破了前人陈陈相因的成法,不拘格套,才能创作出有一代风尚的好诗。

叶燮在《原诗·内篇上》说:

> 诗始于《三百篇》,而规模体具于汉。自是而魏,而六朝、三唐,历宋、元、明,以至昭代,上下三千余年间,诗之质文体裁格律声调辞句,递升降不同。

前代诗歌是源,后代是流;源是正,流是变。文不能不古而今,因此不能一味地求变,要有一定的依据才能变,同时,文学的"变"并不意味着失正,也不意味着衰败,时代的正变和文学的正变,是有区别的。在叶燮看来,由于有变,诗歌才能有创新、有发展;这些发展是赓续前代的成就,故而能"通"。

参考书目

陈伯海：《唐诗学引论》，上海古籍出版社，2015年

程千帆、吴新雷：《两宋文学史》，上海古籍出版社，1991年

傅璇琮：《唐五代文学编年史》，辽海出版社，1998年

高步瀛：《唐宋诗举要》，上海古籍出版社，1978年

葛晓音：《八代诗史》，中华书局，2007年

葛晓音：《诗国高潮与盛唐文化》，北京大学出版社，1998年

刘开扬：《唐诗通论》，巴蜀书社，1998年

龙榆生：《词曲概论》，上海古籍出版社，1980年

罗宗强、郝世峰：《隋唐五代文学史》，高等教育出版社，1990年

彭玉平：《诗文评的体性》，北京大学出版社，2012年

钱志熙：《魏晋诗歌艺术原论》，北京大学出版社，1993年

钱钟书：《宋诗选注》，人民文学出版社，2005年

乔惟德、尚永亮：《唐代诗学》，湖南人民出版社，2000年

孙昌武：《禅思与诗情》，中华书局，1997年

王运熙：《乐府诗论丛》，中华书局，1962年

王兆鹏：《词学研究方法十讲》，北京大学出版社，2008年

王兆鹏：《唐宋词史论》，人民文学出版社，2000年

吴庚舜、董乃斌：《唐代文学史》，人民文学出版社，1995年

吴熊和：《唐宋词通论》，上海古籍出版社，2010年

萧涤非：《汉魏六朝乐府文学史》，人民文学出版社，1984年

杨海明：《唐宋词史》，江苏古籍出版社，1987年

叶嘉莹：《迦陵论诗丛稿》，中华书局，2005年

叶嘉莹：《迦陵说词讲稿》，北京大学出版社，2007年

余冠英：《乐府诗选》，人民文学出版社，1997年

俞平伯：《唐宋词选释》，人民文学出版社，1979年

袁行霈、孟二冬、丁放：《中国诗学通论》，安徽教育出版社，1994年

袁行霈：《中国诗歌艺术研究》，北京大学出版社，1996年

赵敏俐、吴思敬、梁庭望：《中国诗歌通史》，人民文学出版社，2012年

后记

　　本书是我承担的教育部哲学社会科学研究重大攻关项目"中华优秀传统文化的学理建构、价值认同与教育策略研究"（17JZD044）阶段性成果。2007年我就在东北师范大学开设了"中国诗歌研究"课，作为跨院系选修课，撰写了简单的讲义，后来又多次开设这门课，不断地修改完善讲义。刘洁、李媛、史湘萍同学还根据课堂录音做了核对。10年后，也就是2017年，我对讲课录音稿做了大幅的修订整理，增补了新的研究成果，行文上也力求深入浅出、通俗易懂，力求好读、好学、好用，以供没上过相关课程的高校学生及爱好者们阅读。周志颖、徐美琪、杨柳青同学校对了引文，特此向诸位致谢。期待读者批评指正。

曹胜高

2018年3月26日